埃兹诗集

枕底无花梦不香

天使岛中国移民的诗歌和历史

［美］麦礼谦 林小琴 杨碧芳／编著　荣立宇／译

浙江文艺出版社
Zhejiang Literature & Art Publishing House

图书在版编目（CIP）数据

枕底无花梦不香：天使岛中国移民的诗歌与历史 /
（美）麦礼谦，（美）林小琴，（美）杨碧芳编著；荣立宇译.
—杭州：浙江文艺出版社，2019.5
　　ISBN 978-7-5339-5645-5

　　Ⅰ.①枕… Ⅱ.①麦… ②林… ③杨… ④荣…
Ⅲ.①诗集—美国—近代 Ⅳ.①I712.24

　　中国版本图书馆 CIP 数据核字（2019）第 066499 号

枕底无花梦不香：天使岛中国移民的诗歌与历史

［美］麦礼谦 林小琴 杨碧芳/编著 荣立宇/译

责任编辑：童炜炜
封面设计：吴　瑕

出版发行　浙江文艺出版社
地　　址：杭州市体育场路 347 号
网　　址：www.zjwycbs.cn
经　　销：浙江省新华书店集团有限公司
制　　版：杭州天一图文制作有限公司
印　　刷：浙江海虹彩色印务有限公司
开　　本：880 毫米×1230 毫米　1/32
字　　数：300 千字
印　　张：12.5
插　　页：4
版　　次：2019 年 5 月第 1 版　2019 年 5 月第 1 次印刷
书　　号：ISBN 978-7-5339-5645-5
定　　价：**98.00 元**

献给经由天使岛移民美国的先辈

并以此

纪念麦礼谦

哭泣的天使

–——重读天使岛上的早期中国移民诗作

（代中译本序）

王宏印（朱墨）

　　人生有许多机缘巧合，而巧合的背后多有其必然的逻辑，机缘则有神鬼莫测之妙。

　　20世纪80年代中期，大学毕业后，一面在科研单位做笔译工作，一面应同学之邀，在陕西省外事办从事旅游口译，接待一些外国游人，在西安做随团翻译。这后一种工作，对于年轻的我，颇为有趣，不仅积累了一定的工作经验和人生经历，而且还曾有过不少感慨。当然，不可否认，也有一些意外的收获。

　　一种可能的收获，就是收到外宾馈赠的书籍。

　　其中有一次，一位美国女士送给我一本《埃仑诗集》①，说的是大

---

① 《埃仑诗集》(*Island*) 为本书原版书名。

约在清末民初，在美国旧金山的天使岛上，曾经关押过不少中国移民。这些远离国土漂洋到此的清朝子民，在备受煎熬之际，百无聊赖之余，在墙壁上写下或刻下了不少发牢骚的诗作。后来这里辟为公园，其管理人员发现了这些诗作，便寻求帮助，热心者加以收集，翻译出版，于是成为一本诗集。书的正文叙述部分是英文的，而这些诗作是英汉对照的，图文并茂，是当时阅读的印象，不过忙于别的事情，就搁置一旁了。

事情凑巧。1988年到1990年，我在美国访学两年，住在新墨西哥州，学习跨文化交际与跨文学心理学，对人类学和哲学、文学也感兴趣。到了回国的途中，我路经旧金山，小住两天。记得那是一个下午，阳光灿烂，我站在金门大桥对面的山坡上，遥望苍茫的海水。美国友人指给我看说：你看，王先生，海中有两个岛，一个是天使岛，一个是魔鬼岛，前者曾关押过亚洲来美的侨民，后者却是关押本国重犯的地方。当时觉得好笑，一边天使，一边魔鬼，美利坚的两面，真是一个绝妙的对照和讽刺啊！

不想回头重读这本诗集，详细查阅相关史料，才感悟到原来是中国人自己的伤心事，而当年的匆匆阅读，不求甚解，几乎错过了一个重大而惊人的事件，也错过了一次灵魂体验的机会，感慨之余，愤然命笔，写下了《孤岛诗魂》那一首长诗。后来收入2000年自费出版的《彼岸集：旅美散记》，再后来，到了2014年，转录在《朱墨诗集》续集的第二辑《朝花夕拾》里，算是在个人诗史中找到了一个确定的位置。

事情更凑巧。去年，浙江文艺出版社编辑打来电话，说是有一本书，想委托我翻译出版。我问是什么书，对方告曰：《埃仑诗集》。我说：天呀，你怎么知道我知道这本书。对方说，并不知道我知道这本书，只是感觉需要我帮忙翻译一下，而且要出成文学性很强的样子。

我兴奋地告诉她，我不仅知道这本书，而且三十多年前就读过，后来留学美国，眼见过这个天使岛，还写过一首长诗，来追述早期华工的爱国情怀呢。对方也感到很巧合，怎么会有这样的事儿呢？我于是满口答应，让出版社把新版《埃仑诗集》寄给我，看看怎样来处理这件事。

收到这本书，着实让我激动了好几天。时隔多年，又一次看着那些熟悉的字迹，重新抚摸着那些亲切而陌生的影像，不觉浮想联翩。诚如书名副标题显示的那样，这是一部"天使岛中国移民的诗歌与历史"（1910—1940），不过已经是第二版的《埃仑诗集》，由麦礼谦、林小琴、杨碧芳编著而成，华盛顿大学出版社出版，在西雅图和伦敦两地同时发行。毫无疑问，这些早期华工的诗歌水平姑且不论，这本书在美洲移民历史上的价值和研究价值，则毋庸置疑。过了一段时间，出版社又来催，终究因为忙，就把此事委托给我的博士生，懂诗歌文笔好办事认真的荣立宇，让他负责翻译此书，而我只负责在这本书出版的时候写一篇序，交代一下这件值得记取的事情，并且重新提到我的那篇陈年旧作。

值得一提的还有，这本书的扉页上写着"献给经由天使岛移民美国的先辈，并以此纪念麦礼谦"。

那么，麦礼谦何许人也？

原来，这本书在很大程度上要依赖于这位先生。下面是本书前言中的一段文字：

该研究项目最初只是一种个人行为，目的是恢复美籍华人历史原貌，但很快就发展成撰书的工作。尽管我们当时都身有全职——麦礼谦是贝克特尔乘造建筑公司（Bechtel）的机械工程师，林小琴是电视制片人、诗人，杨碧芳是屋仑（Oakland）亚裔社区图书馆（Asian Community Library）的馆长——但我们还是在三年之内就写完了这本书。在我们三个人中，麦礼谦的中文最好，在华人历史、美籍华人历史方面的知识最丰富。该书的大部分工作是由他来完成的。在查询档案与做口述历史访谈之外，他还将我们从高桥所拍照片、郑文舫与余达明抄录手稿、中文报纸、干尼街工作坊拓片等多处获得的诗歌翻译成英文。此外，他还撰写了诗歌的历史背景介绍，提供了所有的脚注，这些对于理解诗中运用的口语表达，与涉及的历史人物、历史事件的典故十分必要。林小琴在英语诗歌创作方面颇有建树，她花费时间对麦礼谦的译文进行润色，为这些译诗增添了情感，增加了深度。她也帮着做些口述历史采访工作。杨碧芳的工作主要是找寻访谈对象，誊写访谈文字，选取与书中诗歌相得益彰的访谈片段。遴选照片，准备付梓印刷的手稿，这些工作则是由我们三个人一起承担的。

诚然，要完成一件重大的事情，这些琐碎的分工和细致的工作在所难免，但从中可以看出华人在面对自己的历史时是多么敬业和富有责任感。没有他们的辛勤工作和敬业精神，就不可能有这本书的问世和后来的传播。另一方面，当我们今天怀着感激的心情来阅读这些先辈无意间留下来的旧体诗的时候，切不可认为这只是一些呈现在书本上的幼稚的文字和有几分蹩脚的诗句，即便在当时，这百余首汉诗的发现、保护和翻译、印刷成书，其本身不仅具有文化项目复兴和海外传播的意义，而且和当时的美国对华人移民的排斥政策及其社会反弹也有相当的关系。

虽然由于年代久远，事务繁忙，资料缺乏，我们不能——提到参与此项工程的华人的名字，然而我们不能忘记，那些为天使岛华工诗作提供直接证据的人。其中有两名"囚徒"（我们不忍心用这样的字眼，然而，"囚徒"二字却在当时的拘留所的墙壁上和后来的《埃仑诗集》中频繁出现）郑文舫和余达明，"20世纪30年代早期，这两个人曾于天使岛被困期间在各自的笔记本上小心翼翼地抄下将近一百首诗歌"。而许多人，在接受采访的时候，则羞于回忆和不愿提到那段伤心的往事，因而错失了配合的机会。

不同的文化对于本国的或他人的历史会有不同的反应。我们知道，这些中国移民诗歌的最早发现者是一位普通的美国园林管理员亚历山大·韦斯（Alexander Weiss）。没有他的最早的发现和锲而不舍的坚持，这些珍贵的诗歌或许会永远掩蔽在拘留所的墙壁上，或者毁于另一次战火或灾祸（事实上，这个当年用作拘留所的建筑于1940年在一场火灾中独独幸免于难，30年后，又险遭整个建筑被下令全部拆除的命运，幸而拆除工程的拖延挽救了这些不为人知的诗篇，更何况美国陆军曾经在第二次世界大战期间还用它来关押过日本战犯），而时隔多年以后，美国政府能为这项文化工程拨款支持，则说明另一重意义上的美国文化，和美国政府对于文化项目关注与支持的力度：

1976年，加州州政府拨出25万美元用于保存这栋建筑以及里面墙壁上的诗歌。在接下来的40多年里，社区活动的积极分子与天使岛被拘人员的后代（包括我们自己）一直在努力还原天使岛上的那段移民历史。对于这项工作来说，至关重要的是天使岛移民拘留所拥有了国家历史地标的身份，我们也获得了资金支持得以将这些诗歌保留下来，把拘留所恢复如初，让它成为美国种族排斥的历史符号，作为良心与和解的见证，以此警醒世人。

现在，让我们怀着无限感激的心情，来回忆一下韦斯先生本人，以及他的老师荒木和摄影师高桥为保护这些华人诗作所做出的关键性的贡献：

1970年，韦斯在天使岛上进行巡检的过程中注意到拘留所的墙壁上写满了中文字迹。尽管他看不懂这些文字，但是他知道这一定是曾经被拘禁在这里的中国人留下的。韦斯将他的这个发现向上司做了汇报，但是他们对此不仅毫无热情，而且也并不觉得这些墙壁涂鸦有任何意义。于是他联系了他旧金山州立大学的生物学老师乔治·荒木（George Araki）。荒木与旧金山的摄影师马克·高桥（Mak Takahashi）一同去了天使岛，后者在泛光灯的照明下，几乎把带有字迹（大多是诗歌）的每一寸墙面拍摄下来。

行文至此，我们不尽感慨，要是没有中美双方众多的有心人为此事费心费力，辛勤工作，如今这一份珍贵的遗产，还不知遗忘在世界的哪个角落呢！然而请原谅，由于职能和篇幅所限，在这里，我们既不能无休无止地引用这些原始文献，以便交代事情的全部经过和细节，也不能大刀阔斧地叙写百年中国移民旅美史，以便将这一段心酸的历史重现在目前。我们只能来得及和有必要就《埃仑诗集》背后的社会内容、历史背景，以及这些早期中国移民的来龙去脉和个人命运，做一简要的介绍。

"以纽约的爱丽丝岛为蓝本，天使岛被建成新的移民拘留所，新移民在这里等待入关体检验放等事的结果。"但是，天使岛上中国移民的待遇和爱丽丝岛上的欧洲移民的待遇截然不同："……建设爱丽丝岛旨在欢迎欧洲移民来到美国，而建造天使岛拘留所则出于执行《排华法案》，将中国和其他亚洲移民排除在国门之外。在天使岛拘留的人员中间，有70%是申请入境美国的中国人。他们要在这里经历较之其他移民群体更长时间的检查、口供盘问与拘留，这已经成为惯例。"这明显地反映了美国政府在对待亚洲移民和欧洲移民上的不同态度，而其背后则是人种学上的偏见和文化学上的差别心态。我曾参观过爱丽丝岛，亲眼见到当初欧洲各国移民进入美洲大陆时的照片和实物证据。从岛上也可以看到著名的自由女神像，她所持有的高傲姿态不啻有一种反讽的意味。

天使岛上的拘留所是处于流动状态的，不管什么时候，总关着二三百名男子与三五十名妇女，男女分居，但又是集体住宿。他们大多初来美国，但也有一些证件存疑的美国公民。较早抵达但未能获准入境、正在等待上诉裁决的人，被拘捕以后准备遣返回国的中国人，还有那些不得不在美国与邻国（特别是墨西哥与古巴）之间穿梭往来的过往旅客，也被困囿于此。"1910年到1940年间，天使岛上移民检察官受理的中国移民申请多达95 687份……有6%的移民在天使岛上苦苦煎熬了一年有余才等来自己案件的最终结果。"

不难想象，也不难理解，当年满怀希望和梦想前来美国的移民们，在经历了种种磨难和屈辱之后，在耗尽了耐心和尊严之后，一旦得知要被遣返回国，顿生"无颜见江东父老"的念头。

大多数被拒绝入境的中国申请人尽管失望至极，却也只能忍气吞声，无奈地等待他们的命运。据曾经被拘留的人员说，在被遣返回国的船上、拘留营地里常常见到有人自杀，但我们在研究过程中发现的证据却显示自杀的案件寥寥无几。1919年10月7日，《旧金山纪事报》报道说，方福（Fong Fook）从中国前往墨西哥，在此地被拘留几天后，将毛巾绑在煤气装置上自缢身亡。莱斯特·谭（Lester Tom）和杰拉尔德·温（Gerald Won）分别于1931年、1936年被拘留在天使岛上。当时他们还是孩子。据他们说，确实曾经目睹过两名男子由于无法面对被遣返回国的命运而选择在厕所上吊自杀。译员李华镇告诉我们，有一名中国妇女不能接受将被遣返的事实，竟然"把一根削尖了的筷子从耳朵插进大脑而死"。她死后，她的两个所谓的儿子随即获准入境。众所周知，至少还有另外两个妇女企图自杀，其中一个尝试从行政楼上跳下，另一个则是想要在厕所上吊。在拘留营地墙壁上发现的诗歌中还可以找到另外一些证据，可以证明被拘人员中间确有死亡和自杀的案例。

从此孤魂漂流在海外，任凭风浪海涛袭击。

孤岛幽魂啊，你们何时才能结束这漂泊的岁月，回到生你养你的故土？

怀着这样的感情，当我多年前重读这些诗篇的时候，我的眼前分明看到了那些被囚禁的幽灵，在昏暗的灯光下奋笔疾书，发泄心中一腔怨气的情景。此番情境，不是世界上任何诗人的诗歌创作的个案经历可以替代的，也不是任何诗歌创作的理论可以解释的。

有些申请入境美国的人员遭遇了挫折，十分气馁。在等待上诉结果期间，他们在墙壁上书写诗歌，聊以遣怀："壁墙题咏万千千，尽皆怨语及愁言。"有些诗讲到了留住家乡的父母妻儿以及为赴美淘金欠下的债务："椿萱倚门无消息，妻儿拥被叹孤单。"有些诗则反映了强烈的民族意识，对不公平的排华法律进行谴责，因积贫积弱的祖国不能为自己伸张正义恸哭叹息："详恨番奴不奉公，频施苛例逞英雄。凌虐华侨兼背约，百般专制验钩虫。"还有一些愤怒的诗篇谈及报复："我国豪强日，誓斩胡人头。"有些告别性质的诗篇不忘为同路人提些建议，鼓励些许："满腹苦衷聊代表，留为纪念励同魂。"这些诗篇是中国移民最早的文学创作，不仅记录下华人在金山的遭遇种种，而且也证实了排华法律本身徒劳无功、平添荒唐。

这些诗歌，按照主题，可以分远涉重洋、羁禁木屋、图强雪耻、折磨时日、寄语梓里；另外，还有一篇《木屋拘囚序》。除此之外，本书还有大量的篇幅，记录了"天使岛上中国移民的口述历史"，这些采访记录，真实地记录了当时和当事人的心态和想法，补充了诗歌以外史料的完整性（诗歌本身也是史料），并对这些诗篇作了最好的注脚。另外，编著者和研究者的前言、引言，以及很有价值的附录，都为我们今日的阅读提供了方便，提供了必要的信息和内容。

另外，我感到不得不说的是，这本书对于我们认识历史，认识人生，即关于我们中国人的历史和海外华人的奋斗史，无疑颇有价值，而且从另一个侧面，也可以反映出那些公正而有良心的美国人，对于他们自己的历史和现状的清醒认识和明智判断：

今天，我们的国家正在遭遇大萧条以来最为严重的经济危机。美国人仇外的情绪再次高涨，他们指责移民抢了自己的饭碗，影响了美国的经济。此时，我们不应该忘记，除了美洲印第安人之外，这个国家的人民都是外来的，其中包括移民、流亡者、难民、移居斯地的人士。这些人员同舟共济才造就了这个伟大的国家。要想寻求一种方法来修复失效的移民政策，我们务必汲取天使岛带给我们的教训，牢记我们这个国家的立国之本——在所有人享有自由公正的基础上推行民主。

鉴于读者诸君既已一卷在手，可以随意阅读，也就没有必要一一引用那些我们一直想读的诗句，来激发我们的爱国热情和华夏情怀。也没有必要把每一位访谈者的语言，拿来展出一番——至于本书的观点，相信读者自有判断和公论。我倒是宁愿不揣浅陋，奉上自己27年前的旧作，通过这首《孤岛诗魂》的内容、形式，以及有限的背景注释，我相信今日的读者将会了解得更多，感受得更深。

在构思上，这首《孤岛诗魂》是自度曲，它运用中国民间艺术中夹叙夹议的哭丧调式，旨在营造一种哭天喊地的悲剧效果，以达到悼念孤岛诗魂的悲情目的。原则上，这样的诗体具有习俗化、仪式化的抒情功能和感染力。在体制上，属于自创的六行诗节，诗行长短不加严格控制，以便自由抒情，但多节连缀，加强了气势和反复的力度。总体上给人一种规范中有错落的感觉，最后两行用了破折号和平行句的排列形式，加强了平衡感和收束感。但这整首诗并没有完全坚持这样的诗节格局，意在最后打破一下，卒章显志，以避免呆板，或类似于尚飨。

孤岛诗魂

距 Alcatraz 孤岛监狱不远啊，
游离于旧金山海湾的弧线之外，

你是大洋上漂浮的一叶孤舟啊，

学步的幼儿却要离娘怀。

——远涉重洋的幽魂啊，是你，

　　逐波漂流向着那前途未卜的茫茫大海！

Angel岛上的一座木屋啊，

记下了你无数的心酸。

这里关押过成百成千的华工啊，

你本是他们中间的一员。

——不，你代表了那十七万五千名广东华工啊，

　　你的历史从1910年一直写到1940年。①

莫非你搭乘远洋轮风雨兼程直抵此岛？

莫非你绕道北边的加拿大再辗转而来？

莫非你取道南边的墨西哥偷渡国境？

莫非你登陆于北南美之间的加勒比海一带？

——可你总归是早期来美的华人移民啊，

　　或许称你为中华难民更妥帖！

清末民初的华夏民族啊，

正值内忧外患加上多灾多难。

你这祖辈打鱼为生的人啊，

为生机所迫？为强权所逼？

——一家人东拼西凑省吃俭用让你揣上几个银元，

　　一路风浪颠簸饥寒交迫将你抛上这片海滩。

可你身无片纸怎能证明你的华人身份啊，
竟想抱着侥幸心理蒙混过关！
也许你有官方证明可美方却不承认，
且不说为了那一纸空文曾付出过多少艰辛。
——于是乎你一上岸就被囚禁啊，
　　囚禁在这号称"天使岛"②的木屋之内。

你也许还不知美府早就通过了排华法案③，
你也许还不晓美国劳工正怕你抢了他们的饭碗，
你也许还不懂得为何工头们要煽动排华情绪，
你也许还不明白美国的失业大军正有增无减。
——你只听说花旗下比龙旗下好挣钱啊，
　　想挣了钱再腰缠万贯地重返家园。

你原本是做着黄金梦来赶淘金热的，
没承想却不让你靠近金矿。
你只能在白人淘过的弃矿中苦苦搜寻啊，
可收入的半数竟要落入华府的皮囊。④
——你于是放弃了淘金变苦工啊，
　　挖河，挑沟，修铁路，开虾鲍鱼场……

住惯了一家三代一茅舍的你啊，
怎舍得一个人独占那规定的500立方？⑤
挑惯了一根扁担二百五的你啊，

不允许挑着行李在街上乱晃荡。
——连你脑后那根辫子也要忍痛割去啊，
　　　怎对得起生你养你的亲娘，管你怕你的皇上？

怎么对你讲你还是不懂啊，
怎么给你劝你还是不信。
连上海广州都在抵制美货啊，⑥
海外的侨民移民也闻风援助。
——"本是善良无害的一族啊，
　　　白人却不屑一顾，或待之若猪狗！"⑦

这幢能容纳四五百人的木楼啊，
便成了您的栖息之地，你可愿意？
可你还是十几岁的娃娃啊，
哪里有过身陷囹圄的经历，你可乐意？
——门外有美国警察守卫着，
　　　门内同胞连交谈也不许！

木屋关得住你的身啊，
铁窗锁不住你的心。
你于是操起刀一把啊，
面壁倾吐你的怨愤。
——残阳如血是你的梦啊，
　　　涛声似鼓催你的魂。

你刻下了满腔的怨愤啊，
你刻下了命运的不公；
你刻下了人生的不幸啊，
你刻下了自己的无能。
——惨淡的月光摇大树啊，
　　昏黄的灯光照你的影。

唐人街的华人首领啊，
移民局的巡视官员，
一再投书华府当局啊，
要把这边境检查站搬迁。
——直到1940年一场大火烧了行政楼啊，
　　你们才跑出这牢监。

华人才出这囚室啊，
日军战犯入牢中。
新漆的四壁乱刻画啊，
遗臭万年也留名。
——可惜华工的辛酸史啊，
　　被日语的假名多损毁。⑧

岁月在年复一年地流逝啊，
字迹在日复一日地模糊。
游人在成双成对地走啊，⑨
诗魂在孤孤单单地游。

——一个偶然的发现啊，⑩

　　竟发现诗文百余首。⑪

你也许是那七言的悲愤者，

你也许是那五言的觉悟者，

你也许是那四言的目击者，

你也许是那无言的思考者。

——"埃仑此地为仙岛，

　　山野原来是监牢。"

你，莫不是那第一个手抄本的搜集者，

《集弱者之心声》的呐喊者？⑫

你，莫不是那最后撤离木屋的回首者，

"国民不为甘为牛"的猛醒者？

——"良可慨也，

　　尚忍言哉？"

远涉重洋兮抛家园，

羁禁木屋兮独悲伤。

寄语梓里兮记吾言：

图强雪耻兮未能忘。

——你就是你，你是那

　　埃仑岛上不散的幽魂！

啊，你还不能告慰吗？

"以身受之苦，作悲愤之文"的囚徒，

你是那《木屋拘囚序》的作者，

"知海内外同胞读之，必生无限刺激矣"，

还有你，刊登此文的三藩市《世界日报》的记者。⑬

——"血耶？泪耶？墨耶？"

　　昔耶？今耶？明耶？

归去来兮，

——孤岛诗魂！

归去来兮，

——中华之魂！！

【注释】

① 仅指1910年天使岛移民边境检查站成立到1940年撤离此岛这30年时间。

② 英文Angel Island直译为"天使岛"，后面"埃仑此地为仙岛"一句系当时华工的说法。

③ 指1882年美国政府颁布的《排华法案》。

④ 指1852年的异邦采矿税法案，规定收入的半数须纳税。

⑤ 当时美方规定中国移民每人必须占有500立方英尺的空间。

⑥ 指1905年率先在上海爆发的抵制美货运动，后来迅速波及广州等城市及海外华人聚居区。

⑦ 词句为美国著名作家马克·吐温有感于华人悲惨处境的感慨之辞。

⑧ 指日军战犯在墙上用片假名平假名刻的口号和名字，破坏了华人原来的诗句。

⑨ 该岛上这一院落后辟为美国国家公园，供游人观赏游览。

⑩ 这些诗句于1970年被一名叫亚历山大的公园工作人员发现。

⑪ 现共搜集到华工当时所作诗135首。

⑫ 这里指1930年一位华人因于此室时抄录的92首诗，后集成手抄本《秋蓬集·集

弱者之心声》，并于后来在上海一家杂志撰文披露这段生活及见闻。

⑬《木屋拘囚序》乃一长诗，刊载于1910年3月16日的旧金山市《世界日报》，该报记者曾加按语。

记1990年秋于美国旧金山所闻见，

并读美国旅华者所赠之《埃仑诗集》，

乃作此诗，表一腔激愤之心绪。

朱墨，1990年冬日

碰巧的是，当我以诗作结，即将完成这篇"蓄谋已久"的序言的时候，发现我们自己正在临近一个特殊的日子——手机上显示的7月4日，正是美国的国庆节。（因为刚到美国，还未来得及调整好日期。）明天节日放假，原本暑期度假的我们，想必也要领着在美国出生的双胞胎孙子外出游历了。这使我联想到，有多少个华人兄弟姐妹和家人团聚，儿孙满堂，欢歌笑语，活跃在美利坚这块土地上，自由地呼吸，奔跑，享受阳光和新鲜空气。

但我们且不可忘记，而且提醒我们的子孙万代都不可忘记，百年前那些刻在旧金山天使岛拘囚室墙上的华人同胞的诗篇，虽然我们无法一一记住他们的名字和经历。我们不可忘记，我们是黄皮肤黑头发黑眼睛的中华民族的后裔，我们有自己辉煌而耻辱的民族史和留洋史，我们有一个共同的当下和一个灿烂的未来。

愿天使岛上的英魂不散，诗魂永存！

2017年7月4日

美国加州耳湾寓所

目　录

附录

前　言

杨碧芳　林小琴

　　1940年，一场大火烧毁了旧金山湾天使岛移民拘留所，从此给中国人移民美国的历史上最为心酸的一章画上了句点。当初拘禁中国人的拘留所在火灾中幸免于难，美国陆军曾经在第二次世界大战期间用它来关押战犯。后来这栋建筑就被弃置了。30年后，加利福尼亚州的园林管理局最终下定决心将这栋建筑拆除。幸运的是，拆除的命令从未执行，这要归功于具有远见卓识的园林管理员亚历山大·韦斯（Alexander Weiss）。

　　1970年，韦斯在天使岛上进行巡检的过程中注意到拘留所的墙壁上写满了中文字迹。尽管他看不懂这些文字，但是他知道这一定是曾经被拘禁在这里的中国人留下的。韦斯将他的这个发现向上司做了汇报，但是他们对此不仅毫无热情，而且也并不觉得这些墙壁涂鸦有任何意义。于是他联系了他旧金山州立大学的生物学老师乔治·荒木（George Araki）。荒木与旧金山的摄影师马克·高桥（Mak Takahashi）

一同去了天使岛，后者在泛光灯的照明下，几乎把带有字迹（大多是诗歌）的每一寸墙面拍摄下来。

这些诗歌的发现正值亚裔美国人为争取种族平等与社会公理奋斗旗鼓高涨的时期，于是迅速引发了当地社区人士的高度关注，要求保留这些历史陈迹。《东西报》（*East West*）是一份美籍华人经营的双语报纸，上面刊载了高桥早先拍摄的一部分天使岛诗歌。我们得知这些诗歌的存在之后迅速行动起来，开始收集这些诗歌并把它们译成英文，将它们公之于世。由于墙壁经过了二次粉刷，再加上自然的损毁，壁上很多诗歌的字迹变得斑驳难辨。为了在那栋建筑被拆毁之前保留下尽可能多的诗歌，我们的工作得争分夺秒。我们邀请了当地的一位摄影师许光宗以及干尼街工作坊（Kearny Street Workshop）的其他成员帮我们制作墙壁诗歌的拓片。1976年，干尼街工作坊在旧金山唐人埠[①]的一所画廊举办了以天使岛上的中国移民为主题的巡回展览。该展览的展品以美术作品、老照片、这些诗歌的复制品为主，由此，天使岛诗歌以及那个被废弃的拘留所得以为世人所知。

有关天使岛的情况，目前见到的文字不多，于是我们决定对曾被囚禁者与旧员工进行口述历史访谈。然而，没有人愿意回忆这段苦不堪言、有欠体面的往事，因此找到乐于接受访谈的对象十分不易。在寻访过程中，我们有幸找到两位移民——郑文舫和余达明。20世纪30年代早期，这两个人曾于天使岛被困期间在各自的笔记本上小心翼翼地抄下将近一百首诗歌。

1976年，加州州政府拨出25万美元用于保存这栋建筑以及里面墙

[①] 唐人埠，粤语，美国华人移民先辈流传下来的对唐人街（Chinatown）的叫法。本书中保留了部分早期移民流传下来的北美地名的译法，以及粤语口语词汇，以示对他们的尊重与纪念。——译注

壁上的诗歌。在接下来的40多年里，社区活动的积极分子与天使岛被拘人员的后代（包括我们自己）一直在努力还原天使岛上的那段移民历史。对于这项工作来说，至关重要的是天使岛移民拘留所拥有了国家历史地标的身份，我们也获得了资金支持得以将这些诗歌保留下来，把拘留所恢复如初，让它成为美国种族排斥的历史符号，作为良心与和解的见证，以此警醒世人。

该研究项目最初只是一种个人行为，目的是恢复美籍华人历史原貌，但很快就发展成撰书的工作。尽管我们当时都身有全职——麦礼谦是贝克特尔乘造建筑公司（Bechtel）机械工程师，林小琴是电视制片人、诗人，杨碧芳是屋仑（Oakland）亚裔社区图书馆（Asian Community Library）的馆长——但我们还是在三年之内就写完了这本书。在我们三个人中，麦礼谦的中文最好，在华人历史、美籍华人历史方面的知识最丰富。该书的大部分工作是由他来完成的。在查询档案与做口述历史访谈之外，他还将我们从高桥所拍照片、郑文舫与余达明抄录手稿、中文报纸、干尼街工作坊拓片等多处获得的诗歌翻译成英文。此外，他还撰写了诗歌的历史背景介绍，提供了所有的脚注，这些对于理解诗中运用的口语表达，与涉及的历史人物、历史事件的典故十分必要。林小琴在英语诗歌创作方面颇有建树，她花费时间对麦礼谦的译文进行润色，为这些译诗增添了情感，增加了深度。她也帮着做些口述历史采访工作。杨碧芳的工作主要是找寻访谈对象，誊写访谈文字，选取与书中诗歌相得益彰的访谈片段。遴选照片，准备付梓印刷的手稿，这些工作则是由我们三个人一起承担的。

尽管我们对于这本书满怀热情，但是出版方却对此表现得十分冷淡。我们都不是著作等身的学者，而且还被告知美籍华人诗歌的双语选集没有市场。对此，我们没有气馁。我们决定自行出版。本书的出版得到了泽勒巴克家族基金（Zellerbach Family Fund）、华莱士·亚历山大·格尔博德基金会（Wallace Alexander Gerbode Foundation）的部分资金支持，以及旧金山研究中心（San Francisco Study Center）、旧金山中华文化基金会（Chinese Culture Foundation of San Francisco）等机构的帮助。林小琴为这本书取了名字——HOC DOI，即"中国人被困天使岛的历史（History of Chinese Detained on Island）"英文缩写，同时暗合了广东话"客仔"的发音。

《埃仑诗集》于1980年出版，内容包括历史背景介绍，135首中英文对照的诗歌，39个人的口述历史访谈节选以及22张老照片。本书由哈里·德里格斯（Harry Driggs）设计，全书用两种颜色的纸张印刷，封面低调朴素，上面是一艘轮船正在迷雾之中奔向天使岛的图案。本书的设计于1981年获得了由西方美术总监联会（Western Art Directors Club）颁发的优秀奖。《埃仑诗集》于1983年第二次印刷，于1991年由华盛顿大学出版社重新出版发行。诗集初版一直在市面上通行，至今才被这经过扩充的更新版本代替。

本书不属于畅销书之列，却在美国文学、美国历史等领域产生了重要的影响。《纽约时报》（New York Times）的弗雷德·费雷蒂（Fred Ferretti）对此书的评价是"美妙绝伦的诗集，设计美观、插图得体，里面由天使岛无名诗人创作的诗歌荡气回肠"。1982年，哥伦布前基金会（Before Columbus Foundation）在为本书颁发美国图书奖（American Book Award）杰出文学贡献奖时，曾给出这样的评价："《埃仑诗集》在编辑与版式安排方面，堪称标杆，给美国历史添加了意义与透明度，使之更宏大完整。"1993年，天使岛诗歌入选美国文学经典，其中13首诗歌被收入供全美中学生、大学生阅读使用的《美国文学选集》（Heath Anthology of American Literature）。出版以来，《埃仑诗集》

已经成为亚裔美国群体研究、民族研究、美国移民历史研究、美国文学阶层研究等领域的文学样本。天使岛上发生的故事也开始列入公立学校社会科的教材。

更加重要的是本书对于美籍华人社区以及整个美国所产生的影响。本书通过将美国种族排斥与非法移民的秘密公之于世，赋予曾经被囚天使岛人士感情的净化，同时也让这些人免除了非法移民的罪责。这本书使有过天使岛经历的人群得到法律的认可，从此以后我们的父母提起这段移民往事也不再羞于启齿、三缄其口了。至于这些人的子女——在排华法案阴影下成长起来的一批人，《埃仑诗集》则鼓励他们继往开来，与先辈过去的移民经历达成和解，为自己的民族传承而骄傲。对于美国社会其他族群而言，《埃仑诗集》成功唤起了人们对于美国移民历史上耻辱一页的瞩目，同时也让人们注意到防止历史重演的必要性。2009 年，奥巴马总统就移民改革发表的重要讲话中提到了天使岛上发生的故事；2012 年，美国国会就《排华法案》（Chinese Exclusion Act）正式道歉。这些都很好地说明了这一点。

多年以来，《埃仑诗集》进一步引发了后续的大量研究，有关天使岛经历的书籍和音像出版物（电影、电视剧、歌曲、舞蹈以及戏剧）相继问世。其中特别值得一提的是李漪莲根据旧金山国家档案馆（National Archives at San Francisco，即 NARA-SF）存放的排华档案所做的最新研究，以及纳扬·沙（Nayan Shah）对于天使岛上公共卫生问题与医疗实践，刘立崔对于利用"假仔"身份的移民策略与坦白方案（Confession Program），罗伯特·巴尔德（Robert Barde）对于客船与天使岛，及李漪莲与杨碧芳对于全面的天使岛移民历史所做的研究。

不仅如此，天使岛移民拘留所基金会（Angel Island Immigration Station Foundation）与加州州立公园（California State Parks）还携手致

力将这些诗歌保存下来，以及将移民拘留所恢复如初，使之成为历史名胜、历史博物馆。他们委托建筑设计资源集团（Architectural Resources Group）对移民拘留所的建筑、文物、历史、场地等进行了可行性调查。他们还聘请了一批华文学者对墙壁上的诗文进行全面的研究。如今，关于天使岛的历史以及墙壁上的题刻又有了许多新的发现，于是我们觉得有必要推出《埃仑诗集》的第二版了。

尽管麦礼谦没来得及与我们一道编辑这个新的版本就撒手人寰，但是我们在整个编辑的过程中感受到了他的精神对我们工作的指引。他于2009年去世，此前他让我们将书籍正文部分的69首诗歌与附录中的66首诗歌合在一处。他还要求我们将在纽约爱丽丝岛（Ellis Island）、加拿大英属哥伦比亚域多利埠（Victoria, B. C.）移民拘留所的墙壁上发现的中文诗歌收录进来，以便彰显美国不同地区、世界各地的中国移民对于种族排斥与非法拘禁所作出的反应是何等类似。欠缺了麦礼谦良好中文水平的协助，我们只好请求易彻里（Charles Egan）、黎全恩、谭雅伦、杨丽珊等人为我们提供专业支持，帮助我们根据研究团队提供的报告《诗歌与题词：翻译与分析》（*Poetry and Inscriptions: Translation and Analysis*）来翻译新诗、校订讹误。

我们还重新撰写了历史背景介绍，添增了《埃仑诗集》初版问世之后的最新研究，将原先版本中的口述历史节选换成了20个人的完整材料与辛酸故事。这部分新内容取材于我们收集的口述历史访谈以及旧金山国家档案馆存放的移民档案。与《埃仑诗集》第一版不同，此修订版使用了受访人员的真名实姓，并且还附加了他们的照片。

志愿者们花费大量时间研究了由Ancestry.com网站扫描的27卷微缩胶片，以便确定中国移民在天使岛上实际被拘禁的时间、被递解出境的案例以及上诉的情况（见附录表格1与表格2）。我们还更新了参考文献，添加了一张展示广东不同地区移民的地图，一个关于书中提及中国人名、术语的词汇表。①我们相信这些变化可以令读者对天使岛上中国移民的诗歌以及他们的经历获得较之以往更加全面的认识、更加深刻的理解。

2014 年 6 月 1 日

---

① 广东地图及中国人名、术语词汇表旨在帮助英语读者理解本书，故中文版中不做添加。——编注

致　谢

　　《埃仑诗集》修订版得以问世，离不开诸多组织、同事、志愿者、档案保管员、家庭以及个人在时间、精力、知识、专业技能与故事素材等方面给予我们的无私帮助。

　　我们希望向为我们的研究提供了很大便利、对我们提出的问题予以及时回复的以下人等表示感谢：旧金山国家档案馆的雷妙玲、比尔·格林（Bill Greene），加州大学伯克利分校少数族裔图书馆（Ethnic Studies Library）的余慧子；天使岛移民拘留所基金会的黄定中、江少权、方丽芝；寻根之友"麦礼谦寻根项目"的郑国和、欧阳如展；以及罗伯特·巴尔德、本·芬开尔（Ben Fenkell）、雷彩嫦、刘咏嫦、谭雅伦、梁迪恩、李漪莲、刘英伦、王达雄、刘琼凤、安娜·佩格勒–戈登（Anna Pegler-Gordon）、关本昌、玛利亚·萨科维奇（Maria Sakov-ich）、陈国维、卢慧芬、黄少薇、杨丽珊。

　　麦礼谦于 2009 年去世。他未能参与修订《埃仑诗集》，贡献一己之力，实为憾事。我们要感谢以下人等：易彻里、谭雅伦、黎全恩为我们翻译了收入《埃仑诗集》的新诗；杨丽珊在编辑这些诗歌、脚注、参考文献与词汇表的过程中一丝不苟，这次校对中文版她也不遗余力；华盛顿大学出版社的优秀员工——洛丽·海格曼（Lorri Hagman）、蒂姆·齐默尔曼（Tim Zimmerman）、玛丽·利倍斯基（Mary C. Ribesky）、劳拉·伊瓦萨基（Laura Iwasaki）、达斯汀·基尔戈（Dustin Kilgore）、普亚·博伊德（Puja Boyd）——给予本书特别关照；张玉英、林露德在整个项目研究的过程中给予我们的支持与合理意见。

在撰写书稿的过程中接受我们采访、其故事收入修订版的被拘人员如今差不多都已经谢世了。他们虽然离开了，但是我们有幸找到了他们的家人，请他们帮忙补充其先辈故事中的缺失。他们还给我们提供了一些文件与照片，并且准许我们在《埃仑诗集》中使用他们的真名实姓。我们由衷地感谢高明宪与邓锡光、莫伟廉、甄迎春与甄迎彩、李晏宁、刘雅婵、刘华国、谢咏慈、谢友宪、谢军威、方曼丽、郑笑浑、张玉英、黄培正、冯天赐、冯燕桃、琳奈儿·马歇尔（Linelle Marshall）、莫景良、黄淑兰、余国华。

志愿者们帮忙制作了书中的图表以及附录部分。我们特别感谢陈英彦为我们扫描了旧金山国家档案馆存放的身份证件和许多文件；感谢关本昌与我们分享了自己收藏的天使岛诗歌的数码版本；感谢谢咏慈为我们修理了将要付梓的老照片；感谢王性初为我们打印了新发现的中文诗歌；感谢杰米·霍付诸克（Jamie Hawk）为本书绘制了广东地图；感谢何剑叶、杨丽珊，她们为本书编排了中文参考文献；感谢冯文光、陈英彦、高明宪、李志强，他们为本书计算出95 687名移民申请人在天使岛上被拘禁的时间；感谢罗伯特·巴尔德，他为本书计算出这些移民申请人被拘留时间的中位数。

我们的家庭历史与天使岛拘留所联系在一起，有不可分割的关系，父母为我们打开了移民美国的大门，并且替我们熬过了天使岛上被拘禁的岁月，我们要向他们表达最为深沉的感激：黎炳、邓兴妹、林齐高、邝兰仙、谭业精、赵罗英。

天使岛移民拘留所全景图，约1910年。加利福尼亚州立公园 (California State Parks) 藏

引　言
《排华法案》阴影下：天使岛上的中国移民

天使岛（Angel Island），坐落于旧金山湾，毗邻鹈鹕岛（Alcatraz Island），现今已是一座风光旖旎的州立公园。曾有50万以上的外国移民从这里入境美国，其中包括1910年至1940年间来自中国的10万华人。[1]以纽约的爱丽丝岛为蓝本，天使岛被建成新的移民拘留所，新移民在这里等待入关体检验放等事的结果。但大相径庭的是，建设爱丽丝岛旨在欢迎欧洲移民来到美国，而建造天使岛拘留所则出于执行《排华法案》，将中国和其他亚洲移民排除在国门之外。在天使岛拘留的人员中间，有70%是申请入境美国的中国人。他们要在这里经历较之其他移民群体更长时间的检查、口供盘问与拘留，这已经成为惯例。

移民的艰难与拘留的苦痛，两者交会一处，在很多华人心头留下了难以抹去的印记。于是，很多人开始在营房的墙壁上题诗，记录下他们奔赴美国的苦旅、对于故土家园的思恋，以及在美遭遇引发的愤怒心与羞辱感。有些人不愿意把这些悲伤的故事讲给后人听，对此讳莫如深。直到多年以后，在口述历史研究者温情脉脉的劝说下，这些人才愿意一吐心曲。这本诗歌与口述历史的合集见证了这些人在天使岛的辛苦遭逢、持之以恒的抗争以及要在美国开创新生活的坚定信念。

"为口奔驰"

中国人移民美国始于19世纪中叶。第一批移民主要来自中国南方省份广东的珠江三角洲地区。金山（中国民间对于加利福尼亚的最常见称呼）的淘金故事如同磁铁一般，吸引了大量的中国人前往美国。他们中间不仅有探矿者，也有工匠、商人和学生，但更多的还是卖力气的劳动者。后者的身影遍及夏威夷的甘蔗种植园、美国西部的矿山、铁路、农场、渔场和工厂。1882年，美国通过了《排华法案》。在此前的三十年间（1852—1882），超过30万华人进入美国社会。他们作为劳工源源不断地进入美国，极大地促进了美国工业的蓬勃发展，利润不断增加，同时也加速了西方资本主义在全球范围内的扩张。

中英之间曾爆发两次鸦片战争（1840—1842，1856—1860），均以清廷失败告终。之后，积贫积弱的中国被迫开放港口与外国进行贸易，并支付赔偿款200万两白银，其中最动摇国本的是，赋予大不列颠及其盟友以治外法权，这使得他们可以不受中国法律制约。自此，中国人，特别是生活在南方农村地区的人们，生活一落千丈。赋税高企、土地被没收、进口商品的竞争优势、失业的窘境已经让他们疲惫不堪，此外，人口过剩、洪水泛滥、饥荒、匪患、农民起义带来的破坏、持续不断的土客（广州人与客家人）间械斗，更无异于火上浇油。不少人由于滨海而居，很早便与外国商人接触，他们开始前往美国讨生活。当然，这一方面是受到了淘金热的蛊惑，另一方面则是听

前往金山途中。旧金山海事博物馆 (San Francisco Maritime Museum)藏，K9.17265

信了为新世界四处找寻年轻体壮劳工的掮客。

中国人抵达美国之后所受到的待遇绝非友善，这种情况几乎自移民之初便是如此。时值西方对外扩张时期，那些欧洲裔的美国人，笃信命定扩张论，遍身洋溢着白种人的优越感，以所有土地和财富的主人自居，中国移民则沦落为种族歧视与阶级剥削的牺牲品。尽管也有一些白种美国人欢迎中国人的到来，将他们视为美国大家庭的成员，但多数人还是将中国人当作"黄祸"看待——对美国人的生活方式构成道德、种族与经济上的威胁。甚而至于在中国人最初抵达美国之前，很多美国白人便固执己见地认为，中国是一个落后、野蛮、堕落的国度，国内遍布人渣。特别是中国人的种族与文化差异对他们来说更是如隔天壤。无论是大众传媒上还是国会大厅里，中国人的形象被描述为没有道德、充满罪恶、"遍身污秽与疾病"，只能充当苦役，"绝无成为公民之可能"。美国白种人将中国人看作低人一等的种族，将他们与非洲人、墨西哥人与美洲的印第安人归为一类，于是对于中国人多有虐待。

尽管中国人在美国鲜受欢迎，也并未享有一视同仁的待遇，但他们在美国成为世界经济、政治强国的过程中发挥了至关重要的作用。修筑横亘美洲大陆的铁路动脉，华人是中流砥柱，建设美国西部的工业基础设施，他们也是生力军。华工铺设轨道，架设电报线路，开垦沙加缅度–圣华金三角洲（Sacramento-San Joaquin Delta）的沼泽地，开发养殖虾和鲍鱼的渔场，种植纳帕–索诺玛（Napa-Sonoma）大量的葡萄园，培育新的水果、蔬菜品种。无论是对于太平洋西北地区的矿业公司、鲑鱼罐头加工厂，还是对于加州欣欣向荣的农业和轻工业来说，华工都是可以信赖的劳动大军。尽管如此，新到的华工仍然摆脱不了已有的民族成见，受到歧视性法律和种族暴力的伤害。

早在1852年，加州便颁布了对外国矿工执照收税的法律，这是针对华人矿工的一项举措。到1870年这项法律被废止时，税收额度累计达到500万美元，这约略是该州收入的一半。随着淘金热逐渐由盛而衰，不怀好意的矿主们开始诉诸暴力来驱散华人矿工。有很多华人住在旧金山。为了剥夺华工的生计，让他们的日子不好过，这座城市通过了一系列的条例：《立方空气条例》（Cubic Air Ordinance）规定，华人出租房屋空气供给量不得少于500立方英尺（约14.16立方米）；《人行道条例》（Sidewalk Ordinance）规定，华人在人行道上不得用扁担挑运洗衣物；《辫子条例》（Queue Ordinance）规定，华人罪犯需要剪短头发，这在辫子标志国家认同的年月无疑是奇耻大辱。此外，加利福尼亚州还通过了违背民权的法律，其中规定华人不得移民进入该州，不得出庭指控白人，不得申请一切公务局的职位，不得与白人通婚，不得拥有土地。

然而，这只是噩梦的开始。19世纪70年代，西方社会遭遇了经济大萧条。在此期间，白人指责华工压低工资，抢了他们的饭碗，针对华人的暴力袭击时有发生。嗜血的暴徒攻击华人定居地，抢劫、私刑处死、放火、驱赶华人，整个美国西部都弥漫着暴力的空气。对此残酷的虐待华工行径，幽默作家马克·吐温（Mark Twain）非常不满，他曾这样描写华人："他们是个无害的民族，即便白人们无视他们，或者对他们百般虐待，事实上他们根本不会伤害人。"[2]

在工会领袖与投机政客合力施压下，国会终于在1882年通过了《排华法案》。如此一来，丹尼斯·科尔尼（Denis Kearney）在工人党（Workingmen's Party）的沙地集会上提出的口号——"中国人必须滚出去！"——便有了法律依据。这项法案通过后，华工移民进程被搁置了长达十年之久，华人再也无法归化为美国公民。与此同时，美国联邦政府成立了印第安人罪犯法庭（Court of Indian Offenses），指控美洲的土著居民举行异教仪式，并且强令印第安儿童离开父母，入寄宿学校学习。这些举措旨在去除他们身上的印第安人身份，通过同化教育让他们融入白人社会。正是在这样一种高压的种族政策之下，排华经过立法程序成为了联邦法律。

《排华法案》标志着美国移民政策从自由移民、不加限制到施加限制、兼以排斥的巨大变化。在接下来的几年中，美国国会又通过了几项法律，禁止来自南亚、日本、朝鲜半岛和菲律宾等地的移民入境，坦白计划限制南欧与东欧国家的移民入境。[3] 按照种族和阶级划定的移民群体不得入境，这是美国有史以来的第一次。只有政府官员、商人、学生、教师、游客以及那些自称是美国公民的人士不在被禁行列。在随后的几年里，《排华法案》的执行期限一再延长，同时几经修订：弥补条款以及条款实施过程中存在的漏洞，使条款内容的规定与执行变得越来越严苛。1904年，这部法案成为永久性法案。对此，一位中国移民曾经说道："他们称之为'排华法案'，我看不是排华，而是灭族。"[4] 1887年，只有10名华人获准入境。

这些排华的法律一直到1943年才被取缔，而此时美国的华人社区已经遭受了毁灭性的打击。华人人口从1880年的105 000人锐减到1940年的77 000人。很多华人不得不忍受着与身在中国的妻儿长期分离的痛苦。唐人埠成为"单身汉的世界"，随之而来的是很多社会问题——卖淫嫖娼、聚众赌博、吸毒贩毒、堂会火并——这些使得美国华裔在各个地方都抬不起头，总觉得自己是社会贱民、二等公民。

"歪曲的途径"

然而在约略相同的时间，中国国内的日子也日渐艰难。在西方帝国主义的压迫下，中国国内的政治经济形势每况愈下。随后20世纪20年代的军阀混战、国共内斗的硝烟尚未散尽，30年代又爆发了中日之间的大规模战争。在这种情形下，很多人不惜花掉自己毕生的积蓄，甘愿顶着排华声浪千里涉险，碰碰运气，希望能在美国过上好点的日子。一些华人选择先到加拿大、墨西哥，或是加勒比岛国，然后再偷渡进入美国。更多的人选择冒充按照《排华法案》规定可以免禁的群体——通常是商人或美国公民，这是一条迂回曲折赴美的道路。诚如一名曾经滞留者所言："我们也不想非法入境，但是在《排华法案》面前别无他法。我们说真话反而不会成功，于是不得不选择歪曲的途径。"[5]

文书造假成为有利可图的生意，在太平洋两岸兴旺发达起来。坐落在美国的中国公司为那些冒充商人的移民提供虚假的合伙人证明，从中渔利。初次入境美国或到访中国后返美的华人在申报子女人数时总会比实际情况多报几个，这样多出的移民名额便可以出售给那些有计划移民的人，这些人被称为"假仔"——即并非亲生，只是文书上注明的骨肉而已。[6] 1906年，旧金山发生地震和火灾，市政厅被毁，所有的出生档案化为灰烬。这正好有利于那些申报领取出生公民权和转承公民资格的中国人。中国人在规避《排华法案》方面取得了不小的成功，结果便是在《排华法案》执行期间获准入境美国的中国移民（303 000）较之《排华法案》颁布之前的中国移民（258 000）不减反增。[7]据华人移民和移民局官员方面的估计，在这些申请入美的移民中，有80%至90%很可能是"假仔"。

美国移民局官员意识到了中国移民规避《排华法案》的方法。路德·斯图尔德（Luther Steward）是当时的代理移民事务主任，按照他的说法，"若他们（自称是华裔土著）的说法是真的，那么曾在美国居住过的任何一名中国妇女都生育过50多个孩子。"[8] 官员们还指出,在申报者中间,男孩儿明显多过女孩儿。在他们看来,这显然是欺骗当局的明证。移民局随即采取严厉措施。对华人经营的商务机构、开办的学校和教堂进行清查成为惯例,一些非法移民由此落入法网。20世纪20年代,华人社区由于当局对他们实施了"名副其实的恐怖统治"而牢骚满腹。[9] 身穿绿色制服的移民局官员逮捕华人成为了寻常街景,这让广东话中增加了一个新的语汇——"绿衣"。这个词后来成为警察的代名词。在入境口岸,移民局检察官对所有入境资格存疑的中国人予以拘留,直到申请人的身份经过交互审讯完全弄清后才肯放行。由于入境审查宁枉勿纵,对于抵美新移民的惯例性审讯变得越来越严格、越来越详细。

中国人认为那些排华的法律和法规有失公允、带有偏见,把这些法令称为"苛律",意为"严苛的法律"。他们通过外交渠道投诉到美国政府,表达极大的不满,对华人受到的严酷对待表示抗议,特别是那些移民局的官员,他们以怀疑的眼光、无礼的举止对待妇女和拥有豁免权的人士,更让人无法容忍。[10] 1892年,美国国会通过了《吉尔里法案》(Geary Act),再度将《排华法案》向后延期十年。不仅如此,该法案还规定所有非美籍华人必须登记取得居住证,否则可能会有被遣返的可能性。整个华人社区拒绝接受这样的法案,他们向美国最高法院上诉,希望能够得到有利于华人的裁决。意想不到的结果却是最高法院宣布该法案受美国宪法保护。中国人显然输掉了这场官司。1905年,在上海发生了抵制美国商品的事件,中国其他城市和海外的华人社区迅速响应起来。抵制事件成功迫使美国政府放宽了一些较为苛刻的法规,华人社区扳回一局。[11]

从19世纪80年代后期到1910年,在这期间乘船抵达旧金山的中国乘客都有被拘留的经历。太平洋邮轮公司码头一座两层的房子（广东移民称之为"木屋"）被用作拘留所。在这里，移民局官员会对他们进行检查，判定他们的移民申请真实有效之后才会放行。四五百人一下子被塞进破烂不堪的小屋，不见天日，空气污浊，无法活动。华人社区领袖对这座建筑物的安全和卫生情况深感焦虑，于是不断地向美国官员反映情况。《世界日报》是当地的一份华文报纸，据该报曾刊登过的一篇社论称："自有此码头木屋以来，吾华侨之被困其中者，苛虐甚于囚犯，题诗满壁，泪痕满地，甚至有不堪受虐，自经而死者……睹无不伤心切齿。"一些人心灰意冷，冒着生命的危险设法逃脱。仅1908年那个秋天，就有32名中国人在墙上破了一个洞，成功从木屋逃离。[12]

太平洋邮轮公司40号码头上的拘留所。图片来源：《世界日报》，1913年1月21日，第3页

天使岛上移民拘留所的行政楼，约1915年。加利福尼亚州立公园藏

经过调查，移民局宣布木屋是个"确确实实的火焰陷阱"，状况恶劣，且无法补救，于是建议在天使岛上修建新的拘留所，以便更好地收容与日俱增的外国人——主要是华人和其他地区的亚洲移民。随后建议被批准。这一决定并非完全出于人道主义驱使。官员们还有其他的盘算：这一举措一方面可以防止中国移民受到木屋外面亲友的"教唆"，另一方面也可以使美国人远离亚洲人身上莫须有的传染病。最重要的是，这座拘留所建成之后，里面的人插翅难逃，与鹈鹕岛上的监狱无异。[13]

尽管唐人埠的华人领袖指责天使岛的位置有碍探视，这座"世界上最为精美的拘留所"还是于1910年1月21日正式投入使用。[14] 没多久当地政府也意识到把拘留所安置在岛上的举措十分不明智。淡水稀缺，所有的生活必需品都要从大陆运抵也增加了运营的开支。在世界上最为精美的拘留所投入使用几个月后，有关部门便开始打起了退堂鼓。医生梅尔文·格洛弗（Melvin Glover）与代理移民事务主任路德·斯图尔德提交了报告，指出医院与拘留所在设计和建造上存在实用方面和卫生方面问题，并对此大加批评。1920年，移民事务主任爱德华·怀特（Edward White）指出拘留所的结构简直像个"火绒箱"，出于削减开支的考虑，他建议将拘留所重新移到大陆上去。两年之后，移民事务总监赫斯本德（W. W. Husband）也对天使岛的建筑大加指责，"这是我所见过的最为糟糕的拘留所……污秽肮脏，不适合居住"[15]。尽管如此，直到1940年11月——三个月前的一场大火烧毁了行政楼，当地政府才最终放弃了这个地点并将拘留所挪回旧金山。[16]

1940年，行政楼被大火烧毁。旧金山公共图书馆城市历史中心（San Francisco History Center, San Francisco Public Library）藏

"百种专制"

　　天使岛拘留所事实上成了一座全球性的中转站，来自世界各地80多个国家的移民经由这里入境美国。新移民中有三分之二来自中国和日本，也有一部分移民来自印度、朝鲜半岛、俄罗斯、菲律宾、大不列颠、德国、西班牙、墨西哥、中南美洲国家、太平洋岛国、澳大利亚以及新西兰。[17]从乘船抵达旧金山的那一刻起，他们就十分清楚自己将会受到何种待遇，获准入境的机会有多大都将完全取决于移民政策。而移民政策对于不同种族、阶级、性别和民族的移民并非一视同仁。

　　待遇的不同在初检时便显露出来。移民局官员与卫生官员登上轮船，查看乘客与船员的证件与健康情况。一等舱的乘客大多是有钱的

登上天使岛渡轮的人群，1920年。照片左侧的建筑是供拘留人员存放随身物品的行李间。旧金山公共图书馆城市历史中心藏

白人，他们不必离开自己的船舱，抛头露面，对他们的检查也往往草草了事。他们通常会与归国侨民、乘二等舱的游客一道，下船之后立即获准入境。三等舱和统舱的乘客主要是亚洲人和穷人，他们与那些患了病的乘客、证件出现问题的人员都要乘坐渡轮前往天使岛，接受进一步的检查。这样一来，大部分非亚裔移民都绕开了天使岛，即使登岛也只是在那里做短暂的停留。相形之下，中国乘客至少有一半人通常会被送往天使岛，在那里拘留数周甚至数月，等待移民当局对他们入境申请的裁决。[18]

抵达天使岛后，乘客们先将随身之物寄存到行李间，随即便如羊群般被驱赶到拘留所。从那一刻起，严格的隔离政策开始实施。不同种族的人之间保持着一定的距离，白种人得以免受亚裔的"传染"。男人和女人，哪怕是夫妻，也要隔离。在个人情况查清之前不许见面，不能交谈。12岁以下的孩子交由各自的母亲看管。此外，起居区、饭堂、用餐时间、休闲区、医院入口和病房也都刻意分开——这一切旨在将不同阶级、种族和性别的人员隔离开来。高级的拘留所、高档的饭堂、可口的饭菜、良好的服务只有白种人才能享受得到，美国移民政策中根深蒂固的种族主义倾向由此可见一斑。

新抵达这里的移民第一站要到行政楼，这里设有登记处、办公室、体检室、饭堂（四间）、雇员寝室以及可以容纳一百人的拘留所。到了这里，先是安排他们在不同的区域等候，一番匆匆打量、造册登记之后，给他们分配了各自的起居区。中国男人与日本男人分处拘留所里的不同区域；妇女儿童、其他人等则被安置在行政楼二楼的隔离区里。

第二天，有人把他们带到行政楼东北角的医院进行体检。到了那儿，非亚洲人士只需列队让医生随便检查与验眼，看看是否残疾或患

被囚禁的华人站在医院台
阶上。华盛顿特区国家档
案馆 (National Archives,
Washington, D.C.) 藏

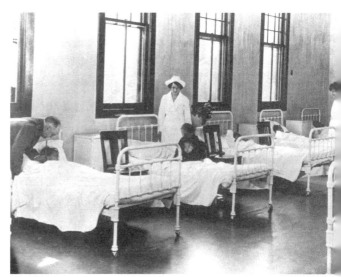

华人妇女的病房。华盛
顿特区国家档案馆藏

有沙眼，往往是草草结束。亚洲人则会接受密集的血液和粪便的检查。这种检查针对的是亚洲人身上携带的肠道寄生虫，但往往令人不悦。移民一旦被检出患有"令人憎恶、高度传染的疾病"就有可能会被递解出境。在1910年以前，这类疾病包括：沙眼、结核病、梅毒、淋病、麻风。到了1910年，疾病名目中又增加了钩虫病、丝虫病。1917年的时候，名目规模再次扩大，支睾吸虫病（肝吸虫感染）增加进来。由于亚洲农村地区卫生条件较差，来自中国、日本、朝鲜半岛、印度等地的人大多被诊断出患有上述寄生虫病，结果入境申请遭到拒绝。在体检过程中，按照规定，男人要赤身裸体，身体是否有畸形一目了然。妇女一般不必脱掉衣服，除非医生检出她们身上有某些特定疾病的症状。然而，若是检查人员发现某些人与申报年龄不符，那么，申请人不论男女都要脱光衣服，接受身体各个部位的检查。这样的做法让中国人很难忍受。他们不太习惯在人前脱得一丝不挂，在体检过程中难免会"面红耳热"，梁先生便曾经有过这样的经历。有一个护士为了提取粪便样本，勒令一群女学生当面大解。她们将之视为无礼行径，多有怨言。[19]

　　中国人对这些羞辱性的、歧视性的做法表达了强烈的不满。《护公理报》（*Chinese Defender*）曾刊登过一篇讽刺性的社论，谴责公共卫生部门发明"钩虫病诊断"这一招作为排华手段。"原来如今到达美国的移民患上了钩虫病。这是谁彻夜难眠思量出来的妙计？真绝啊！"经过华人团体与外交部门的强烈抗议，美国政府重新对寄生虫病做出区分，同时允许病患到移民医院就医，只是医药费用需要自己承担。不足为奇的是，与欧洲移民相比，亚洲移民遭到医务人员拒绝的概率更大，在岛上停留的时间更长，后续的花销也更多。过了体检大关的那些幸运儿返回驻地，静候召开听证会来审查他们的移民申请。

"苛政似虎"

拘留所投入使用之初，移民等候裁决的时间可能长达几个月之久，这让人们怨声载道。然而，到20世纪20年代中期止，滞留时间平均为两到三周。总的来说，中国移民滞留时间的中值是16天。中国人还对申请移民和出庭作证时遇到的审查程序进行了投诉，认为这些程序有失公平。作为回应，移民局对相关规定进行了修改，规定华人案件不再由一名检察官决断，改由专门调查委员会听证。中国人自此有了与其他外籍人相同的资格。调查委员会由两名移民检察官和一名速记员组成。它在程序和证据方面不受联邦法院所采用的规程限制，但却可以使用它认为合理的一切手段，对按《排华法案》和一般移民法律申请入境的移民进行资质审查。对于中国移民来说，这就意味着他们在天使岛上要经受比其他移民群体更长时间、更令人疲惫的审讯。

申报商人身份的中国移民需要提供详细的商业往来文件、货物的数量、贸易伙伴的清单，并要求两名白人代表作证。他们的外貌、字迹、衣着和双手（粗糙还是光滑）都会作为证据，来判定他们到底真是商人，还是劳工扮作商家。王仲康获准经由天使岛入境美国，成为有案可稽的第一个入境者。上述程序他都经历过。他向移民检察官出示了经由湖广总督和美国驻广州总领事签字的文书，证明他是商人，属于"第六款"规定的可以豁免人群。除此以外，他身着锦绣长袍，怀里揣着准备投入食品杂货生意的500美元。检察官洛伦逊（Lorenzen）写道，这名申请人从外貌来看就"可以断定"，他绝对不会是劳工。王于三天后入境。[20] 然而，即使是商人，被允许入境后，也并不意味着他不再需要与移民局打交道了。按照规定，所有的华人公司都

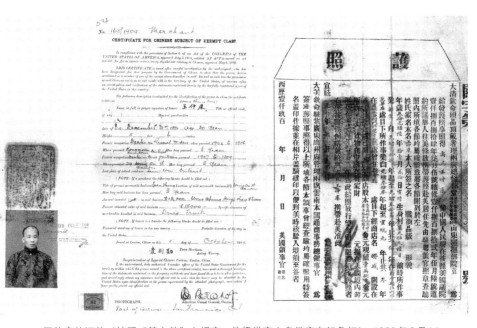

王仲康的证件（按照"第六款"之规定，他凭借商人身份享有豁免权），1909年9月11日。旧金山国家档案馆藏

需要定期向移民当局提交最新的贸易伙伴清单，调查人员还会经常深入华人社区，查明商人赖以入境的豁免身份是否有效。若豁免身份失效，他们将被遣返回国。

在20世纪20年代以前，中国人在选择移民身份时更倾向于说自己是美国本土人士的子嗣。因为通常没有文件来确认或否认这种身份，关涉中国人的案件在审讯范围和方法上都与来自其他国家的移民迥异。证据经常局限在申请人和证人所提供的详细证词，涉及家族历史、亲属关系、生计安排、村里的日常生活等。申请人有时需要辨识家庭照片，画出先人的村落及周边乡村的地图。申请人和证人的言词若有出入，他们将会面临驱逐与遣返的命运。有一些案件没有证人作证。曾有一名归国的美籍公民声称自己年幼时去了中国，便属于这种情况。这时有关部门便会问一些问题，测试他的英语水平，考察他对美国生活的回忆："你乘坐过有轨电车吗？""这里冬天下雪吗？""你知道城里有任何中餐馆或庙堂吗？""你家对面是哪个商店？""积臣街（Jackson Street）与都板街（Dupont Street）走向相同吗？"[21]

入境美国的中国妇女主要是商人或美国公民的随行妻眷。她们遭遇的经历较之男人更为不堪。首先需要向移民局官员证明她们丈夫或父亲仍在享受豁免权的人员之列，还要证明自己的身份和亲属关系真实可信。因没有官方的出生证明或结婚证件，更需要详细地回答有关起居环境、婚姻关系等私密问题。移民美国之前嫁入夫家未久的妇女对于这些问题难以应对。怀疑从事皮肉生意或是有过"卑劣"行径的妇女会接受更长时间的审讯，并且需要回答有关性事的问题，这些问题让人羞于启齿，男人们遇到也会瞠目结舌。

了解到天使岛上的审讯步骤，中国移民采取了应对措施。赴美之前，有移民包位（掮客）会把一份材料提供给他们以及相关证人，让

問汝夫妻二人在于排山村結婚之屋傢所之屋傢
也的地畫○傢有幾多間睡房○幾多度
出外門口○此出巷門口傢向何方

答○汝新房及夫夫二人要照足自己村之屋傢
歇我之屋答吊書貝切不可講差些兒
有候了□講□□□□□□□□□□□

問汝夫妻二人在于排山村結婚之屋傢
住在此屋傢是有別人同汝夫妻二人同屋居
住

答○獨傢我夫妻二人居住○無別人同居

問汝夫妻二人結婚所住之屋傢汝夫妻二人
在此屋傢是有別人同汝夫妻二人同屋居
住

答○獨傢我夫妻二人居住○無別人同居

問汝夫妻二人在于排山村結婚之住屋傢住
有幾人

答○我夫妻二人在于排山村結婚之住屋
居住的有一個月久○卯年不在此村居住

問汝夫妻二人結婚之時可慶三朝回門
同齊汝夫夫去返汝外家見岳父岳母否

答○我夫夫結婚之後傢不慶三朝回
門同我夫夫返外家是我夫夫結
婚之後我自己去過返外家住的四
次○大次滿月二月廿四日去過返外家住的天
大二次三月初十日去又去外家住的有天
又傢三月廿五日去又返外家住的有三
天又久○以上的次全係自己去○我夫夫無去

問汝是汝夫由排山村住屋处帶同汝去到澳
門汝外公陳康大衆中处居住傢有幾人

答○我夫夫傢民國廿六年五月同我在于排山村
住屋處帶同汝去到澳門○我外公陳康大衆中处
六年五月日至我夫夫傢民國廿六年正月廿十日去于排山村
住屋處帶同我去到澳門○我外公陳康大衆中处住遇
外公陳康大衆中处住居○亦無在此处我
食過飯○因我夫夫有重事同去到五月廿
干点健由澳門搭火船返港去住○故此我夫
夫無在外家中处過夜食飯○係食遇
茶而另○廿五日間我夫夫又去香港○我夫夫返
港外家亦無食飯○係食茶遇○我夫夫
二人在香港住至五月廿六日間我夫夫由香
港返澳然後我夫夫去菭金山火船返回
金山○然雖然我同我夫夫由香港茤金山火船返回
二人在香港住至五月廿六日間我夫夫由香港

問汝夫夫由排山村之住屋处帶同汝去到澳
門汝外公陳康大衆中处居住傢有幾人

然後汝夫夫出門返回金山

問汝是汝夫結婚之後住在于排山村不住之傢○汝
夫妻二人傢去何处居住遇

答。無

問汝是汝夫結婚之後汝夫傢自己一个可
有去遇汝外家見過汝父母及汝兄弟等
否

赵罗英的口供手册，上面写着移民检察官可能会问及的问题和答案，例如：结婚后屋里有几个睡房，几个厅，几个外出的门？屋里有几个人住？杨碧芳藏他们记在心里。移民熟背长达数十页的辅导口供的手册，包括家族历史、家庭生活、个人习惯等方面的辅导资料。申请人和证人若申报虚假亲属关系，记住这些内容十分有用。一个接受过审讯的人告诉我们，她母亲目不识丁，于是就把辅导材料编成一首歌谣背了下来。陈月红说："她让别的妇女读给她听，然后就像是唱戏一样把听到的内容唱出来。"人们常将辅导口供的资料带上船以供温习之用，在船只抵达美国港口的时候，再把这些材料扔进海里或是毁掉。1993年，黄先生滞留天使岛的时候只有12岁，他对我们说，他父亲不停地催他把辅导材料上的口供记下来，甚至还把写有辅导材料的字条藏在他的帽子里，供他温习之用。有一次，天使岛上的孩子们把他的帽子摘下来玩耍，抛来抛去。这着实吓坏了黄先生："他们不知道我为什么会面如土色，当时我差一点就被吓哭了。"[22]

有些检察官虽然严格却很公正，有些喜欢与申请人斗智斗勇，还有一些会对申请人百般恐吓，以此判定真假。从移民局官员的角度看，这些做法对于查出问题、骗局十分必要。然而，在中国人看来，这种令人胆战心惊的审讯缺乏道理且过于苛刻。多年来，他们不停地进行投诉，认为问到他们的细节问题与调查委员会的职守毫不相关。有一些问题无论是谁都难以作答："你家里人的生日和结婚日期在哪一天？""你父亲一年之内给你写几次信？""通向你家阁楼的楼梯有几级台阶？""你们村第二排房第三家住的是谁？""你们家的祠堂是用什么材料修建的？""你们结婚时有多少客人到场？"哪怕是真正的儿女，甚至提前研究过辅导手册的人，在这种考察面前也难以过关。

鉴于中国移民一般听不懂英语而检察官又不会说中文，调查委员会在听证时会聘请一名译员。在《排华法案》实施的头几年，聘请华人作为译员是被明令禁止的。在政府官员看来，华人参与移民工作存在问题。到1910年天使岛拘留所正式投入使用，政府的规定才有了变化。其中部分原因是很难聘到能够胜任此职位的白人译员。受聘的华人译员大多上过大学，懂得几种中国方言，经白人传教士或信誉良好的公民——如旧金山长老会传道收容所（Presbyterian Mission Home）主管唐纳蒂娜·卡梅伦（Donaldina Cameron）——积极推荐，走马上任。即便如此，为了预防移民申请人、证人和译员合谋串供，调查委员会在每一次听证时都会聘请不同的译员。听证会临近尾声，调查委员会主任通常会让译员辨别听到的方言，旨在判定申请人和报称彼此为直系亲属的证人所讲的方言是否相同。华人译员在调查委员会的最终裁决中没有发言权，但是他们在听证会上的态度和一举一动对于接受审讯的申请人来说却可能会有正面或负面的影响。

移民部门的腐败行径在全国范围内蔓延开来，天使岛上也并非净土。移民检察官和译员收受贿赂从而做出有利于申请人的裁决和翻译，这已是公开的秘密。1917年，联邦大陪审团曝光了一个年盈利数十万美元之巨的走私集团，最大的一桩移民丑闻得以大白于天下。天使岛上的腐败行径也受到调查，包括雇员偷窃并涂改中国非法入境人员的记录，将记录副本以100美元的价格出售给中国人，移民检察官索取200美元就可以将中国移民档案中的照片予以更换。大陪审团起诉了30人，其中包括移民检察官、律师以及中国的移民掮客。经过调查，25名雇员遭到开除、更换岗位的处理，有的被迫辞职。[23]

诉讼一般会持续两到三天。若是需要审讯的证人所在的城市比较远，或是申请人和证人需要被召回原地重新对其证词的前后矛盾处进行审讯，诉讼时间便会延长。申请人需要回答很多问题，少则20个，多则1000个不等，打印出来的记录短则20页，长则80页各异。[24] 在听证过程中，若是出现记忆模糊，作答出错的情况，便会追加一些意想

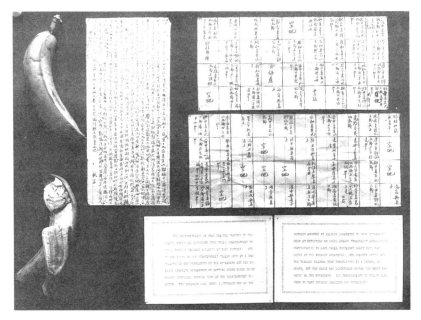

在香蕉里发现的口供字条与详细的村落地图。华盛顿特区国家档案馆藏

在厨房工作的华人员工。华盛顿特区国家档案馆藏

不到的问题。有鉴于此，为了防止证言中出现前后不一、彼此龃龉的情况，把辅导资料偷偷带进滞留区域就变得十分必要了。偷带的一种方法是将写有辅导内容的字条藏在礼品包装中，由城内的亲戚寄进来。移民局负责例行检查信件和包裹的官员发现，中空的橘子、香蕉、鲜肉包都是藏匿违禁材料的工具。更有甚者，先把花生壳撬开，将字条藏匿其中，再把花生壳用胶水粘上。另一种方法要依靠在厨房工作的华人，他们每周轮流休息的一天，会到唐人埠特定的商店停留，把滞留者亲戚留下的辅导资料收集起来。只需要花几个小钱，他们就会把这些材料偷偷带回移民拘留所，并在用餐的时间把材料交给自治会（拘留此地的华人男子成立的互助组织）干事。材料随即被带到楼上的拘留营地，交给指定的申请人。

倘若有人在传递字条时被发现，所有的人都会过来帮忙销毁证据。1928年，一次这样的事件登上了各大报纸的头条。在男性拘留人员用过餐后，首席女舍监玛丽·格林（Mary L. Green）陪同一个华人女孩儿来到饭堂。她发现这个女孩儿捡起了一名男子丢下的纸团，于是立刻把纸团夺过来、放到衣服里面。就在这时，那群正要离开饭堂的男子立刻回转身来，朝她猛扑。据一家报纸对此事的报道："50名中国男子袭击了玛丽·格林。他们把她的手臂紧紧卡住，扯她耳朵把头拉后。她身上的衣服都给撕烂扯下来了，他们用手指划她的皮肉，用拳捶打她的胳膊与肩膀，不惜一切代价地寻找那张神秘的字条……找到这张字条后，他们把它撕成碎片，放在嘴里，嚼了几口便吞下去。于是碎片踪影皆无。"[25] 1925年7月2日的《旧金山纪事报》（*San Francisco Chronicle*）报道了另外一次骚乱，起因是白人服务员通风报信，遭到被拘留的中国人的殴打。后来当局不得不动用麦克道尔堡（Fort McDowell）的驻军，军队接到命令，手执步枪刺刀上阵，骚乱才平息下去。

如果申请人与证人的口供基本吻合，有关部门就会做出有利于申请人的裁决，并且批准他入境。如果裁决不利于申请人，他们将会面临被遣返回国的命运。当然，他们还可以将裁决上诉到华盛顿特区（美京）的最高当局，或是联邦法院。被拘天使岛的各个移民群体中，中国人最善于诉诸可供使用的法律渠道来解决问题，并且自始至终不惜工本。很多人聘请处理移民案件的名律师——如约瑟夫·法隆（Joseph Fallon）、乔治·麦高恩（George McGowan）、阿尔弗雷德·沃利（Alfred Worley）、奥利弗·斯蒂格尔（Oliver Stidger）等人——在天使岛代理他们的申请。律师费从 100 美元到 1 000 美元不等，若是案件上诉到了华盛顿特区，则会额外加收 500 美元到 700 美元各异。[26]

1910 年到 1940 年间，天使岛上移民检察官受理的中国移民申请多达 95 687 份，其中 8 672 份被拒绝，占总数的 9%。这其中有 88% 的人聘请律师进行了上诉，有 55% 的人获得了成功。在很多案件里面，最高当局认定天使岛上的审讯过程有失公允。在华人上诉的案件中，只有 5% 的人会被遣返回国，但是由于上诉的过程十分漫长，有 6% 的移民在天使岛上苦苦煎熬了一年有余才等来自己案件的最终结果。[27]

邝丁光（Kong Din Quong）是本土出生美国公民的第三代，他保持着已知的拘留时间最长的纪录。1938 年 11 月 9 日他登上"柯立芝总统"号轮船，向当局申报自己生于 1921 年 12 月 29 日——日期是他父亲首次获准入境美国八个月后（父亲也在中国出生，祖父却出生于美国）。三名医生对他进行了观察和体检。基于检查报告，专门调查委员会认定邝的实际年龄比申报年龄要大，而且出生于其父赴美定居之前。邝被拒绝入境，理由是其父在成为美国居民之前所生的孩子不具备公民权利让渡的资格。邝将自己的案件上诉到美国州地方法院和巡回上诉法庭，以败诉告终。1940年12月4日，他被遣返回国，至此他在天使岛上被拘留了756天，约25个月。[28]

在其他移民族群中，只有南亚人（其中多是锡克教徒）被拒绝入境和遣返回国的概率高于中国人。1910年到1932年间，25%的印度移民未能获准入境，当局给出的理由是他们患有钩虫病或"很可能靠政府救济"——后面这一条是针对那些没钱或找不到工作的申请人而设立的。既没有资金来源，又得不到本族团体、本国政府的支持，很多人还没来得及上诉就被遣返回印度了。[29]

与此大相径庭的是，日本籍申请人在岛上被拘留的时间最短，被遣返的比例也最低（不到1%）。究其缘由，盖因为日本在两场战争中分别击败了中国和俄罗斯，在当时已经成为一个强国。为了防止美国国会通过对日本移民不利的法案，1907年到1908年间，美日两国政府达成谅解，即所谓的君子协定（Gentlemen's Agreement）。根据协定，日本此后不再为劳工发放护照。在美国生活的日籍人士则可以把国内的妻儿接来团聚。在《排华法案》执行期间，这对华工来说是可望而不可即的特权。拥有日本政府颁发的护照，可以证明自身入境资格的结婚证件、出生证明，绝大多数日本人在抵达天使岛之后，不出一两天，便会获准入境，其中包括一万名照片新娘（picture brides）。[30]

大多数被拒绝入境的中国申请人尽管失望至极，却也只能忍气吞声，无奈地等待他们的命运。据曾经的拘留人员说，在被遣返回国的船上、拘留营地里常常见到有人自杀，但我们在研究过程中发现的证据却显示自杀的案件寥寥无几。1919年10月7日，《旧金山纪事报》报道说，方福（Fong Fook）从中国前往墨西哥，在此地被拘留几天后，将毛巾绑在煤气装置上自缢身亡。莱斯特·谭（Lester Tom）和杰拉尔德·温（Gerald Won）分别于1931年、1936年被拘留在天使岛上。当时他们还是孩子。据他们说，确实曾经目睹过两名男子由于无法面对被遣返回国的命运而选择在厕所上吊自杀。译员李华镇告诉我们，有一名中国妇女不能接受将被遣返的事实，竟然"把一根削尖了的筷子从耳朵插进大脑而死"。她死后，她的两个所谓的儿子随即获准入境。众所周知，至少还有另外两个妇女企图自杀，其中一个尝试从行政楼上跳下，另一个则是想要在厕所上吊。在拘留营地墙壁上发现的诗歌中还可以找到另外一些证据，可以证明被拘人员中间确有死亡和自杀的案例。[31]

"囚禁木屋天复天"

不管什么时候，天使岛上总关着二三百名男子与三五十名妇女。他们大多是初来美国的人，但也有一些证件存疑的归国居民。较早抵达但未能获准入境、正在等待上诉裁决的人，被逮捕以后准备遣返回国的中国居民，在美国与邻国（特别是墨西哥与古巴）之间穿梭往来的过往旅客，也被困囚于此。举例来说，墨西哥于1931年颁布了《驱逐法令》（Expulsion Order），受此影响，四百多名中国难民从该国入境美国。1932年，这些人被安置在天使岛上的拘留所，在这里等待着被遣返回国。[32]

男女分开住集体宿舍。宿舍里面没有什么家具，只是放着几排由金属制成的或两层或三层的上下铺。每个床位配有一块毯子、一张席子和一个枕头。房间阴暗，拥挤，通风不好，存在火灾隐患。私人空间微乎其微。中国人通常住在拘留营地的两间大屋里。为了防止有人逃跑，屋子被上了锁，没有钥匙无法进出。窗户装有铁丝网，栅栏由带倒钩的铁线围成。每间屋子里面有192个床位。床铺长6英尺，宽2

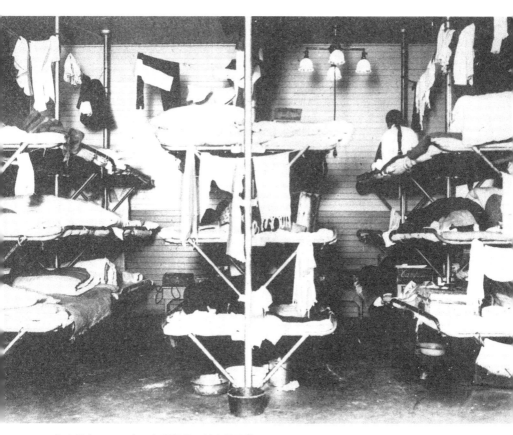

华人男寝，1910年。加利福尼亚州立公园藏

英尺，间距2英尺。美国公共卫生署的一项研究表明，拥挤的环境不利于公共卫生，并且容易引发脑膜炎等传染性疾病的传播。[33] 中国妇女，最初也住在同一幢建筑里，后来在1911年之前的某个时间搬到了行政楼的二楼。无论男女，每天要做的事情是一样的：早晨伴着警钟起床，在饭堂用一日三餐，晚上听到熄灯号后休息。

守卫在宿舍外面坐着，一般不太理会中国人。梁亚娣是在美国出生的华人，出身于旧金山的长老会收容所。这个机构以救助华人娼妓和受虐性奴闻名。在拘留所投入使用的第一年里，梁受聘担任拘留所的译员兼助理舍监，极力推荐她的正是收容所主管卡梅伦女士。梁亚娣受令诺思（H. H. North）主任，专门负责侦查出那些意图入境的娼妓。在天使岛任职期间，梁亚娣遇到了移民检察官查尔斯·舒尔策（Charles Schulze），两人随即相爱。因为加州存在反对不同种族通婚的法律，他们不得不前往华盛顿州结婚。由于当时的种族主义甚嚣尘上，没过多久他们二人便被迫辞职。梁亚娣离开后，天使岛始终没有聘到懂中文的舍监取代她的位置。1912年到1925年间美国迎来了日本妇女入境的高峰期，在此期间，迫于日裔移民群体的压力，寺泽久吉（Fuku Terasawa）受聘出任日语译员兼舍监。[34]

移民检察官查尔斯·舒尔策（Charles Schulze）与译员兼助理舍监梁亚娣，1912年。苏天光藏

华人男子的活动场地。加利福尼亚州立公园藏

　　困囚在寝室之中的男人们在各自的床上萎靡不振，醒着的时候只能靠做白日梦，或惆怅将来聊以遣怀。有些人以赌博度日，他们手里没有什么钱，所以赌注并不大。识字的则看看旧金山寄来的华文报纸，或是自己从家里带出来的书。他们将成百上千的诗文和图片刻写到墙壁上面，肯定也花了大量的时间。这种行为通常是偷偷进行的。因为营地张贴了严苛的规定："该建筑物属于美国政府所有。在墙上写字，损毁墙壁，损坏里面的任何财产皆属违法。"[35] 很明显，这些告示没能阻止他们。自治会为他们购买了一台留声机，几张中国戏曲唱片，几样乐器，截至20世纪20年代最后几年，他们还可以依靠这些聊以自娱。这里有一处单独的、用围墙圈起来的户外活动场地。白天的大部分时间这里都是开放的，雨季除外。男人们可以在这里呼吸几口新鲜空气，活动一下筋骨。他们在职员的陪同下每周可以去一次码头上的行李房，从自己的行李中挑选几样所需的物件。

外出散步的妇女与传教人员艾莉诺·舍拉夫（Eleanor Schoeraff）（最右端）在一起，约1930年。加利福尼亚州立公园藏

　　妇女们在囚禁中以不同的方式消磨光阴。她们很多人没有受过正规教育，读不了旧金山寄来的书报。有些人做点针织、针线，有些人则参加了由社会工作者组织的英语和美国化方面的课程。妇女儿童在有人监督的情况下可以定期地分组到操场散步——男人们则没有这种权利。尽管没有像男人们那样建立起组织，但这些妇女告诉我们，她们会以自己的方式相互支持——共享城里亲人寄来的食品，替不识字的人读写信件，安抚受了委屈的同伴，出于害怕撞见在厕所自杀妇女的阴魂，彼此结伴如厕。1940年，囚禁中国妇女的行政楼在大火中被烧毁，因此我们没有记录下妇女创作的诗歌。但是不止一名拘留人员回忆说曾在女厕所和女寝室的墙上看见过许多悲苦的诗篇。

　　与其他移民群体不同，中国移民不得与访客见面，当局害怕他们见面之后会在审讯时串供。除了移民局官员之外，她们最常见到的外来人员是女执事凯瑟琳·毛雷尔（Katharine Maurer），1912年，她接受了美以美会妇女之家布道会（Women's Home Missionary Society）的委派，开始关注天使岛全体移民的福利与需求。她的工作还受到了"美国革命女儿"（Daughters of the American Revolution）组织的资金与礼品资助。后来毛雷尔因"天使岛天使"的名号为世人熟知，中国妇女则称她为"妈妈"。她帮助被囚人员写信，教她们学英语，组织圣诞晚会，为妇女儿童提供化妆品、衣物、书籍、玩具以及缝补衣服、做针织的工具。她于1951年退休，在此之前她还在移民拘留所分发《圣经》，宣讲教义。[36]

女执事凯瑟琳·毛雷尔（Katharine Maurer）与妇女儿童在行政楼屋顶，约1930年。加利福尼亚州立公园藏

在毛雷尔的请求之下，旧金山华人男青年会（YMCA）也定期地造访男子拘留营地。从20世纪20年代起到1940年该拘留所关闭止，来自青年会的造访者为被囚人员放映电影，开设英语课程，带来报纸、康乐器具，为移民在美国的生活扫除障碍。华裔牧师也经常造

一位华人牧师在活动场地对被囚人员讲话。许光宗藏

访，向被囚人员布道。[37] 有时候，华人女青年会（YWCA）的工作人员也会造访这里的女子营地。然而，无论是毛雷尔还是这些造访者，他们都改变不了这里由歧视性排华法律所造就的如同监狱般的基本境遇。不仅如此，他们所做的不懈努力，也终究未能说服多少人皈依基督。

"忍藏能雪恨，忍辱复仇功"

滞留天使岛的中国人对于长时间的囚禁本来就深恶痛绝，获悉来自日本、俄罗斯等国的移民在一两天之内便能经过审讯从这里获释，于是更加义愤填膺。移民拘留所里条件恶劣，他们整天无所事事，这些对于已有的愤怒情绪来说无异于火上浇油。他们无法改变或改善自己的境地，于是便定期向中华会馆、中华总商会、中国总领事请愿求助。1910年，天使岛拘留所投入使用后不久，第一封指控虐待的请愿书便寄了出去。[38]

　　拘留人员的最大不满在于他们的伙食十分糟糕。当地政府基于公开招标特许私营公司为拘留人员提供餐饮，特别规定为亚裔拘留人员提供饮食的开支应少于欧裔拘留人员或员工。[39] 1916年，中国人每餐平均花费从14美分降至8美分，随之而来的是伙食质量的下降。对此，男性拘留人员进行了抗议。他们在饭堂爆发骚乱，将饭碗倒扣，用餐具和饭菜投掷卫兵。这样的骚乱时有发生，结果促成当局张贴中文告示，警告用餐人员不要制造事端、把饭菜倒在地上。1919年，一场酝酿多时的暴乱发生了。当局被迫电令天使岛东岸麦克道尔堡的联

华人餐厅，后面是小卖部，1929年。旧金山公共图书馆城市历史中心藏

行政楼内的华人餐厅。用餐时间这里十分吵闹、拥挤。加利福尼亚历史协会(California Historical Society)藏

邦军队进行干预，秩序才得以恢复。一年后，华盛顿（特区）当局最终决定改善条件，天使岛拘留所开始供应较好的伙食。据《世界日报》的报道，这场暴动之后的菜单如下：

早餐——（周一）猪肉煮梅菜，青菜，茶饭；（周二）猪肉芥菜汤，腐乳，茶饭；（周三）猪肉煮菜，咸鱼，茶饭；（周四）猪肉煮腐竹，苏梅酱，茶饭；（周五）猪肉冬瓜汤，酱油豆腐，茶饭；（周六）茶瓜蒸牛肉，青菜，茶饭；（周日）粉丝蒸猪肉，腐乳，茶饭。

午餐——（周一、周三、周五）猪肉粥，茶，面包，饼干；（周二、周四、周六）甜西米，茶，面包，饼干；（周日）猪肉面，茶，面包，饼干。

晚餐——（周一）猪肉煮粉丝，咸鱼，茶饭；（周二）金针菜煮鱼，榄豉，茶饭；（周三）薯仔煮牛肉，榄豉，茶饭；（周四）芽菜煮牛肉，咸鱼，茶饭；（周五）金针菜煮鳕鱼，榄豉，茶饭；（周六）眉豆煮猪肉，榄豉，茶饭；（周日）芜菁或云耳煮牛肉，牛肉葱头，咸鱼，茶饭。[40]

在成立组织方面，男人要比女人做得更好。1918年，他们成立了自治会，旨在互相帮助，维持营地秩序。其英语名称叫作"天使岛自由协会"（Angel Island Liberty Association），颇具反讽意味。协会的领导人一般是从拘留时间最长的人员，特别是那些其案件正在上诉的人员中选出，有时，也会从受人尊敬的文化人中间选出。协会的活动范围因管理情况而有所不同。新的移民初来乍到，领导人们欢迎之后还会帮他们适应天使岛上的生活，了解宿舍里的规矩。协会用少得可怜的会费为拘留人员购买唱片、书籍、学习用品及健身器具。有人肯表演时，协会每周会安排话剧、戏曲、音乐会等演出，作为晚间的娱乐。有时候，干事们组织人员为孩子们上课，控制赌博，仲裁宿舍内发生的打架斗殴事件。若是移民有什么不满或者要求，协会的发言人——通常懂一些英语——便会与当局进行协商。例如，1932年余达明做自治会主席期间，他通过协商成功地说服了移民局官员为中国拘留人员提供手纸和肥皂——这些都是其他移民群体早就享有的物资。协会还与旧金山华人社区保持着联络，帮助人们将辅导用的字条偷偷带进营地。协会反映了男性拘留人员的团结精神、集体意识，这让他们的日子好过了不少。[41]

有些申请入境美国的人员遭遇了挫折，十分气馁。在等待上诉结果期间，他们在墙壁上书写诗歌，聊以遣怀："壁墙题咏万千千，尽皆怨语及愁言。"有些诗讲到了留住家乡的父母妻儿以及为赴美淘金欠下的债务："椿萱倚门无消息，妻儿拥被叹孤单。"有些诗则反映了强烈的民族意识，对不公平的排华法律进行谴责，因积贫积弱的祖国不能为自己伸张正义恸哭叹息："详恨番奴不奉公，频施苛例逞英雄。凌虐华侨兼背约，百般专制验钩虫。"还有一些愤怒的诗篇谈及报复："我国豪强日，誓斩胡人头。"有些告别性质的诗篇不忘为同路人提些建议，鼓励些许："满腹苦衷聊代表，留为纪念励同魂。"[42] 这些诗篇是中国移民最早的文学创作，不仅记录下华人在金山的遭遇种种，而且也证实了排华法律本身徒劳无功、平添荒唐。

"务望时记是中朝"

颇具讽刺意味的是，排华政策并没有在多大程度上改善白人工薪

在男子营地二楼发现的画，画的是中国人的祖坛，篮子里面是一块石碑。此外还能看到中华民国国旗、一只蝴蝶以及以下文字：中华民国万岁，中国，广东，纪念4月6日（清明节），爱群社（碑上文字），花开富贵。建筑设计资源集团（Architectural Resources Group）、易彻里藏

阶层的境遇。事实上，华人从未对他们构成威胁。在移民高峰期，华人人口也大约只占加利福尼亚人口的1%。即使是在所谓"廉价的"劳力竞争在实质上被肃清后，失业率依然高居，工资水平也没有提高。1943年，为了向二战期间自己的盟国中国展现善意，美国国会取缔了《排华法案》。中国向美国移民恢复正常。尽管华人每年只有105个少得可怜的移民配额，但尚未取得美国国籍的中国人最终获得了入籍美国的权利。但是审讯与拘留这些折磨人的程序直到1952年才宣告结束，从那时起，筛选移民的工作从美国国内的拘留所转移到了美国在海外的领事馆。

排斥、拘留华人所引发的伤害是深刻的、长远的、无法弥补的。"假仔"不得不在虚假身份的遮蔽下艰难度日，对于移民部门的检查惶惶不可终日。痛苦的回忆、岌岌可危的法律身份，使得很多华人恐惧法律，不愿参与政治活动，在孩子们面前绝口不谈自己的移民经历。而且，在他们看来，要想获准入境美国就必须承认白人占据社会主导地位，这造成了华人的异化，使他们很难融入更加广阔的社会。最具毁灭性的还是《排华法案》对几代美籍华人所造成的心理创伤——暗指华人属于劣等民族，是不受欢迎的移民、难以融入社会的外籍人口。

1956年，美国移民归化局（Immigration and Naturalization Service）为了清理积压的"假仔"案件，一举解决相关问题，设立了坦白方案。通过这一计划，相关中国人员只要坦白承认非法入境的事实，便可恢复自己的真实身份，使用自己的真实名姓。想要坦白的人，不仅需要提供真假两个家庭中各个成员的姓名称呼，还必须供认出其他非法移民的家庭情况。这一做法在华人社区造成巨大的破坏效应。此外，当局还在唐人埠进行突击检查，传审家庭社区记录，试图强迫人们供出知名的"亲共人士"并加以遣返。最后，只有11 336人承认自己以假身份入境，但是另有19 124人在坦白方案启动期间暴露了非法移民身份。[43]

直到美国国会通过了1965年的《移民法案》(Immigration and Nationality Act)，种族主义的最后残余才在美国移民法律中绝迹，中国移民才获得与其他国家移民一视同仁的待遇。闸门打开了，在国家鼓励家庭团聚、技术移民、重新安置难民的政策下，成千上万的中国人获准入境。结果，美国国内的华人人口每十年翻一番——从1960年的23.7万增加到了2010年的330万，家人得以团聚，美籍华人的第二代成长起来，开始实现他们的美国梦。

在1882年《排华法案》颁布130周年之际，由首位当选美国国会议员的美籍华人女性赵美心发起，美国国会参、众两院共同通过了一项对既往的《排华法案》"表达歉意"的决议。第201号参议院决议不仅承认这些歧视性的法律"引发了对华人后裔的迫害与政治异化，不公正地限制了他们的公民权利，使种族歧视合法化，造成了时至今日华人社区依然无法抹去的创伤"，而且重申了美国国会"保存并保护所有人的公民权利"的宗旨。[44] 这份道歉对于那些在《排华法案》面前首当其冲的人员来说来得太迟了，而且对于过往的诸多不平待遇、负面影响等也于事无补。但是，只有美国国会承认了曾经的立法过错，美籍华人才能够坦然面对自己移民经历中的沉沉往事。

如今，歧视性的移民法律早已成为过眼烟云，但是天使岛上的移民拘留所如庞然大物般耸立着，略显孤独，不知名的中国移民曾在它的墙壁上刻满了企望愿景、抒发忧愁的诗篇。这座建筑时刻提醒着人们莫忘美国驱逐异族的历史，同时也讲述着一个颇具警世意义的故事：树立一种排外的移民政策，鼓励种族主义以及不容异己的态度，最终将危及自身的伦理道德，文明社会必然遭受悲惨后果。

今天，我们的国家遭遇了大萧条以来最为严重的经济危机。美国人仇外的情绪再次高涨，他们指责移民抢了自己的饭碗，影响了美国的经济。此时，我们不应该忘记，除了美洲印第安人之外，这个国家的人民都是外来的，其中包括移民、流亡者、难民、移居斯地的人士。这些人员同舟共济才造就了这个伟大的国家。要想寻求一种方法来修复失效的移民政策，我们务必汲取天使岛带给我们的教训，牢记我们这个国家的立国之本——在所有的人享有自由公正的基础上推行民主。

天使岛上重新修复的拘留营地，2009 年。天使岛移民拘留所基金会藏

1 新的研究表明，1910 年至 1940 年间，通过旧金山港进出美国的人数分别为 550 469 人和 665 430 人。据估计，有 300 000 人曾经滞留天使岛，其中包括 100 000 名中国人，85 000 名日本人，8 000 名南亚人，8 000 名俄罗斯人和犹太人，1 000 名朝鲜人及 1 000 名菲律宾人。见 Erika Lee & Judy Yung, *Angel Island*, Oxford University Press, 2010，第 17—20、69 页。关于这本书的另一项研究显示，有一半的中国人离船上岸，只有 50 000 名中国人曾经滞留天使岛，时间长短不等。（见附录表格 1）

2 Jean Pfaelzer, *Driven Out*, University of California Press, 2008; Mark Twain, *Roughing It*, University of California Press, 1972, 350.

3 1917 年颁布的《移民法案》（Immigration Act of 1917）禁止"亚洲受禁地区"的移民入境美国。这一区域包括印度、缅甸、暹罗、马来联邦、阿拉伯、阿富汗、俄罗斯和波利尼西亚群岛。1924 年颁布的《移民法案》（Immigration Act of 1924）开始为各个移民群体设定年度入境额度，旨在限制那些来自南欧和东欧的移民。法案还禁止那些未履行公民职责的人士入境，这也意味着美国对日本和朝鲜半岛的移民关上了大门。1934 年颁布的《泰丁斯–麦克杜菲法案》（Tydings-McDuffie Act）剥夺了菲律宾人的美国侨民身份，按照外国人对待，每年分配给他们 50 个少得可怜的移民配额。

4 Mary Coolidge, *Chinese Immigration*. Henry Holt, 1909, 302.

5 根据 1977 年 4 月 17 日对陈社寿（Ted Chan）的采访。

6 20 世纪 20 年代，一个合伙人身份的平均价格 1 000 美元，而一个"假仔"身份却值 1 500 到 2 000 美元。

7 Lee & Yung, *Angel Island*, 76.

8 Committee Representing the Downtown Association of San Francisco, "Transcript of Stenographic Notes Taken on the Occasion of a Visit Paid the Angel Island Immigration Station, June 6, 1911", file 52961/24-D, Central Office Subject Correspondence and Case Files,, RG 85, NARA-DC.

9 Erika Lee, At America's Gates, University of North Carolina, 2003, 228.

10 U. S. Department of Commerce and Labor, Annual Report, 1904–5, 81; Chinese World, May 2, 1910. 3.

11 Shih-shan Henry Tsai, China and Overseas Chinese, University of Arkansas Press, 1983, 121–22.

12 Chinese World, January 22, 1910, 3; San Francisco Call, September 9, 1908, 4, and November 29, 1908, 17.

13 Richard Taylor to Commissioner-General of Immigration, file 52270/21, Central Office Subject Correspondence and Case Files, RG 85, NARA-DC; H. H. North to George C. Perkins,

December 7, 1903, box 1, Hart Hyatt North Papers, Bancroft Library, University of California, Berkeley.

14　移民拘留所尚未投入使用，对它的溢美之词便已见诸当地报纸："真的，外国人初到此地，走下远洋客轮的统舱，来到移民局开辟的消夏胜地，他们会有置身天堂之感。"引自《旧金山纪事报》（*San Francisco Chronicle*），1907 年 8 月 18 日。

15　M. W. Glover to Acting Commissioner of Immigration, November 21, 1910, file 52961/26F, & Acting Commissioner Luther C. Steward to Commissioner-General of Immigration, December 19, 1910, Central Office Subject Correspondence and Case Files, RG 85, NARA-DC; San Francisco Chronicle, August 8, 1920, 52, and November 1, 1922, 8.

16　遭遇大火之后，拘留所先是搬到肖化大道（Silver Avenue）801 号临时办公，1942 年春一度迁到夏普公园（Sharp Park），1944 年终于选定桑瑟姆街（Sansome Street）630 号的评估大厦（Appraiser's Building）作为办公地点。

17　See map and table 2 in Lee and Yung, Angel Island, 2–3, 328–29.

18　见附录，表格 1。

19　Shah, Contagious Divides, 179–203; Mr. Leung interview; Chen Wen-hsien, "Chinese under Both Exclusion and Immigration Laws", 392–95.

20　File 10382/54（Wong Chung Hong 王仲康），Immigration Arrival Investigation Case Files, RG 85, NARA-SF.

21　Wendy Jorae, *The Children of Chinatown*, University of North Carolina Press, 2009, 25.

22　根据 1984 年 7 月 8 日对陈月红（Ruth Chan Jang）、黄先生的采访。

23　Lee, *At America's Gate*, 198–200.

24　Chen, *Chinese under Both Exclusion and Immigration Laws*, 107.

25　"Immigrants Fight Matron in Bay Riot", *San Francisco Examiner*, March 20, 1928, 4..

26　Chen, *Chinese under Both Exclusion and Immigration Laws*, 431.

27　见附录，表格 1 与表格 2。

28　根据对美国移民归化局（Immigration and Naturalization Service）编的《华人名目》（*Lists of Chinese*）中收录的 95 687 名申请人的考察。据陈文茜说，有两名中国男孩儿被拘时间长达三年以上——其中一个被拘了 1 136 天，另一个被拘了 1 635 天——但她的这一说法并未得到我们的证实，见 "Chinese under Both Exclusion and Immigration Laws"，第 405 页。

29　见 Lee & Yung, *Angel Island*，第四章。

30　同上，见第三章。

31　*San Francisco Chronicle*, October 7, 1919, 7; *South China Morning Post*, May 1, 2004, C5; Edwar Lee interview, May 8, 1976; *Chinese World*, May 18, 1926, 4; Lee and Yung,, *Angel Island*, 101–102. 另见本书第 64、111、112 首诗歌。中国妇女在旧金山临时移民拘

留所用筷子自杀一案，详情参见 file 41369/11−29 （Wong Shee 黄氏），Immigration Arrival Investigation Case Files, RG 85, NARA-SF.

32　Julia Camacho, Chinese Mexicans, University of North Carolina Press, 2012, 86.

33　Joseph Bolten，"Cerebrospinal Meningitis at Angel Island".

34　Lee and Yung, Angel Island, 81−82, 120−22; Yung, Chang, and Lai, Unbound Voices, 282−88.

35　Frank Hays, Inspector in Charge, to Edward White, Commissioner of Immigration, March 4, 1916, file 12030/24, Central Office Subject Correspondence and Case Files, RG 85, NARA-SF.

36　Lee & Yung, Angel Island, 64−66; Maria Sakovich, "Deaconess Katharine Maurer", The Argonaut, Spring 2011, 6−27.

37　在最常见的造访者中间有圣公会的教士伍智清，长老会的谢已原，纲纪会的梁秉彝。

38　Chung Sai Yat Po (Chinese American Daily), January 27, 1910, 2.

39　1909年，为特许权获得者发布的配餐标准为：亚裔拘留人员每餐14美分，欧裔拘留人员每餐15美分，工作人员每餐25美分。参见建筑设计资源集团（Architectural Resources Group）和关本昌设计公司（Daniel Quan Design）《最终阐释计划书》（"Final Interpretive Plan"）C5—C7 页。

40　见1920年3月19日《世界日报》。该报在这次暴乱发生之前（1910年2月28日）曾刊登过如下一份菜单：早餐：茶饭香两味分用白菜，冬瓜，金针菜，肇菜，芥菜，腐竹等烩猪肉，另有小碟。午餐：猪肉虾米粥或菜干牛肉粥，绿豆糖粥，红豆糖粥，咖啡，面包，西米烩糖。晚餐：茶饭香两味，分用椰菜，笋虾，薯仔，芜菁烩牛肉，若星期五则用鲜鱼或虾米烩津丝，另有小碟。小碟：咸鱼，榄角，腐乳，茶瓜，梅酱。

41　关于自治会的内容来自对陈社寿、余达明、谢侨远、李寿南等人的采访。

42　这些诗句分别出自本书中第42、65、92、118、114首诗。

43　Estelle Lau, Paper Families, Duke University Press, 2007, 118.

44　Senate Resolution 201, 112th Congress, in 157 Congressional Record, S6352−54, October 6, 2011.

诗　歌

废弃的拘留所，墙壁上刻着中国人写的诗歌，1970年。黄文林摄

壁上所刻：天使岛上中国移民的诗歌

麦礼谦　林小琴

1940 年，随着天使岛拘留所的大门被关闭，中国移民刻在拘留所墙壁上的诗歌也从此被尘封、遗忘。这些诗歌表达了他们在被拘留期间的所思所感，如今集结成册，再度引起了世人的关注。这些作品得以保存下来纯属侥幸。1970 年，园林管理员亚历山大·韦斯（Alexander Weiss）发现了它们，随后我们开始进行口述历史访谈。幸运的是，我们还无意中发现了郑文舫、余达明二人于 20 世纪 30 年代誊写的天使岛诗歌。

郑文舫在手稿中抄录了 92 首诗歌，名曰《秋蓬集：集弱者心声卷》。他后来还写了一篇文章，发表在上海的一份刊物上。文章讲述了他在被拘留期间的见闻经历并引用了诗集中的 5 首作品。余达明总共誊写了 96 首诗歌，其中有 78 首见于郑文舫的诗集。比较郑、余两人的抄本，我们发现了大量的文本差异。其中一部分原因可能是墙上字迹难以辨认造成了不同的阐释，或者是编纂者在编辑和整理时做了进一步的加工。[1]

如今，天使岛营地流出的200多首诗歌被记录下来。其来源包括郑、余两人的集子，马克·高桥拍摄的照片，干尼街工作坊拓片，各种华文报纸的刊载，还有诗歌专家的发现——2003年天使岛移民拘留所基金会曾委派四名专家（易彻里、刘婉、刘学民、王性初）对拘留营地墙壁上的诗歌和题词进行全面的研究。该研究团队通过最新的电脑制图技术，发现了172首中文诗歌，33幅图像，300条题词（计有中文、日文、韩文、俄文、旁遮普文、西班牙文、意大利文、德文、英文等文字），如获至宝。他们将这些内容誊写出来、译成英文，并且进行分析，由此形成了一份具有里程碑意义的研究报告《诗歌与题词：翻译与分析》。[2] 在这份报告中，还可以看到《埃仑诗集》中75%作品的具体位置，这些已收录诗歌与墙上题词的比较，以及70宗的诗作片段。

这些中文诗歌绝大多数出自长期被拘留此地或等待遣返回国的华人之手。这些诗歌作者主要是来自广东珠三角地区的农民，写诗的初衷则是想把自身的见闻遭遇告诉那些步其后尘的同宗。愤怒、沮丧、希望、失望、思乡、孤独，这些情绪写满了拘留营地的粉墙。很多诗歌最初用铅笔或毛笔写成。拘留所投入使用还不足数月，诺思主任下令重新粉刷墙壁，以掩盖这些在他看来的涂鸦。对此，诗歌作者们并未退却，为了显露每一个字，他们开始用刀在墙壁上刻出中国字的轮廓。营地的维修队接到掩盖这些字迹的任务，先用油灰填平刻痕，然后再往上面涂抹一层油漆。油灰、油漆确实抹去了很多刻在墙上的诗篇，却也构筑了一道密封层，有助于保护木板免遭进一步的腐蚀。多年来，油灰收缩、油漆层剥落，底下掩盖的诗歌得以重见天日。

所有这些诗歌都采用了中国旧体诗的形式——几百年来，中国的文人也好，白丁也罢，他们在言志、抒怀的时候常常用到这种传统的媒介。大多数诗篇或五言，或七言，或四句，或八句，格式严谨。按照这种体式，每首偶数行的最末一个字通常叶韵。诗的中间一般要有对句。这些诗里面也有一些四言诗，对联，以及格式复杂、讲究平仄和对仗的律诗（诗歌第32、37、91首）。[3]

这些诗歌作者相互借鉴，不受约束，一些用词和典故多有重复。至少有两首诗（第26首与第44首）是仿拟中国古典文学中的名篇而作。这些诗中还时常明指、暗用中国神话、历史中的著名英雄人物，特别是那些曾与厄运战斗者：在其子创立周朝前曾被下狱的文王，被囚漠北十九载仍不改初衷的苏武，4世纪从入侵者手中收复黄河流域的将军祖逖。这些文学上的引用对于非华人读者来说无疑构成理解障碍，让他们抓不到一些诗歌的要领。鉴于此，我们在必要的地方提供了注解。

有些诗歌可能由某人写就，后来又经过他人修改。一目了然的例子是第117首。今天，我们在墙上看到的这首诗为四言十行，但很显然的是，郑、余两人当时看到并且抄录下来的一首相近诗作却是五言十二行（第118首）。然而，无论是四言诗还是五言诗，三个不同版本中对应诗行的意思却别无二致。

由专家组成的研究团队还发现了一些诗歌唱和的例证，这反映出中国文人经常聚在一起，就相同主题步同一韵式吟诗作句的传统。诗歌第111首和第112首便是很好的例证。这两首诗在墙上离得很近，谐同一韵脚，风格相仿，内容近似，皆为被拘留旅伴死亡所引发的叹息之声，当属这本诗集中最为典雅、最为动人的作品之列。这两首诗或为同一作者创作，或为不同作者彼此唱和的作品。[4]

20世纪早期，中国人的国家意识十分高涨，这在相关主题的诗作中有所反映。至少有一半的诗作抒发了华人对于所受拘禁的憎恶之情，以及祖国贫弱却对此爱莫能助所引发的悲苦之意。诗中经常流露出一种极端的态度，希望中国有朝一日强大起来，对美国进行报复。除了这几种基本的情绪，整体上看，诗集的政治色彩并不明显。被拘留人员彼此之间在政治上也存在分歧——有些人是比较激进的马克思主义者，带有明显的左倾倾向，比如谢创，另一些人则是坚定的国民党的拥趸。⁵ 不管怎样，这些人还是很明智的。1917年的《移民法案》增加了一项规定，即若发现移民有激进的政治倾向则可以遣返回国。这个时候他们便韬光养晦，绝口不谈政治。这些诗歌作品没有署名，书写用的文字也令看押人员不明所以，其中嵌入的一些经典的比喻、历史典故等，或许只有作者的亲戚方能了解。大多数的作品是作者对个人境遇的哀吟，有一些是被遣返人员留下的告别之作，还有一些则与途经美国出入墨西哥、古巴的过境客相关，描述了他们所遭受的苦难。

这些诗在文学造诣方面良莠不齐。有些作品从风格、形式、语言、文学典故的使用等方面可看出作者精通作诗的微妙语言，而且通晓中国的历史与文学，而另一些作品则只能勉强称得上是粗通文墨者的试笔或涂鸦。诗歌大部分以楷书写成，这是清代雕版印刷和政府办公所使用的一种字体。很多诗歌的字迹堪称精美绝伦，这充分说明并非所有的移民都是识字无几的乡巴佬（例见第135首诗歌）。按照相同的书法风格来考察诗集中的诗歌，研究团队可以断定某些诗作是由同一个人写到墙上去的，只是诗歌的作者是谁、创作于何时，尚无法确定。拘留营地二楼发现的一首诗被反向刻在墙上，雕刻技术娴熟，这或许是诗作者的匠心独运，希望被拘留人员在脱离牢笼之际可以将诗作拓印下来，随身携带（见第74首诗）。

可是，那个年代大多数移民没有受过小学以上的正规教育。他们随身也没有韵书或字典。在这种环境下进行诗歌创作，很多作品不符合汉诗在韵律、平仄方面的规则。错字、误用成了家常便饭（诗集出版时对这些错误做了修订并加了注释。）有些诗作包含许多广东方言语汇、混杂美籍华人的口语措辞，诗歌的意思晦涩难懂。在翻译的过程中，译者在保存原诗意思的同时对其中的部分错误进行了修正，所以上述瑕疵，如果可以这么说的话，在诗集的英译本中不那么显眼。

绝大多数诗歌没有日期，不见署名，原因很可能是担心有关部门的惩处。只有一位诗歌作者勇气可嘉，在两首诗作后面署了自己的全名——台山县李镜波（见第41、109首诗歌）。第69首诗歌倡导人们贡献力量、纾解国家战乱，得到了自治会的响应。有些诗歌作者使用笔名，或者以姓氏加籍贯为名。从标注日期的几首作品来看，可以断定大部分诗歌写于20世纪30年代之前。郑、余二人的集子中收录的诗歌有75%仍可以在墙壁上找到，也佐证了这种判断。30年代之前，旧体诗的写作已经渐趋式微，1930年之后到来的年轻移民很少写旧体诗。

令人遗憾的是，收录的诗歌里面没有一首女性的作品。之前有过被拘留经历的妇女曾经提及目睹过寝室墙壁上的诗作。李佩瑶回忆说："厕所写满了抒发悲苦的诗歌。"她告诉我们自己在被困天使岛的20个月里面写过诗歌。[6] 可惜的是，这些妇女在天使岛上写过的诗歌没能保存下来，当时她们内心深处的所思所感再难为人所知。考虑到被拘留人员大多为男性，旧社会中国妇女又少有接受教育的机会，曾有许多妇女写的诗歌存世这一点令人生疑。话又说回来，坐落在行政楼内的女性拘留区域在1940年曾遭遇大火，损毁严重，那么即使曾经有过女性诗作存在，也难免在这场大火中化为灰烬的命运。

《埃仑诗集》第二版收录诗歌凡135首，与第一版收录的作品相同。通过对比墙上的诗歌与出版的作品，研究团队发现了作品在文字上存在的一些差异，找到了一些作者的署名和诗歌的标题。基于此，我们对部分作品进行了细微的更正，同时将这些诗歌集中起来，重新安排位置，重新统一编号，按照原来的五个主题标目做出分类。这样一来，诗歌唱和、内容相近的作品得以汇聚一处。

长诗《木屋拘囚序》最初于1910年刊载在《世界日报》上，这首诗的译文在《埃仑诗集》第二版中有所变化。之前是我们翻译的版本，如今换作谭雅伦的新译文。谭雅伦译文的底本于1911年发表在《新宁杂志》上面，较我们的底本更为详细。《世界日报》支持改革图强，否定排满革命，很可能出于这个原因，此诗在刊载时删除了15行号召推翻满清政府、恢复汉人统治的诗句。《新宁杂志》以台山县（之前称为新宁县）的侨民为目标读者，此诗在发表时得以保留了全貌，两个版本大同小异。根据杂志编辑的注解，此诗的发表旨在唤起海外华侨子孙的怜悯之意、感激之情，这样他们就不会挥霍父辈辛辛苦苦挣来的钱了。这首诗采用旧体诗形式，提到了许多与命运斗争的英雄，是现存最早、最长的一首抒发中国人对天使岛愤愤之情的作品。

1985年，纽约湾爱丽丝岛上的移民拘留所进行修复，在此期间，施工人员发现厕所的大理石墙壁上刻有中文诗歌。有些诗的局部字迹模糊，难以辨认，有些则是写于20世纪30年代的政治口号，内容指涉反法西斯战争："中国万岁！打倒帝国主义！中国胜利！"这里选录了爱丽丝岛诗集中的4首以供比较。

正如天使岛诗集中的很多作品一样，这些诗作粗糙，未经修饰，其中表露出来的情感听起来难免耳熟。考虑到这些诗歌作者来自中国的同一地区，在社会、经济领域处于相同阶层，出现这样的情况并不足为奇。然而，一个很大的不同是，等待遣返的中国水手构成了爱丽丝岛诗集中诗歌创作的主体。这里面广东籍水手最多，其次是来自海南、福州和上海的船员。这些人离家已有半载，又无女眷相伴，那些下流的裸体女子图画以及记述去妓院里寻欢作乐的诗歌很可能出自他们的手笔。在天使岛拘留营地的墙壁上从未见到这种与性爱相关的画作和诗歌。

1892 年至 1954 年间，经由爱丽丝岛入境的欧洲移民多达 1 200 万，而在这里入境的华人只有几千。但是，由于《排华法案》的实施，他们所遭遇的严苛对待与那些被拘留在天使岛上的同胞丝毫无异——气氛紧张的审讯，较其他移民群体更长的拘留时间。周先生于1950 年在爱丽丝岛被拘留了两周，按照他的说法，中国人住在一间大宿舍里，里面有几百张上下铺。有些人在这里被拘禁长达一年有余。尽管这里设施清洁卫生，饭菜供应充足，也没有虐待被拘留人员的情况，但是由于中国人不能接受探访，各种活动受限，前途不得而知，很多人为此而郁郁寡欢。因为起居区域没有私密空间，被拘留人员便不得不到厕所去发泄他们的不满，在厕所的墙壁上面乱涂乱写，以此控诉"苛条例"、"长监苦困"，表达对家庭、妻子的思念之情。[7]

除了天使岛、爱丽丝岛上的移民拘留所之外，人们还在英属哥伦比亚域多利埠上一幢两层的移民拘留所中发现了中国移民题写的诗歌。1977 年，在这栋建筑物被拆除前，维多利亚大学（University of Victoria）的黎全恩教授将墙上的十几首诗歌保存下来。根据自己的研究以及对曾经的被拘留人员的访谈，黎教授了解到，这些人抵达之后立即被带到城里的猪仔屋（猪圈），并且在那里接受体检、审讯，缴纳500 加元的人头税。[8]他们被囚于斗室之内，短则几日，长则月余，既意想不到，又怒火中烧，只有在囚室的墙壁上题写诗歌，聊以遣怀。可以肯定的是，黎全恩将墙上的油漆去除之后，这些汉诗的文本才得见天日。他竭尽全力想要多抄录一些诗歌，后来工头出于安全考虑请他离开，他只得将三块墙面切割下来随身带走（参见第128页图片）。

就写作风格、诗歌主题来说，在域多利埠发现的诗歌与在天使岛、爱丽丝岛发现的作品别无二致。我们这里收录了其中的7首作品。从诗歌署名的地方可以看出，大部分诗歌作于20世纪第一个十年，是1923年加拿大通过《排华法案》之前的事。这些诗歌格律严谨，写到他们为贫困驱使移民海外，到岸后又"困牢笼"饱受折磨。有一首题为《妻嘱情》的作品，署名台山李某人，很像是居家妻子所唱的《木鱼歌》，提醒出门在外的丈夫要勤奋、节俭，莫要相负。还有一首刻在房屋柱子上的作品，诗题为《示告同胞》，后来被证实是台山的一首民歌。还有一篇题刻当属散文，而并非诗歌，本书也一并收录，旨在说明无论是被拘加拿大还是受困美利坚，华人的经历遭遇、心路历程如出一辙。

从天使岛、爱丽丝岛、域多利埠收集来的这些诗歌作品十分引人瞩目。这有几个方面的原因。整体上看，这些诗歌堪称北美华人的第一部文学作品集。这些作品语言精练，在指向上深刻尖锐，让人感同身受。从前很少人会把不屈不挠的品质加诸美籍华人身上，如今这些诗中却散发出生机与活力。他者对国人的成见——态度消极、容易满足——在这些桀骜不驯的作品中全被颠覆。整个北美地区由种族主义移民政策造成的羞辱与创伤在这些诗中被记录在案。可以说美籍华人在这些诗歌里面获得了崭新的界定。总言之，这些墙上的题刻意义重大，它标志了亚裔美国文学的肇始。

无意之间，这些移民诗人打造了一种新鲜的情感认知，一种新颖的美籍华人特质——就是以中国为源头，以美国为桥梁，打造全新的文化身份。在追求独立自主、进行英勇抗争方面，他们的事迹堪与非洲奴隶的事迹相媲美，成为美籍华人的宝贵精神财富。事实上，中国人在墙上的题刻可以看作是美国早期的涂鸦之作，在美国的文学年鉴中占据着独特的位置。他们的诗歌是美籍华人历史的生动写照，是忠实反映美国历史的一面镜子。

1　郑文舫的文章及事迹，见本书244—251页；余达明的事迹，见本书261—268页。

2　Architectural Resources Group & Daniel Quan Design, *Poetry and Inscriptions*, Angel Island Immigration Station Foundation, 2004.

3　关于律诗的讨论，见上一条文献，IV-19—21页。

4　其他的例子还有第21与22两首；第78与79两首；第86与87两首。关于诗歌唱和的讨论，见上一条文献，IV-5—48页。

5　关于谢创的事迹，见本书252—260页。

6　关于李佩瑶的事迹及她写的诗歌，见第321—333页。

7　坚妮，《爱丽丝岛移民诗抄往事不堪回首》，《华侨日报》，1985年8月5日；麦礼谦，《纽约爱丽丝岛上拘留的华人》，《东西报》，1985年11月6日。

8　为了打击中国移民，加拿大议会通过了1885年的《中国移民法案》(Chinese Immigration Act of 1885)。该法案规定，每个入境加拿大的中国人需要支付50加元的人头税。1903年，人头税涨到每人500加元。效法美国，加拿大议会于1923年通过了本国的《排华法案》，于1947年撤销了该法案，又于1960年启动了"华人身份调整计划"(Chinese Adjustment Statement Program)，赦免了11 000名"假仔"。

远涉重洋　诗1—22

抵达旧金山的中国移民，1910年。华盛顿特区国家档案馆藏

1.

水景如苔千里曲，

陆路无涯①路步难。

平风到埠心如是，

安乐谁知住木楼。

2.

家徒壁立②始奔波，

浪声欢同笑呵呵。

埃仑念到闻禁往，

无非皱额奈天何。

3.

生平廿载始谋生，

家计逼我历风尘。

无情岁月偏负我，

可③惜光阴易迈人。

———————————

① 余本作"崖"。

②《旧金山周报》作"天"。

③ 原作"省"。

4.

美洲金银实可爱，
锥①股求荣动程来。
不第千金曾用尽，
犁黑面目为家哉。

5.

乞巧少四日，
搭轮来美洲。
光阴似箭射，
又已过凉秋。
屈指经数月，
尚在此路头。
至今未曾审，
悬望心悠悠。

6.

北游咸道乐悠悠，
船中苦楚木楼愁。
数次审查犹未了，

---

① 原作"椎"。

太息^①同胞被逼留。

　　香山人题

7.

本拟旧岁来美洲，
洋蚨迫阻到初秋。
织女会牛郎哥日，
乃搭林肯总统舟。
餐风尝浪廿余日，
幸得平安抵美洲。
以为数日可上埠，
点知苦困木楼囚。
番奴苛待真难受，
感触家境泪双流。
但愿早登三藩市，
免在此间倍添愁。

8.

国民不为甘为牛，
意至美洲作营谋。
洋楼高耸无缘住，

---

① 余本作"惜"。

谁知栖所是监牢？

9.

夙慕花旗几优哉，

实时筹款动程来。

风波阅月已历尽，

监牢居所受灾磨。

仰望屋仑相咫尺，

愿回祖国负耕锄。

满腹牢骚难寝寐，

聊书数句表心裁。

10.

香山许生勉客题

说去花旗喜溢颜，

千金罗掘不辞艰。

亲离有话哝先哽①，

妻别多情泪对潸。

浪大如山频骇客，

政苛似虎倍尝蛮。

---

① 《太平洋周报》作"梗"。

毋忘此日君登岸，

发奋前程莫懒闲。

11.

忆昔当年苦未从，

坚心出外觅陶公。

岁月蹉跎仍未了，

至今犹困岛孤中。

12.

凡我国之人；

因谓家分起。

卖田又卖地；

欲往来花旗。

家人向住①汝；

谁知难上难。

13.

居家无步进；

他邦势逼趁。

---

① 《旧金山周报》作"治"。

离宗千里远；

别祖不相近。

14.

重阳少四日；

香港付轮舟。

大家仍在此；

系足将半秋。

往墨客题

15.

抛妻子，重洋历尽，不知受几多风霜，只为家贫求白璧；

别亲朋，万里飘流，难计挨一切雨雪，都缘囊涩重青蚨。

16.

梓里成群，千金不惜，图走美；

同胞数百，巨资投掷，困埃仑。

17.

风尘作客半时难；

涉尽重洋一月间。

自问假途容易事；

谁知就困鬼门关。

18.

离时父母恨匆匆；

饮怨涟涟也为穷。

欲免长贫奔海外；

谁教命舛困囚中？

侵凌国族悲时切；

未报亲恩抱罪隆。

今也鸣虫哀冷夜；

不单幽咽苦喉咙。

　　　郑文舫题①

19.

握别依然又一秋；

天涯作客远方游。

回忆高情心未偿；

望传佳语藉②书邮。

① 此诗收录于郑文舫之《秋蓬集》里，未出现于墙上。
② 余本作"赖"。

20.

离乡飘流到美洲；

月缺重圆数轮流。

家人切望音信寄；

鸿雁难逢恨悠悠。

21.

忆自动轮来美洲；

迄今月缺两轮流。

欲寄安书恨邮乏；

家人悬望空悠悠。

22.

上年六月始扬帆；

不料今时到此监。

耗费金钱千数百；

生平孤苦累家兄。

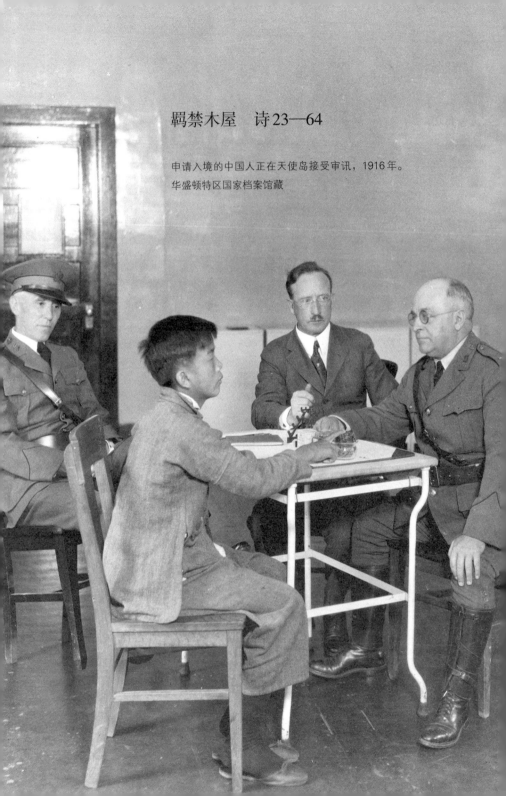

羁禁木屋　诗23—64

申请入境的中国人正在天使岛接受审讯，1916年。
华盛顿特区国家档案馆藏

23.

今日为冬末，
明朝是春分。
交替两年景，
愁煞木楼人。

24.

深夜偶感

夜静微闻风啸声，
形影伤情见景咏。
云雾潺潺也暗天，
虫声唧唧月微明。
悲苦相连天相遣，
愁人独坐倚①窗边。

　　台山余题

25.

中秋偶感

夜凉僵卧铁床中，

---

① 原作"椅"。

窗前月姊透照侬。
闷来起立寒窗下，
愁把时计已秋中。
吾侪也应同敬赏，
菲仪无备亦羞容。

26.
四壁虫唧唧，
居人多叹息。
思及家中事，
不觉泪沾滴①。

27.
闷处埃仑寻睡乡，
前途渺渺总神伤。
眼看故国危变乱，
一叶飘零倍感长。

28.
牢骚满腹甚难休，

---

① 余本作"襟"。

默默沉沉只自忧。

时望山前云雾锁，

恰似更加一点愁。

香山流荡子题

29.

愁听虫声与怒潮，

苛例重重恨怎消？

飘流为客遭此劫，

惨逾吴市一枝箫。

30.

旅居埃仑百感生，

满怀悲愤不堪陈。

日夜静坐^①无聊^②赖，

幸有小说可为朋。

31.

羑里受囚何日休？

① 余本作"在"。

② 余本作"了"。

裘葛已更又一秋。
满腹牢骚难罄竹，
雪落花残千古愁。

32.
西风吹动薄罗裳①，
山坐高楼板木房。
意好子娘云欲远，
月明偏受夜更长。
床头有酒心常醉，
枕底无花梦不香。
一幅幽情何心寄，
全凭知己解凄凉。

33.
美有强权无公理，
图圄吾人也罹辜。
不由分说真残酷，
俯首回思莫奈何。
　　陈题

---

① 原作"常"。

34.

埃仑此地为①仙岛，

山野原来是监牢。

既望张网焉投入？

只为囊空莫奈何。

35.

须眉七尺愧无伸，

蜷伏圈中俯仰人。

百般忍辱徒呼负，

斯人沥②泪苍天何？

36.

无限沧桑感，

羁身此楼中。

青山飞不去，

绿水阻英雄。

率尔投笔去，

徒劳反无功。

慎言诚在我，

---

① 余本作"如"。

② 原作"磨"。

无语怨东风。

　　阮题

37.
愁似浓云拨不开，
思量愁闷辄徘徊。
登楼王粲谁怜苦？
去国庾郎只自哀。

38.
香山许生自慰题

壁上题诗过百篇，
看来皆是叹迍邅。
愁人曷向愁人诉，
蹇客偏思蹇客怜。
得失岂知原有命，
富贵谁谓不由天。
此间困处何须怨，
自由英雄每厄先。

39.

雄鹰亦易驯，

能屈始能伸。

也历千年劫，

曾困七日陈。

伟人多本色，

名士乐天真。

得失萦怀抱，

心猿证悟①禅。

40.

埃仑山半楼上楼，

囚困离人夏至秋。

梦绕三匀归故里，

肠回九曲伪西欧。

时运不济空自闷，

命途多阻共谁忧？

倘得他时登美岸，

毕抛牢惨付水流。

---

① 原作"吴"。

41.

牢笼跃入出无能，

无任伤悲血泪横。

精卫衔砂填夙恨，

征鸿诉月哀频生。

子卿绝域谁怜问？

阮籍途穷空哭行。

芳草幽兰怨凋落，

那时方得任升腾？

　　　台邑李镜波题

42.

壁墙题咏万千千，

尽皆怨语及愁言。

若卸此牢升腾日，

要忆当年有个编。

日用所需宜省俭，

无为奢侈误青年。

幸我同胞牢紧念，

得些微利早回旋。

　　　香山题

43.

囚困木屋天复天，

自由束缚岂堪言？

举目谁欢惟静坐，

关心自闷不成眠。

日永樽空愁莫解，

夜长枕冷清①谁怜？

参透个中孤苦味，

何如归去学耕田？

44.

木屋铭

楼不在高，有窗则明；

岛不在远，烟治埃仑。

嗟此木屋，阻我行程。

四壁油漆绿，

周围草色青。

喧哗多乡里，

守夜有巡丁。

可以施运动，孔方兄。

---

① 原作"倩"。

有孩子之乱耳，

无咕哗之劳形。

南望医生房，

西瞭陆军营。

作者云，"何乐之有？"

45.

困囚木屋常愁闷；

忆别家乡月几圆。

家人倚望音书切；

凭谁传语报平安？

木屋监囚愁闷多；

记忆来时历苦楚。

过关未卜是何日；

空令岁月易蹉跎。

台山氏翁题

46.

东走亚分西走欧；

南来北美苟禁愁。

任君入到困囚地；

若不流涕也低头。

47.

徘徊瞻眺倚窗边，
日月盈昃转改旋。
孔怀兄弟难遇望，
渊澄取映浪抛怜。

己未年孟春香山谷

48.

风清月朗可怜宵；
木屋孤衾倍寂寥。
客有乡思眼伴柳；
卿无旅意恋窗蕉。
素娥未晓人间苦；
白种偏囚东桠[1]侨。
不若村民耕与读；
优悠柴米乐箪瓢。

49.

埃仑居处日添愁；
面亦黄兮身亦瘦。

---

① 中山县村名，方本作"东亚"。

留难①磋磨犹未了；
最怕批消②打回头。

　　陈题

50.
默默含情意黯然，
吾侪同唤奈何天。
几时策马潼关渡，
许我先扬祖逖鞭。

51.
埃仑被困七星期；
上岸何时也未知。
只为命运多曲蹇；
才受是中苦与愁。

52.
漂泊虽云男儿事；
奈何无罪入囚途。

①《旧金山周报》作"留连"。
②《旧金山周报》作"抛消"。

如天忏恨天天数；
问句苍天知有无。

53.

自己想来真苦楚；
苍天今日因如何，
困我鄙人在木楼？
音信无迹实难过。

54.

我为家贫来美境；
谁知命蹇困监牢。
音信莫达空思想；
消息无闻孰可怜。

55.

来到木屋十日余①；
眼见有人拨回去。
令人见景亦生悲；

①余本作"十余日"。

耗费金钱①五千余。
孤身飘流到此处；
不幸拨回父母悲。
嗰唥②利息重重迭；
未知何日还清主③。

56.
举笔写诗我卿知；
昨夜三更叹别离。
情浓嘱语今犹在；
未知何日得旋归。

57.
银红衫子半蒙尘；
一盏残灯伴此身。
却似梨花经已落；
可怜零落旧春时。

---

① 余本作"刀"。
② 粤语，意为"那些"。余本作"哥的"。
③ 余本作"了"。

58.

西施尽住黄金屋；

泥壁篷窗独剩侬。

寄语梁间双燕子；

天涯可有好房隆。

59.

萍飘作客到此方；

登楼感慨思故乡。

为着家贫流①落此；

致令受辱实心伤。

60.

居楼偶感

日处埃仑不自由；

萧然身世混监囚。

牢骚满腹凭诗写；

块垒撑胸借酒浮。

理悟盈虚因国弱；

道参消长为富求。

---

① 余本作"留"。

闲来别有疏狂想；
得允西奴登美洲。

61.

无聊百感困监楼；
触景愁人泪怎收？
曾记动轮来美境；
迄今回溯月返流。

62.

浪迹江湖忆旧游；
故人生死各千秋。
今生不幸为华裔；
忍辱含仇做楚囚。

63.

未过黄河心不息；
过了黄河双泪流。

64.

祝君再渡巡环日；
莫做贫家贱命郎。

图强雪耻　诗65—90

女执事凯瑟琳·毛雷尔与中国妇女在行政楼登记处等候登记。
加利福尼亚历史协会藏

65.

为乜来由要坐监？
只缘国弱与家贫。
椿萱①倚门无消息，
妻儿拥被叹孤单。
纵然批准能上埠，
何日满载返唐山？
自古出门多变贱，
从来征战几人还？

66.

留笔除剑到美洲，
谁知到此泪双流？
倘若得志成功日，
定斩胡人草不留。

67.

黄家子弟本香城，
挺身投笔赴美京。
买棹②到了金山地，

---

① 《旧金山周报》作"楦"。
② 原作"掉"。

谁知拨我过埃仑。

我国图强无比样，

船泊岸边直可登。

     民国十三廿四晨

      逍遥子铁城闲笔

68.

方今五族为一家，

列强未认我中华。

究因外债频频隔，

逼监财政把权拿。

69.

南京留守曾电报；

提倡民款达济处。

仰望同胞捐尽力；

得免沦亡足慰赞。

     自治会

70.

木屋闲来把窗开，

晓风明月共徘徊。

故乡远忆云山断，
小岛微闻寒雁哀。
失路英雄空说剑，
穷途骚士且登台。
应知国弱人心死，
何事囚困此处来？

71.
两经沧海历风尘，
木屋羁留倍痛深。
国弱亟①当齐努力，
狂澜待挽仗同群。

72.
凭栏翘首望云天，
一片山河尽黯然。
东蒙失陷归无日，
中原恢复赖青年。
诛奸惟有常山舌，
杀贼须扬祖逖鞭。
忆我埃仑如蜷伏，

---

① 余本作"極"。

伤心故国复何言。

73.

万望革军成功竣，
维持祖国矿务通。
造多战舰来美境，
灭尽白人誓不容。
　　　花邑人题

74.

蛟龙失水蝼蚁欺，
猛虎遭囚小儿戏。
被困安敢与争雄，
得势复仇定有期。

75.

抛离乡井别椿萱，
远盼云山袂盈珠。
游子志欲陶朱富，
谁知被囿埃仑间？

椎①膺中华囊阮籍，
利权外溢国耻兼。
同胞知机图奋志，
誓夺美国报前仇。

　　　　香山游子氏书

76.
花旗旗其转吾人佔②据，
木楼楼留与天使还仇。

77.
尚存一息志无灰，
敬勖同堂众楚材。
知耻便能将耻雪，
挥戈方可免戈裁。
莫道无谋芟丑虏，
思求有术把天回。
男儿十万横磨剑，
誓斩楼兰辟草莱。

---

① 原作"抚"。
② 原作"占"。

78.

埃屋三椽聊保身，

仓麓积愫不堪陈。

待得飞腾顺遂日，

铲除税关不论仁。

　　台山人题

79.

同病相怜如一身；

恰似仲尼困在陈。

私维君心仗义力；

足戮胡奴弗让仁。

　　辛和

80.

五旗飘寰球，天下诸邦皆丧胆；

万军诛异域，欧洲各国尽寒心。

81.

今日兄弟困牢笼，只为祖国；

他日同胞欲自由，务须努力。

82.

轻武重文嗟古风；

挽正锄[1]奸惜来迟。

羁此俨知因国弱；

眠锥应励振邦雄。

  铁城汉维题

83.

埃仑偶感

飘零湖海倏经秋；

万劫才过作楚囚。

伍子吹箫怀雪恨；

苏卿持节誓报仇。

霁云射矢非多事；

勾践卧薪却有由。

激[2]烈肝肠轻一决；

苍天诺否此志酬？

  台山助苗长者题

---

① 原作"推"。

② 余本作"击"。

84.

荥阳遗迹

飘零身世感沧桑；
凄绝无辜困木楼。
寄语诸君谋雪恨；
乐中尤记个中仇。

85.
木楼被困正堪忧；
俨然犯罪坐监牢。
百般苛待真难受；
惟望同胞雪此仇。

86.
特劝同胞不可忧；
只须记取困木楼。
他日合群兴邦后；
自将个样还美洲。

87.
特劝同胞不可忧；

虽然被困在木楼。
他日中华兴转后；
擅用炸弹灭美洲。

88.
为口奔驰须忍辱；
咬牙秉笔录情由。
同胞发达回唐日；
再整战舰伐美洲。

89.
□□日本吞中华；
同胞合力思齐家。
□□齐家次治国；
他日富强灭倭奴。

90.
家道贫穷走吕宋；
谁知借路亦牢笼？
木楼凄凉不堪问；
皆因兵弱国库空。
寄语诸君齐发奋；
勿忘国耻振英雄。

第74首诗歌，发现于男子拘留营地。此诗反向刻写，可能是为了方便被囚人员将之做成拓片携带。建筑设计资源集团藏

折磨时日　诗91—112

在拘留所的医院里进行体检。华盛顿特区国家档案馆藏

91.

伤我华侨留木屋，

实因种界厄瀛台。

摧残尚说持人道，

应悔当初冒险来。

92.

详恨番奴不奉公，

频施苛例逞英雄。

凌虐华侨兼背约，

百般专制验钩虫。

93.

狼医要验钩虫症；

不能登陆运不灵。

青年何苦轻生命；

冤沉二字向谁鸣？

94.

刻薄同胞实可怜，

医生刺血最心酸。

冤情满腹凭谁诉？

徘徊搔首问苍天。

95.

医生苛待不堪言，
钩虫刺血更心酸。
食了药膏又食水，
犹如哑佬食黄连。

96.

想起愁来题首诗。
因为家穷走花旗。
只望到来登岸易；
谁知番人转例规？
刺耳验血兼验屎；
影有钩虫要调治。
取得洋蛈数十余；
困在医房苦愁悲。
未知何日得痊愈。
若得脱身要念志，
一排①走清唔向倚，
免至凌辱受鬼欺。

---

① 余本作"派"。

梓里一看宜谨记；
写我狂言留后知。

97.
弃书荒砚来飘洋；
意欲把我素心扬。
难料到此遭囹圄；
壮志待酬抱恨长。
堪叹来此如萍寄；
牺牲巨款受鬼劏[①]。
此行深愿酬我志；
否则囚困苦断肠。

98.
半生逐逐为求名，
借问何时可惬情？
药石无灵成疟疾，
岐黄未遇却心惊。
苍天想必神能佑，
丹鼎无需[②]病自平。

---

① 余本作"膛"。
② 余本作"须"。

从此闻飙云汉起，
行看万里奋鹏程。

99.
握别兄弟与同窗；
为口奔驰涉美洋。
岂知西奴心理丧；
百般苛例虐我唐。
数次审查犹未了，
还须裸体验胸腔。
我们同胞遭至此，
皆因国势未能张。
倘得中华一统日，
定割西奴心与肠。

100.
辛亥十月初五
搬房有感而作

到来木屋一星期；
提起搬房我极悲。
执齐行李忙忙走；
其中苦楚有谁知？

101.

蛮夷发令把房迁，
上下奔驰气绝然。
恰似干戈人心乱，
声势犹如走烽烟。

102.

驻足三天迁复迁，
难比家居咁安然。
人生何苦如斯贱，
驰得劳劳口吐烟。
　　香山人题

103.

为口奔驰驰到监，
困愁愁食亦心烦。
薄待华人黄菜餐，
弱质难当实为难。

104.

此间囚困月重圆；
审问何时尚未知。

家穷逼我来受苦；
难尽心中愤与悲。
若得一审能上埠；
稍灭蛮夷百般欺。
倘能遂我平生愿；
虽受苦楚亦唔拘。

105.

读罢诗书四五担；
老来方得一青衫；
佳人问我年多少；
五十年前二十三。

106.

少年子弟未知愁，
来到金山困木楼。
不悟①眼前悲苦境，
还要终日戏如牛。

---

①《粤海春秋》作"唔"。

107.

番奴狠毒①不可当；
倚国豪强虐我唐。
大众同胞遭至此；
犹如罪犯锁监房。

108.

揖别知己出外洋；
岂知胡虏困我身？
自古强权无公礼；
有何妙策出牢笼。
一旦拨回归去国；
数月工程付水中。
可惜冯唐②容易老；
何其李广最难封？

香山

109.

偶感

亲老家贫；

寒来暑往。

无情白鬼；

悲愤填膺。

  台邑李镜波题

110.

千愁万恨燃眉间；

望登美洲难上难。

番奴把我囚困此；

列士英雄亦失颜。

111.

忝属同群事感哀。

讣音谁递故乡回？

痛君骑鹤归冥去；

有客乘槎赴美来。

泪锁孤魂悲杜宇；

愁牵旅梦到阳台。

可怜药石施医误；

险被焚尸一炬灰。

112.

噩耗传闻实可哀，

吊君何日裹尸回？

无能瞑目凭谁诉？

有识应知悔此来。

千古含愁千古恨，

思乡空对望乡台。

未酬壮志埋坏土，

知尔雄心①死不灰②。

---

① 余本作"志"。

② 余本作"恢"。

寄语梓里　　诗 113—135

天使岛移民拘留所里空置的上下铺，1910年。
华盛顿特区国家档案馆藏

113.

风尘作客走西东；

不料今时到监中。

因泄机谋山中困；

何筹韬略出潜龙①。

子胥忍藏能雪恨；

孙膑忍辱复仇功。

我今拨回归国去；

他日富强灭番邦。

114.

梯航远涉历重洋，

风餐露宿②苦自尝。

苏武沦胡归有日，

文公遇雪叹当年。

自古英雄多磨折③，

到底男儿志未伸。

满腹苦衷聊代表，

留为纪念励同魂。

中华民国六年三月十三日

---

① 余本作"笼"。

② 原作"宿露"。

③ 原作"摄"。

115.

阻拦上埠实堪怜，

拨回归家也心惊。

无面见江东父老，

只望求富反求贫。

116.

李宅人员把身抽；

季夏乘船到美洲。

海过舟湾候上岸；

纪录无辜困木楼。

念及事情心厌闷；

诗①章题首解愁忧。

目下未曾批消案；

录记情由实可嬲。

在坐虚延长岁月；

此处如笼一只鸠。

　　　　华侨□铁城山僧题赠

117.

林到美洲，

---

① 原作"书"。

逮①入木楼。

成为囚犯，

来此一秋。

美人不准，

批拨回头。

消息报告，

回国惊忧。

国弱华人，

叹不自由。

　　铁城道人题

118.

新客到美洲；

必逮②入木楼。

俨如大犯样；

在此经一秋。

美国人不准；

批消拨回头。

船中波浪大；

回国实堪忧。

国弱我华人；

---

① 原作"隶"。
② 余本作"隶"。

苦叹不自由。
我国豪强日；
誓斩胡人头。

119.

感景拙咏

沧海阛孤峰，
崎岖困牢笼。
鸟疏寒山致，
鸿使莫寻踪。
留难经半载，
愁恨积满容。
今将归国去，
空劳精卫功。

120.
乙月被囚履不前，
满洲轮来蒙古旋。
但得南洋登程日，
求活何须美利坚？

121.

批消半载无消息；
谁知今日拨回唐？
船中挨浪珠泪落；
清夜三思苦难堪。

122.

再历重洋到美洲；
只望是番把志酬。
岂知天不为我便；
偏教批消困木楼。

123.

寄语同胞勿过忧，
苛待吾侪毋庸愁。
韩信受胯为大将，
勾践忍辱终报仇。
文王因羑而灭纣，
姜公运舛亦封侯。
自古英雄多如是，
否极泰来待复仇。

124.

寄语同居勿过忧，
且把闲愁付水流。
小受折磨非是苦，
破仑曾被岛中囚。

125.

木楼永别返香江，
从此兴邦志气扬。
告我同胞谈梓里，
稍余衣食莫飘洋。

126.

埃仑半载同甘苦；
我今拨回始别离。
寄语同乡上埠日；
务望时记是中朝。

127.

旅居木屋暗伤神；
转眼韶光莫认真。
寄语埃仑将来者；

翘头应望是中人。

128.
劝君切勿来偷关，
四围绿水绕青山。
登高远望无涯岸，
欲渡绿水难上难。

生命堪虞君自重，
斯言不是作为闲。
盍任拨回归国去？
觅些^①营生挨两^②餐。

129.
路远行人万里难；
劝君切勿来偷关。
艰险情形堪莫问；
斯言不是作为闲。
　　民国十二年

---

① 余本作"此"。
② 余本作"二"。

130.

假道吕宋走花旗，
关情严密不知机。
监牢木屋囚困日，
波斯铁船被拨期。

穷途阮籍谁怜哭？
绝域李陵空叹愁。
无可奈何事制厄，
命蹇时乖受此磨。

131.

抛离家乡作营谋，
风霜挨尽为名求。
路经此地来古巴，
谁知拨我入山囚？

132.

斗门人往大溪地，
来到木屋十余日。
溪地有人回唐山，

谁知①此埠极难为。
有人回来有人去，
使枉②洋银三百余。
不到此埠心不忿，
回家父母苦极悲。
留下利息重重迭，
未知何日还他主？

133.
家徒壁立□□留；
握别妻身□□舟。
破浪乘风登墨□；
□□□□□□流。
不料浮萍至墨京；
寰球遍地已三年，
青蚨不识无伤我。
闷听枪林炮雨声；
故冒偷关来居美；
谁知今日受囚刑？

---

① 原作"至"。
② 原作"汪"。

134.

元月动程赴墨洲；

船位阻延到中秋。

一心指望频登埠；

年关将及在此楼。

　　民国七年尾月下浣

　　香山隆都

135.

木屋拘留几十天，

所因墨例致牵连。

可惜英雄无用武，

只听音来策祖鞭。

从今远别此楼中，

各位乡君众欢同。

莫道其间皆西式，

设成玉砌变如笼。

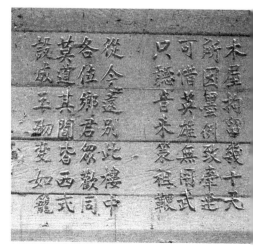

第135首诗歌，在拘留所一楼厕所的墙壁上被发现。马克·高桥摄

木屋拘囚序

拘留所与通往行政楼餐厅的楼梯，约1910年。
加利福尼亚州立公园藏

尝思啮雪餐毡，苏武守汉朝之节；

卧薪尝胆，越王报吴国之雠。

古人坎坷屡遇，

艰辛备尝。

卒克著名于史册。

振威于蛮夷，以解私怀之忧，

而慰毕生之愿也。

独我等时运不济，

命途多舛。

蓬飘外国，

永遭羑里之囚。

离别故乡，

频洒穷途之泪。

躬到美域，

徒观海水之汪洋。

船泊码头，

转拨埃仑之孤岛。

离埠十里，

托足孤峰。

三层木屋，

坚如万里长城。

几座监牢，

长肩北门管钥。

同胞数百，难期漏网之鱼；

黄种半千，恍若密罗之雀。

有时举头而眺，

胡笳互动，益增惆怅之悲。

或者倾耳而听，

牧马悲鸣，翻惹凄凉之感。

日餐酱酪，步颜子之箪瓢；

夜盖单毡，同闵骞之芦服。

清晨盥洗，尽是咸潮；

终日饮滋，无非浊水。

矧遑荒新辟，

水土欠和。

饮焉而咳嗽者甚繁，

啜焉而喉痛者不少。

病端百出，

苦楚难云。

间有偶触胡怒，

拳脚交加。

忽起狼心，

枪头向指。

人数目算，秦王之点兵尚存；

戎马重围，韩信之妙计犹在。

兄弟莫通一语，相隔关山；

亲朋欲慰寸衷，相离天壤。

处此间也，欲吁天而天无闻。

入此室也，欲叫地而地不应。

且也树木阴翳于囚外，百鸟悲啼。

云霞垂覆于山前，千兽骇走。

正所谓与木石居，与鹿豕游者矣。

嗟！嗟！

触景生情，

荒凉满目。

愁谁遣此；

命也何如？

尤有惨者，诊脉数回，无病宛然有病；

验身数次，裹身一若裸身。

借问昊天，使我奚至此极？

哀哉吾辈，然亦无如之何。

虽削南山之高竹，写不尽离骚之词。

竭东海之波流，洗不净羞惭之状。

然或者，狄庭行酒，晋愍不辞青衣之羞；

汉军降奴，李陵曾作椎心之欣。

古人如此，

今人独不忍乎？

夫事穷势迫，亦复何言？

藏器待时，徒空想像。

呜呼！

白种强权，

黄魂受惨。

比丧家之狗，强入牢笼；

追入笠之豚，严加锁钥。

魂消雪窖，真犬马之不如。

泪洒冰天，伤禽鸟之不若也。

但我躬既窜海曲，

性品悦看报章。

称说旧乡故土，豆剖瓜分；

哀怜举国斯文，狼掣虎噬。

所望陈涉之徒，辍耕陇亩。

田横之客，早建义旗。

称干比戈，

扫秦川为平壤。

仗矛秉钺，

荡吴国作丘荒。

请看今日之域中，

定是汉家之天下。

不然，任人肉我，

甘为婢膝奴颜，

舍己从人，

不分伪朝正统。

将见四百兆之华民，重为万国之奴隶；

五千年之历史，化为印度之危亡。

良可慨也，

尚忍言哉？

爱丽丝岛上的诗歌

爱丽丝岛移民拘留所，约1920年。三角标示出的建筑即为发现中文诗的所在。杜鲁门州立大学皮克勒尔纪念图书馆 (Pickler Memorial Library, Truman State University) 藏

1.

思念故乡眼泪流，
不知何日可无忧。
父母伯叔妻儿散，
楼房屋宇变成沟。
命大如天花旗到，
以为安宁可无愁。
谁知移民将我捕，
不由分说入拘留。
何能解决苛条例，
待期胜利可自由。
亦望同群齐合力，
捐输回国杀我仇。
得见父母妻儿会，
笑口吟吟讲西游。

2.

长监苦困寿命长，
去船恐有身受伤。
劝君莫怕移民例，
定有安然放我归。

3.

二八佳人巧样貌，
一双玉手千人枕。
伴点脂唇万客帛，
洞房晚晚换新郎。

4.

在家千日好，
出外半天难。

英属哥伦比亚域多利埠的诗歌

这栋两层建筑位于英属哥伦比亚域多利埠安大略湖街 (Ontario Street) 和达拉斯街 (Dallas Street) 交会处，在 1908 年至 1958 年间曾被用作移民拘留所。被拘留在那里的中国人将这座建筑称为猪仔屋（猪圈），猪仔的叫法源自 19 世纪早期贩卖华人苦力的贸易。黎全恩曾经写过一篇题为《一座中国移民的囚牢》（"A Prison for Immigrants"）的文章，他在文章中指出，这栋建筑周围是 20 英寸厚的砖墙，窗户被木板封住，与监狱别无二致。这栋建筑一楼设有一间接待室，没有窗户，还有一间饭堂，可容纳 100 人用餐；二楼中间有一条走廊，两旁是囚室，墙壁用混凝土做成；地下室有一间宽敞的厨房，所有通风口都用铁丝网和钢条封好。该建筑于 1977 年被拆除。黎全恩摄

1.
穷想金钱困牢笼，
遍舟颉颃浪万重。
若非勤为天财就，
会向中华家下还。

2.
心心怀恨不成眠，
提起番奴怒冲天。
将我监房来受苦，
五更叹尽有谁怜。
　　己未八年三月廿六日

3.
独坐税关中，
心内起不痛。
亦因家道贫，
远游不近亲。
兄弟来到叫，
只得上埠行。
黑鬼无道理，
唐人要扫地。
每日食两餐，

何时转回返。

辛亥年七月十二日李字题宁邑

4.

妻嘱情

出门求财为家穷，
把正心头在路中。
路上野花君莫取，
为家自有系妻奴。
临行知嘱情千万，
莫作奴言耳过风。
家中妻儿系莫挂，
勤俭二年扫祖宗。
妻儿衣裳无一件，
米盒扫来无半筒。
家中屋舍无间好，
烂溶烂揸穿烂帘。
夫系昔日都寻赌，
不念奴奴泪飘飘。
多得亲兄来打税，
莫学忘叔大恩公。

辛亥七月十二日到李字题宁邑

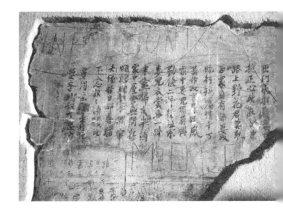

写有《妻嘱情》的墙皮，黎全恩于1977年将
它保存下来。黎全恩摄

5.

一心只望来金山，
谁知金山穷艰难。
困人监房眼泪流成行，
妻子在家望信番，
谁知三冬二秋转回唐。

民国八年□月

6.

示告
同胞快看

即日修得数百金，
抛别乡间往番邦。
谁知把我入监房，
且看此地无路往。
不见天地及高堂，
自思自想泪成行。
此等苦楚向谁讲，
只达数言在此房。

新会人作

7.

人话外洋那样好，
风霜挨尽四十秋。
至今白发回故里，
辛酸泪水随襟流。

8.

民十赴加困于云埠移民监

君子固穷未必穷，
何期遭际困囚笼。
中华偌大无容锥，
浪走天涯血泪红。
生计逼人西复东，
家邦抛弃志陶翁。
何时冲破樊笼去，
奋翮云霄万里纵。

次尘

9.

一心走金山者，弃父母与妻儿，只因家贫。忆昔临行，父母
妻儿叮嘱。千方万计成仟余，资助。乃得安然上岸。何意事
生，验眼多端，脱衫除裤，露身，百般刑辱，皆因国弱家
贫。追忆父母，劝同胞，回头返乡，兴祖国。

口述历史

颁发给中国移民的身份证件。从 1909 年开始，所有在美国居住的华人必须持有身份证件，以此证明自己是合法入境人员，有权留在这个国家。1940年后，这些证件换成外籍居民登记证，也叫作"绿卡"。旧金山国家档案馆 (National Archives, San Francisco)藏

DESCRIPTION

Name YID TOON QUAN
Age 22 - - - - *Height* 5 - - - - *ft.* 6½ - - - - *in.*
Occupation Student, San Francisco, Calif. - - - - -
Admitted as Son of Merchant, (parol evidence) -
#21952/2-24, SS Pres. McKinley, September 6, 1932 -
Present marks and peculiarities scar bridge of nose;
line scar inner left eyebrow - - - - -
Issued at the port of San Francisco, Calif. - - - -
this 12th - - - - - *day of* April - - - - - *19*33

DESCRIPTION

Name JA KEW FUN - - - - - - - - - - -
Age 27 - - - - - - *Height* 5 - - - - *ft.* 4½ - - - - *in.*
Occupation Student, San Francisco, California - - -
Admitted as Son of Native (parol evidence) - - - -
#39000/11-11, S.S. President Coolidge, Oct. 12, 1939
Present marks and peculiarities Line scar on back of
right hand - - - - - - - -
Issued at the port of San Francisco, California - -
this 24th - - - - - *day of* November - - - *19*39.

DESCRIPTION

Name LAI BING
Age 31 - - - - - *Height* 5 - - - - *ft.* 3½ - - - - *in.*
Occupation Merchant, San Francisco, Cal. - - - - -
Admitted as Merchant returning - - - - - - - -
#21143/2-14 SS Nile May 14, 1923 - - -
Present marks and peculiarities Large scar right side
of face - - - -
Issued at the port of San Francisco, Cal. - - -
this 1st - - - - - *day of* June - - - - - *19*23.

DESCRIPTION

Name CHA JENG NITO - - - - - - - - - -
Age 15 - - - - *Height* 5 - - - - *ft.* 2½ - - - - *in.*
Occupation Student, Boston, Massachusetts - - - -
Admitted as Son of Native of Hawaii (parol evidence)
#4017/8-10 SS President Hoover, October 21, 1934 - -
Present marks and peculiarities Pit near outer corner
right eye; mole top right forehead near hairline - -
Issued at the port of San Francisco, California
this 23rd - - - - - *day of* November - - - - - *19*34.

DESCRIPTION

Name CHANG HALL FOY - - - - - - - - - -
Age 19 - - - - - *Height* 5 - - - - *ft.* 6½ - - - - *in.*
Occupation Student, San Francisco, California - - -
Admitted as Son of Son of Nat. Cit. of Haw. (parol
#7176/2-22 SS President Coolidge, May 3, 1937 evidence)
Present marks and peculiarities Cut scar on each cheek;
large scar left forehead; several moles near right
Issued at the port of San Francisco, California nostril.
this 5th - - - - - *day of* March - - - - - *19*38.

Paul Armstrong

DESCRIPTION

Name LIM TEI GO - - - - - - - - - - - -
Age 15 - - - - - *Height* 5 - - - - *ft.* 0½ - - - - *in.*
Occupation Student, San Francisco, Cal. - - - - -
Admitted as Native (parol evidence) - - - - - -
#3619/7-28 S. Shinyo Maru October 1, 1922. - - - -
Present marks and peculiarities Pit below left ear;
faint pit below inner corner left eye - - - - - -
Issued at the port of San Francisco, Cal. - - - -
this 27th - - - - - *day of* October - - - - - *19*22.

"听我讲"：天使岛上中国移民的口述历史

杨碧芳

口述历史，即为关于历史的口头证词，它的迷人之处在于让普通民众能够现身说法，为自己代言，既可以弥补历史记录的不足，又能够实现普通民众生活的价值。20世纪70年代，麦礼谦、林小琴和我尝试着把天使岛上中国移民题写的诗歌保存下来，把他们的人生经历整理成文字。鉴于当时有关中国移民经验的中英文著述十分少见，所以从一开始我们就意识到，要实现这样的目标，口述历史将是必不可少的一条途径。可是，当时曾有过被拘留经历的大部分人已经七八十岁，还有不少人已经过世。这样的情况使我们的工作变得更加紧迫。我们拟采访的对象，其中有很多是通过"假仔"身份非法入境的，他们不愿意接受采访，我们的工作举步维艰。

我们了解到，在1910年至1940年间移民美国的华人中，几乎每一个都有过困囚天使岛的经历。因此，找到曾经的受困人员并不困难，但令他们开口为我们讲述自己的过往则十分不易。有谁会愿意承认自己曾是非法移民呢？又有谁会愿意回忆在天使岛被盘查、囚禁的痛苦过往呢？我们决定从采访我们的家人、熟识的朋友入手，然后再拓展范围，将采访对象扩大到亲朋好友的亲戚，安老自助处、华人男青年会、华埠图书馆等社区组织推荐的人士。

我们确信，不论天使岛囚徒的经历是好是坏，即使美国社会其他族群对此置若罔闻，至少华人的儿辈、孙辈需要了解自己祖先的过往，从他们的移民经历中汲取教训。如是言明，很多人被说服了，同意接受我们的采访。不仅如此，我们同时还向他们保证在手稿和书中不会提及他们的真名实姓，只使用化名。"自己人"的身份——我们都是天使岛囚徒的子孙，讲粤语，住在美籍华人的社区——有很多的便利。这有助于赢得知情人的信任，同我们配合，并且在访谈中和谐相处。我们这个采访团有男有女，所以跟受访者谈话时也进行得很顺利。

由于平日里有全职工作要做，我们的访谈只能在周末进行。尽管如此，我们还是于1976年至1978年间成功地记录下40次采访，涉及困囚天使岛的8名女性、24名男性、2名移民检察官、2名译员、1名维修人员的妻子、3名曾造访男子拘留营地的华人社区工作者。这些访谈一般在受访者家中进行，使用粤语，时长从90分钟到120分钟不等。我们向受访者承诺不对外提及他们的名姓，在此前提下，他们口头允许我们将访谈过程录制到卡式磁带上。我们意识到他们不愿意接受采访、对相关法律心存恐惧，便没有按照惯例要求他们给予书面授权。同时，我们既没有提出查看他们家庭的老照片和信件的要求，也没有为了要留存记录而尝试着拍些照片。

我们想了解什么？为此，我们设计了一张问卷，里面的问题按主题区分，按时间排序，以此作为采访的先导。所有的受访者基本上都会被问及同样的问题，包括他们在中国时候的家庭背景和教育经历，为何又如何移民美国，在天使岛被囚禁时的详细情况，从天使岛获释后的生活状态、排华事件、天使岛经历对他们生活的影响及他们个人的反思。（见第139—141页上的采访问题）我们非常担心过于深入的问题会冒犯到受访者，让他们感受到不必要的压力，所以常常会放弃询问后续的问题或追问审讯、性虐待、体罚以及营地骚乱等敏感问题。我们遵循中国的礼仪，满怀敬意地聆听这些长者的讲述，对于他们所讲的内容不敢提出质疑，在整个提问的过程中也不敢太过冒犯。采访结束时，我们总是会问一个开放性的问题："有关天使岛的情况是否还有别的内容相告？"但是，很少有人会主动地为我们再补充些许。

十年之后，我重返加州大学伯克利分校读博士学位之际，从加州园林管理局那里申请到了一小笔经费。我用这笔钱把过去所做的有关天使岛的全部采访整理成文字，并且又对曾经困囚在天使岛的华人做了20多次访谈。那个时候，《埃仑诗集》这本书已经出版，移民拘留所的原址也得到修复，人们在公开的场合谈及非法移民身上所谓的"肮脏秘密"也无损于中国人个体或群体的声誉。相反，暴露出来的相关问题引起了社会对于天使岛上中国移民遭遇不公的关注，身处困境之中的华人所表现出来的勇气和坚持也赢得了人们的敬意。通过天使岛上的访客登记以及我在美籍华人社区里的线人，我轻而易举地找到了天使岛曾经被拘留的华人接受采访。

虽然第二轮的访问用的是与第一轮完全相同的问题，但是我却可以追问其他一些问题，包括女寝室里面的诗歌、自杀的情况、尝试过的逃离、卫生条件、孤独的监禁、其他形式的惩罚、骚乱与抗议，还有最为基本的，种族、阶级、性别等方面的歧视对天使岛囚徒当时及以后生活的影响。这一次，我得到了他们的书面授权、照片、文字材料、在将来的出版物中使用他们的真名和这些照片的许可。我将录在卡式磁带上的全部访谈整理成文字，又翻译成英文，然后把这份材料存放在加州大学伯克利分校亚裔图书馆，位于沙加缅度的加州园林管理局，位于旧金山的天使岛移民拘留所基金会，一来作为政府机构备案材料，二来可供其他研究人员查阅。后来，刘咏嫦在1984年至1986年间为其电影《刻壁铭心》所做的八次访谈也被收录进来。自此，这本诗集作为天使岛口述历史项目（Angel Island Oral History Project）为世人所知。

《埃仑诗集》第一版面世时，我们只是选择性地出版了各种访谈的节选，以此作为诗歌部分的补充与完善。这么做虽然可以全方位地展示移民在天使岛上的生活经历，但却不能够呈现出每个故事的全貌以及种族排斥对于他们生活的影响。《埃仑诗集》第二版收录了我们在口述历史研究过程中收集到的20个故事，还有其他一些原始资料，从头至尾完全以全貌示人。13名被拘男性、5名被拘女性、1名移民检察官、1名译员，他们性别不同，被拘留时间不等，观察角度各异，既包括申请入境者（被拘留者）的视角，也包括雇员（执法者）的视角，具有一定的多样性。

这些惊心动魄的故事其来有自，口述者包括：司徒氏，她曾试图在女厕所上吊自杀；李佩瑶，她曾在天使岛上被囚禁了20个月，后被递解出境，终日以泪洗面；郑文舫，他将一百来首墙壁题诗誊写下来，不仅如此，早在1935年，他写的义愤之作就曾见刊于上海的一份杂志；莫景胜、刘衮祥，他们不仅回忆了在中国与祖母洒泪告别的场面，还谈到了被困天使岛期间在精神上遭受的巨大打击，让人为之动容。

关于天使岛的经历还有一些访谈细节翔实、颇有启发性，也一并入选。林小琴细读了祖父、父亲的移民资料，并据此为我们讲述了两辈人跨越太平洋的故事。这个故事有助于我们了解申报土生公民权的法律诉讼是多么的错综复杂。还有，麦礼谦的父亲于1910年途经天使岛，成为第一批被困囚此地的人士。我父亲于1921年也曾在此被囚禁了5周之久。他们的故事让我们了解到移民是怎样通过冒充商人身份来规避《排华法案》的。刘罗氏、王太太、李佩瑶等人讲述的呻气（在悲伤中发泄、悲叹）故事则让我们更深入地了解到天使岛上妇女们的生活有异于男子，她们应对监禁所采用的策略也多有不同。

在多数情况下，我们的受访者都会觉得天使岛上执行移民法律和政策的官员绝非良善之辈。然而，我们曾对译员李华镇和移民检察官埃默里·西姆斯（Emery Sims）进行过采访，询问移民拘留所如何运作，他们怎样分工，与被拘华人是否接触等情况，结果却发现这些员工当时富有良知，对于中国人的遭遇也十分同情。中国人申请入境的程序十分繁琐，相当棘手，有时候即使是真正的骨肉也会因为过不了审讯这关而终遭遣返，李寿南的案子就属于这种情况。他在天使岛上被囚禁了18个月，对自治会的具体情况、男子营地发生过的事情了如指掌。谢创口述的故事节选于他的自传，讲的是一个共产主义者被捕之后在天使岛上囚禁了一年有余，终因政治信仰问题被递解出境的故事，其中人物形象的描述和政治方面的分析十分罕见。他在天使岛被囚禁了很长一段时间，这期间曾因为伙食问题在饭堂组织过一次骚乱。他对刻在墙上的一首自杀诗记忆犹新，而这首诗如今已消灭了踪影。

这些主角以个人语汇为自己代言。为了确保叙述流畅，将干扰降至最低，我将采访过程中提出的问题、冗余的字词、不成功的开场白删掉；出于简洁明了、组织有效的考虑，我对采访中的散碎文字重新做了安排；为了更好地彰显口述者的身份、方言特征，我决定把以罗马字母书写的标准拼音放在一旁，按照粤语进行记录；此外，我还添加了一些编者注，方便读者了解基本的传记信息、历史语境和这些故事的意义；同时也做了一些脚注，用来解释相关的历史文化内容。

只要可能，我便会充分利用旧金山国家档案馆收藏的移民案件档案，以此来证实这些故事的可信性，完善这些故事的细节使之更加周详。文字记录记载了在《排华法案》执行期间申请入境或二次申请入境的每个中国人的真实情况，一直到20世纪80年代后期才对研究人员开放。移民案件档案包括审讯记录、签证、经过公证的宣誓书、业务记录、信件、诉讼案情摘要、照片等。所有这些加在一起提供有关移民过程与结果的图景要比受访人员提供的更加完全、准确。不仅如此，这些东西还反映出移民检察官在进行调查、阐述允许或禁止申请人入境的理由时是多么的一丝不苟、周密彻底。有些总结报告长达数页，上面罗列着申请人与证人在口供上的出入之处。

不幸的是，接受过我们采访的人士差不多都已故去。在本书所收录的20份简况当中，只有莫景胜还健在。于是，我便请他们的家人帮着回答问题、填补缺失、纠正讹误以及提供照片。例如，黄太太最初并不愿提及经历了天使岛噩梦之后她在美国生活的任何事情。1989年，她百年之后，我在国家档案馆看到了她的移民档案。直到这时我才了解到，20世纪30年代她们曾举家回到中国。幸运的是，我通过社区网络找到了她的儿子黄培正，他乐于给我们解释一二，包括他母亲为何会不得已回国，抗日战争时期如何在国内惨淡经营，1958年又怎样想方设法返回美国。同样是几经辗转，李佩瑶的整出悲剧在我面前逐渐清晰起来。她在天使岛上曾经终日以泪洗面。1996年在她去世之后，她的女儿才向我展示了她的外籍人口档案。

今天看来，发生在40至70年前的往事，有足够多属于细节的内容真实可信。在某些案件中，随着时间的流逝对于人物和事件的描述变得模糊不清、色彩全无。由于被拘人员与移民当局之间存在着沟通障碍，也有某些行为和事件被歪曲的情况。但是，总的来说，口述历史相当一致、准确无误地描述了天使岛上中国移民这些年来日常生活的图景。我们这里按照每个人困囚天使岛的时间先后顺序整理出来20个故事，以黎炳始，以李佩瑶终。前者是1910年在天使岛上等候处理的第一批中国人里的一员，后者亲眼目睹了1940年烧毁拘留所的那场大火。

天使岛口述历史项目——采访问题

背景资料

1. 你出生的时间、地点？

2. 你家里有几口人？家人都做什么营生？

3. 你接受过何种程度的教育？自己做什么营生？是否结婚？

4. 你为何来美国？是怎样来的？

5. 你对美国有何期望？

6. 你赴美前做了哪些准备？使用了什么样的移民身份？出发前是否听说过天使岛？

航程情况

1. 你前往美国时有多大年纪？航程中有谁作伴？航程花销多少？是如何支付的？随身携带了哪些物品？

2. 你从家里出发后走的是哪条路线？依照什么程序？

3. 赴美途中船上的情况如何？吃住条件怎样？拥挤达到何种程度？还有哪些乘客？如何消磨时间？当时有什么感想？

4. 航程历时多久？沿途是否遇到麻烦？

困囚天使岛期间的情况

1. 你何时抵达美国？最初在哪里上岸？上岸后遭遇了什么情况？如何抵达天使岛？

2. 描述一下对天使岛的第一印象。上岛后接受了怎样的处理、经历了怎样的对待（包括最初的审讯与体检)？

3. 描述一下起居区的情况。住多少人？有没有家具与供应品？卫生间怎样？一般卫生条件如何？有没有舒适和便利设施？有无私人空间？缺少何物？

4. 描述一下被拘同伴的情况。年龄？出生地？社会经济状况？是否识字？拘留时间？是否为过境人员？是否被遣返回国？一般心情如何？彼此如何交往？新人抵达、被拘人员离开的频率为何？

5. 描述一下那里的日常生活。作息时间表？饮食？活动和娱乐，包括运动情况如何？要守什么规矩？有什么优待？与外界（守卫员/女舍监，传教士/社会工作者，访客）的接触？工作人员待你如何？清洁洗熨由谁来做？生病之后有何待遇？有无盗窃事件？理发由谁来负责？购物情况如何？

6. 你是否在墙上见到过诗歌？是否在墙上写过诗？或者目睹过别人在墙上写诗？你对这些诗人有什么想法？

7. 你是否见过有人传递写有辅导口供的字条？如何传递？

8. 你在天使岛被囚期间经历过什么不同寻常的事情？（自杀、惩罚与单独囚禁、抗议与骚乱、特别的娱乐项目等）

9. 描述一下盘问口供过程。要等多久才问话？在什么地方进行？有谁参与？他们待你如何？问些什么？经历过几次问话？每次多长时间？是否需要签字画押？自己表现如何？有何感触？

10. 盘问口供结果多久之后才出来？是否过关？对问话结果作何感想？如果没能通过问话原因何在？是否上诉？如何上诉？最终结果如何？

11. 你总共在天使岛上被拘留了多长时间？对被拘留的经历作何感想？怎样缓解被拘留的痛苦？

12. 你如何看待这段被拘经历对自己的影响？是否认为拘留合理？关于天使岛最令你难忘的是什么？

离开天使岛之后的情况

1. 你离开天使岛之后去往何处？与谁一起？

2. 简要描述一下从天使岛获释以后个人家庭、工作、社会生活等方面的情况。

3. 你是否曾经回过天使岛？旧地重游作何感想？

4. 美籍华人的后裔甚至于全体美国人将来会从天使岛这儿继承何种遗产？汲取何种教训？

5. 有关天使岛的情况是否还有别的内容相告？

林锦安与林齐高：跨越太平洋的父辈

林小琴

林锦安

祖父林锦安在中美两国经营生意。移民档案显示，1878 年（光绪四年）5 月 14 日他在美国出生，家住大埠（即旧金山）襟美慎街（Commercial Street）741 号。1881 年，他 3 岁时被带到中国，1903 年 5 月 15 日，过完 25 岁生日第二天就乘坐"西伯利亚"号（*Siberia*）重返美国，这个时候他还没有结婚。他在美国的家里出生，没有接生婆提供的书面记录可以证明。所以，他在接受移民检察官约翰·林奇（John Lynch）和译员理查兹（C. Richards）盘问口供后第二天，他的入境申请就遭到了拒绝。他被囚禁在太平洋邮轮公司的木屋里面，等候《排华法案》里面所规定的措施——递解回国，理由是"按照法律规定，有几类中国人可以入境美国，并且在此停留、居留，而他却不属于其中任何一类"。[1]

林锦安的案件与华人移民中"假仔"的其他案件并无不同，其共同点是冒充美国公民身份，以此规避《排华法案》。我认定祖父生于台山县潮溪村，1903 年初次赴美之时已经结婚。他称自己在美国出生，希望可以获准入境。后来林锦安被拒绝入境，并被囚禁在木屋里，等待遣返回国。就在这时，他托刘活向联邦地区法庭申请人身保护令（writ of habeas corpus），宣称自己有权入境美国，目前正在遭受非法拘禁。[2]

林锦安案件的听证会于 1903 年 6 月 30 日在旧金山美国地区法院举行，出席人员包括法官西考克（E. H. Heacock）、林锦安的辩护律师韦斯特（T. C. West）、美国政府的控诉律师麦金利（D. F. McKinlay）、译员琼斯（R. H. Jones）。审讯程序与天使岛上的移民口供盘问无异，林锦安被问及 94 个问题，而且还要与两位证人——林锦安的远房叔叔兼生意伙伴林江，林锦安家的朋友求义 —— 一起接受交叉审讯。林江被问及 55 个问题，求义被问及 28 个问题，大部分问题都是为了证实林锦安在美国出生，在潮溪村的家中与两位证人见过面。林锦安的生日、中国住处的样貌、证人与林锦安及其家庭之间的交往等细节问题都有涉及。

问：你在中国期间，林江除了过节外到过你家吃饭吗？

答：我记得他到我家吃饭多半是在过节时候。

法官：嗯，你要好好想想。我们希望你的回答能够确切些。过节以外林江到你家吃过饭吗？

答：嗯，春节过了以后吃过，不是在春节那几天，而是在春节过后。

麦金利先生：嗯，你记得他到你家吃过几次饭？

答：两三次。

麦金利先生：他说的是"两次"还是"三次"？

译员：他说的就是两三次。

麦金利先生：只有三次吗？

答：我记得有三次……

问：他离开老家前夜去找过你，那天晚上他在你家待了多久？

答：就待了一会儿。

问：嗯，"就待了一会儿"是待了多长时间？

答：不到半小时吧。

问：他离开时有没有人送他出去？

译员："出去"这个词意思有点含糊。

法官：那么就换一种问法。有人送他到门口吗？

答：我送他到门口。

问：送到哪里？

答：就送到门口；我就站在门里。

问：没有人跟他出去吗？

答：没有。

　　林的答词与证人的证言彼此吻合，法官西考克对此仿佛十分满意，于是做出林于1878年5月14日在大埠出生的裁定，并且建议当局在1903年7月1日那天将他从太平洋邮轮公司的木屋释放。截至那个时候，林在此被拘留了两个半月。有了这项裁决，无论是申请离境证明还是自中国返美，祖父总是以此证明他的美国公民身份。作为一名归国的美国公民，他可以在大埠港直接入境，而不必前往天使岛走上一遭。

IN RE

LIM KAM ON,

NATIVE BORN CITIZEN OF THE UNITED STATES.

Court Record:-U. S. District Court, Northern
District of Cal:-In re Lim Kam On, on Habeas
Corpus,No. 12968.

--oOo--

STATE OF CALIFORNIA, }
                      } SS.
CITY AND COUNTY OF SAN FRANCISCO. }

      LIM KAM ON, being first duly sworn upon oath, doth depose and say:-

      That the photograph hereto attached is the photograph of affiant.

      That affiant was born in the City and County of San Francisco, State of California, in the United States of America, and is a citizen of the United States, and that it was so found and adjudged by the United States District Court for the Northern District of California, in the proceeding entitled:-"In the Matter of Lim Kam On, on Habeas Corpus", which said proceeding is numbered 12968 in the records of the said court.

      That affiant is now about to pay a temporary visit to China, intending after a short absence to return to the United States, the land of his nativity, and this affidavit is made to facilitate his landing upon his said return.

                                 Lim Kim On

Subscribed and sworn to before me,
this ... day of December, A.D. 1907.

                        Charles Dolman
                        Notary Public,
        In and for the City and County of
        San Francisco, State of California.

(1)

1907年林锦安离境前往中国时提交的证明其美国公民身份的宣誓书。旧金山国家档案馆藏移民记录显示，祖父先后去过中国三次。1907年12月10日，他起程前往中国，1909年5月10日，他以美国公民身份获准入境。1914年12月29日，他在申请归国证书的表格上填写的住址是加州玛利斯维（Marysville）第一街314号。申请获得批准。1915年1月30日，他再度离境。1916年7月24日，他与长子林有仁一道回国，并于当日入境。那时，林锦安36岁，报称已与刘氏结婚。刘氏住在中国，是一个小脚妇女，身边有四子一女，年纪依次是17岁、15岁、13岁、7岁、11岁（7岁的那个孩子是我的父亲，林齐高）。林锦安是玛利斯维的富商，他与香港景丰豪公司也有合作。1921年1月3日，43岁的祖父向当局申请归国证书，他这次中国之行属于临时性到访，也是他最后一次中国之旅。1921年2月8日，他的申请获批，然而返美之事却未见进一步的记载。

据大家所说，林锦安是一位成功的商人、企业家，他独具慧眼、乐善好施、锐意进取。移民档案提供的资料只是其生平的梗概。祖父的百货店位于华盛顿街534号的景丰公司，经营布料和主要的中国产品。百货店成了社区里面非常繁忙的中心枢纽。积臣街有一家叫作邝记（Quong Hi）的店面，在彩票业尚合法的时候一直出售彩票，他很有可能在这里也持有股份。据说，他还通过合法途径帮助自己的乡亲们移民美国，有时候他还会向当局宣称这些人是他的亲戚。

林锦安积极投身于中美两国的社会活动。他修建了一所学校，还把一条铁路延长至自己的乡下老家台山县潮溪村。在旧金山，林氏宗亲会能够成为一个强大的集团也离不开他起到的关键性作用。会所保留了中国的文化传统，从较早的时候——那时中国人无权在法庭上指证白种人——便开始帮助林氏家族成员加入美国国籍，或者根据1913年的《外籍人土地法》（Alien Land Law）获得不动产。

在中美两国，无论是接济家人生活，还是投身社会活动，林锦安都做得很好。他在旧金山、香港两地经营的事业蒸蒸日上，还把自己的妻儿接到美国接受教育。在美国打造美好生活，最后重归故里、安享晚年是他的梦想。林锦安的一生充分体现了广东移民的传统美德——做事果断、勤奋努力、忍耐坚持、勇于拼搏。为自己、为家人、为同胞打造美好生活是他的奋斗目标。无论是美国移民当局，还是那些带有歧视性的排华法律及种族主义态度都不能撼动他的决心。

林齐高

父亲说，大埠唐人埠的第一辆卡迪拉克 LaSalle 轿车就是他买的。我老爸像其他美国人一样喜欢汽车。他衣冠楚楚，梳着烫波发型，偏分，油光可鉴，收藏的领带堪比任何一个时髦的英国绅士。无论是狐步舞、恰恰舞，还是伦巴舞，他都跳得非常出众，在舞池里是风头人物。如果说祖父林锦安是在两个国家里拓展家族业务，那么父亲林齐高（又名丁暾）在他的密友看来，则是从两种文化中锻造自我。

祖父严厉、严肃、喋喋不休，跟他截然不同的是，我老爸端庄沉默、温和可亲、平易近人。父亲对朋友忠诚，对儿女尽责，酷爱粤剧，同时也十分喜欢摇摆爵士音乐——特别是流行的斯坦·肯顿（Stan Kenton）与厄尼·赫克舍（Ernie Hechsher）乐队的演奏，他在费尔蒙特酒店（Fairmont Hotel）当清洁工与服务生时曾在现场看过他们的表演。尽管喜爱西方文化，但他却是一个传统的现代主义者——对于新鲜事物抱有开放态度，骨子里却存有守旧气质。他对中国的价值观和哲学十分推崇，却同时大加批判那些不少国人心怀不舍的落后迷信的态度和信仰。爱德华·林（Edward Lim，林齐高的英文名），七个孩子的父亲，一生做过清洁工、服务生、厨师、店员，退休后又成为服装承包商，不断奋斗，死而后已，他是林氏宗亲会中引人注目的演说家和让人尊敬的长者。事实上，他的一生与家庭传统和社会活动息息相关。1981年，每年一度的林氏宗亲会春季宴会在新杏香酒楼举行，在欢迎词的结尾，父亲在说出"谢谢!"的一刻瘫倒在地，自此昏迷不醒。他这次心脏病发作十分突然，没过多久便去世了。

父亲那一辈的"假仔"有一个共同点，很多人书面上的历史记载曲折复杂，但私下里真实的生活却并非如此。我相信父亲于1907年在台山县潮溪村出生。后来林锦安娶了林齐高的母亲做填房，于是便成了齐高的继父。1915年，林锦安带林齐高离开中国前往美国，林齐高的母亲留在澳门，这个时候父亲还不知道这竟成了他与母亲的永别。据说他的母亲在看戏时遭遇了剧院失火，惨死其中。只是那个时候，谁也拿不出具有说服力、适合法庭辩论的证据。前面两任夫人去世后，林锦安又纳刘氏为填房。随后他携刘氏前往美国，在报关时称这是他第一位也是唯一结发妻子。

可是，移民档案上关于父亲的记载却完全不同。[3] 1921年，他与两个"假纸"兄弟向当局申请暂时离开美国，前往中国继续求学。这时林齐高所报称的出生地是加州屋仑市爱丽丝街208号，出生日期为光绪三十三年，即1907年，11月4日。后来在接受审讯的时候，林齐高误将出生年份说成了1906年，这种前后不一立即引起移民检察官的警觉。他报关时称其母为黄氏，其父林广贤是屋仑的雪茄烟制作工人。他有两个弟弟，同样是在家里出生。1914年全家搬到了襟美慎街627号他父亲的工作地美兴祥烟行（Standard Cigar Company）。然而，1917年，林广贤患上疾病，并回到中国。他回国后，全家人先是搬到卡尼街649号，后来又搬到华盛顿街534号，几天以后他们接受了

从左至右：林锦安、怀中的小儿子、林齐高（中间）、林齐高留住中国的母亲，约1912
年。林小琴藏

听证。

在听证会上，林齐高被问及是否上过学。他回答说，1915年，自己9岁时入东方公立学校（Oriental Public School）读书，目前正在读六年级，霍华德小姐是他们班的老师。他还曾在中华中学校就读。然而，移民检察官迈耶逊（Mayerson）对学校记录做了调查，结果发现林齐高在中国出生，1915年7月26日入读东方公立学校时，他的家长或监护人名叫林元洪。他的父亲林广贤的名字，在林齐高兄弟林绍迪的学籍档案中也未见记载。

林齐高报关时称自己在美国出生，为了证实这一点，移民检察官詹姆斯·巴特勒（James Butler）对他、他的继母王氏、兄弟林洪国和林绍迪、监护人林洪英进行了反复讯问。问题涉及林齐高的出生、家庭背景、以前的住处、接受教育的情况。结果黄氏记混了他的结婚日期和她儿子林洪国的生日，林洪国对他们住过地方的回答前后矛盾，林齐高记错了自己出生的确切年份，此外林洪英又曾在其他15场官司中出庭做过证人，这一切引起了移民检察官巴特勒的怀疑，产生了负面的效果。巴特勒得出结论："这些申请人的案件弄虚作假。彼此之间的真实关系与他们所报称的关系并不相符。由此得出，这些申请人并非在美国出生。"

这项裁定做出以后，该案另一名证人赵裕于1922年3月17日出庭为这家人作证。他在美兴祥烟行做了20多年领班。据他说，他不仅参加了林广贤夫妇举办的婚礼，而且还出席了林氏夫妇在屋仑给每个儿子举办的生日宴。另外，他还证实这家人于1914年搬到美兴祥烟行那里，林氏夫妇的每个儿子都曾入读中华中学校。孩子们的父亲林广贤离开美国之前，曾经与他同在位于屋仑东部与襟美慎街627号的这家雪茄烟厂工作。尽管如此，巴特勒还是不相信这三个孩子是土生土长

STATE OF CALIFORNIA)
)ss
CITY AND COUNTY OF SAN FRANCISCO)

Wong Shee, being duly sworn, says; that she has lived continuously in the United States since her birth. That she is about to visit China with her family.

That her husband Lim Quong Yuen departed for China on the SS "China" November 12, 1917, where he continues to reside.

That your affiant identifies the photograph attached hereunto with that of herself, as that of Lim Tai Go a native born citizen of the United States, he having been born at Number 208-2nd Street, City of Oakland, County of Alameda, State of California about fifteen years ago.

That the said Lim Tai Go is about to visit China with your affiant and intends to return to the United States.

That your affiant causes this affidavit to be prepared in order to facilitate the identification, travels and return of the said Lim Tai Go to San Francisco, California.

Wong 黄玉 Shee

Subscribed and Sworn to before me
this   day of   1921

Notary Public

In and for the City and County
of San Francisco, State of California.

黄氏证明其子林齐高生于美国的宣誓书。旧金山国家档案馆藏的美国公民，并且不批准他们的归国证书申请。

于是这家人开始上诉程序。他们委托奥利弗·斯蒂格尔律师代理此案。1922年3月24日，斯蒂格尔代表这三个孩子向华盛顿特区的移民局提起上诉。1922年5月15日，移民局副主任维克逊（I. F. Wixson）维持了林齐高、林洪国、林绍迪的上诉。1922年5月23日，林齐高的归国证书最终获得批准。1922年7月6日，父亲离开美国前往中国。1923年10月1日，他与兄弟林绍迪结伴　同返回美国。他在报关时称自己在中国的妻子陈氏是一名天足妇女，两人育有一个儿子，未生育女儿。我相信父亲当时向当局报称的中国妻儿并不存在，他是想为以后帮助别人以"假仔"的身份来美国发展埋下伏笔。他开始并没有娶我的母亲邝氏，两人结婚是1927年之后他第二次回到中国时的事情了。我的母亲在一次口述历史采访中对我说："你父亲18岁的时候回到中国，他当时没有结婚，但在报关时称自己已婚。他就随便挑了个姓，说自己娶的是陈氏。就这样，1938年我来美国的时候就用了陈兰仙的名字。其实我本来姓邝。"

父亲后来又有过三次中国之行。他于1927年11月4日前往中国，于1931年6月6日返回美国，使用的是化名林丁华与爱德华·林，当时的身份是景丰公司的服务生，在报关时称妻子陈氏与三个儿子住在中国。他于1934年8月24日再次前往中国，于1935年7月3日再次返回美国。根据林齐高第四次也是最后一次出境时所填申请表上记载，他住在跑华街（Powell Street）1106号，在华盛顿街534号（景丰公司）上班。他填写的中国地址是香港干诺道西其父亲名下的华丰公司。

1940年6月8日，林齐高生平最后一次前往中国。1941年2月8日回国时，他向当局报称有六个孩子——四个儿子两个女儿——自己妻子的全名是陈兰仙。实际上，父亲有五个女儿，其中三个生于美国。

他报称的儿子数量比女儿多，这样一来，他就可以为有移民美国打算的男子保留几个"假仔"的名额了。尽管如此，父亲却从不出售这些名额，这很有可能是因为害怕被当局抓获。父亲的长女、次女均在中国出生，若是他在移民条件最苛刻的时候被当局怀疑兜售入美名额，那么他的这两个女儿就再也没有入境美国的可能了。抗日战争爆发后，日本兵侵入中国南方的村落，他的这两个女儿被迫逃到山中藏匿了数日，在这期间只靠一盒饼干充饥。多年以后，这两个女儿移民美

林齐高一家。从左至右：塞西莉娅 (Cecilia)、邝兰仙、怀中的林小琴、贝蒂 (Betsy)、罗纳德 (Ronald)、林齐高、多琳 (Doreen)，1947 年。林小琴藏

国时都已经长大成人了。

还有一件事情可以为父亲横跨太平洋的传奇故事充当注脚，那就是他的生父籍贯哪里、行踪何处不为人知。拼凑而成的"假纸"身份、各种日期、许多名字、各类地点，汇聚起来构成父亲复杂的身份背景。尽管如此，他还是成功地化解了《排华法案》在法律层面对其与生俱来的权利以及公民身份构成的挑战。为了在美国安家置业、安顿妻儿，他不得不往返穿梭于美中两国之间，以便兼顾出生在太平洋两岸的孩子们。为了与两岸的亲人团聚，他曾经七次横跨太平洋。不屈不挠、智慧过人、勇气可嘉、无比自尊，他凭借这些优点度过了朝不保夕的战争年月，贫困不堪的大萧条时期。他一直憧憬着像自己的父亲一样，退休以后能够回到中国，回归故里。但是为了能让自己的七个孩子过上像真正的美国人一样的好日子，他的这个梦想终于没能实现。

1　*In the Matter of Lim Kam On on Habeas Corpus*. file 12968, Admiralty Files, U.S. District Court for the Northern District of California, RG 21, NARA-SF; File 12107/4862（Lim Kam On, 林锦安）, Return Certificate Application Case Files of Chinese Departing, RG 85, NARA-SF.

2　人身保护令规定，拘禁机构需要向法庭证实对于申请人的拘禁没有违法。在《朱才伊诉美国政府案》（Ju Toy v. United States, 1905）禁止中国移民上诉之前，有许多中国人利用这种法律手段来规避《排华法案》得以入境美国。1882年至1905年间，联邦地区法庭和州巡回法庭对9 600份华人人身保护权案件进行了听证，其中50%以上的案件被推翻重审。见 Erika Lee, At America's Gate, 47—48页。

3　File 22619/7–28 （Lim Tai Go, 林齐高）, Return Certificate Application Case Files of Chinese Departing, RG 85, NARA-SF.

黎炳：一位商人的"假仔"[1]

麦礼谦

　　我的父亲麦沃炳以"假仔"的身份入境美国，他使用的姓氏是黎，但他实际出生在南海县冲霞村的一户麦姓人家。他年轻的时候，这一地区大约住着八千居民，其中有三千居民都姓麦。有很多冲霞人在附近的广州和香港做生意。还有些人移民去了东南亚，他们在那里靠手艺谋生——成为皮匠、技工、裁缝。去美国的人却很少。据我所知，从村里走出去的男人中，只有我的父亲在大埠安家落户。

　　我的曾祖父麦定是佃农，他租了祠堂下辖的八到十亩地，用来培植桑叶，饲养塘鱼。[2]他的儿子——长志——也就是我的祖父，在大约两英里外大沙村的一家小工厂里面做工，具体工作是使用手摇纺车织造丝织品。他的饮食起居都在厂里，他的妻子与两个儿子、一个女儿住在本乡，利用空闲时间编些竹器补贴家用。[3]若是不出意外的话，麦定每年会有几百银元的盈利。加上他儿子每月十到二十美元的收入以及他儿媳妇的收入，这一家人可以自给自足。然而，人有旦夕祸福，这家人本就清贫的日子却突遭不测。

我父亲约莫10岁那年，一个冬日的午后，麦定给他的鱼塘往外排水，打算第二天打捞塘鱼。意想不到的是，那天夜里，气温骤降至零下。第二天早上，所有的鱼都死了。死鱼在市场上卖不出好价钱，这一突如其来的打击重创了这个家庭的生活。他无法支付土地租金，也无法偿还在养鱼初期所借的债务。第二年麦定谢世。毫无疑问，这场灾难对他来说构成了生活中的致命一击。于是他的儿子长志只好回到村里。

约略是1907年或1908年，家里的生计日渐艰辛，这时一位名叫麦图的同宗从新加坡回村探亲。他在那座东南亚城市做裁缝，挣了很多钱，每过两三年就会回来一次。麦长志家一贫如洗，对他来说，新加坡或许有更多赚钱的机会。全家人东拼西凑，凑了十几块不到二十块银元，以此作为前往新加坡所需要的川资。于是，麦图回新加坡时，麦长志便请他带上自己的长子，也就是我的父亲沃炳与他同行。五天后，他们抵达新加坡。麦沃炳很快便成了一家裁缝店的学徒，在那里学着使用缝纫机。那时他16岁。

这个时候，另一个人的出现彻底改变了我父亲的命运。我的祖母兴爱是邻村下滘村黎姓人家的女儿，有一个姐姐叫作润爱。润爱结婚不到一年，丈夫故去，自此寡居。她是农民出身，身体强健，又是天足，于是便跑到省城广州去找工作。不多久，大约是在19世纪80年代，她跟随一位要到纽约做生意的同宗去了美国。她从加州入境，选择留在大埠。她在唐人埠找了份大妗（迎亲的妇女）的工作，同时给这里的妇女做做头发，顾客里面有不少都是妓女。她还做些针线活，缝件衣物，钉个纽扣。黎润爱在大埠生活了二十多年，这期间她只回过老家一次，而且来去匆匆。她为人精明、生活节俭，从自己的进项中积攒了一笔钱。1906年，她回到广州养老，刚好避开了发生在那年的大埠地震。

尽管当时加州的华人备受烦扰，但在黎润爱看来，在那里赚钱的机会还是要比在中国多很多。她还帮助三个堂弟入境美国。1906年地震后不久，其中一位堂弟黎泮回中国探亲。黎泮只有一个儿子。那个年月，因为需要有人看护宗祠，中国人不愿意自己的独子离开乡土，前往海外。然而，黎润爱觉得任何前往美国发展的机会都不应错过。考虑到她姐姐黎兴爱的长子，也就是我的父亲已经到了可以营生的年纪。于是她就想："为什么不让麦沃炳以商人黎泮儿子的身份来美国发展呢？"[4]

1909年，我父亲前往美国的一切准备已经就绪。当时18岁的麦沃炳摇身一变，成了黎炳，德祥号公司合伙人黎泮的小儿子。这家公司位于大埠的金菊园巷（Sullivan Alley）10号，经营布匹与服装生意。他的"母亲"此时成了杜氏。很明显，这里面并不存在金钱交易，黎润爱之前帮助黎泮到美国发展，这时黎泮的所作所为只是报答之前的帮助而已。黎泮先行一步，到加州为他们入境铺平道路。1909年12月18日，父亲以第131号乘客"黎炳"的身份在香港登上"西伯利亚"号，开始了他的跨越大洋之旅。

经过一个月的航行，"西伯利亚"号终于在1910年1月13日周四那天驶入金门。刚一到岸，父亲便和其他中国乘客一道被送往第一街和布兰南街（Brannan Street）交叉口处太平洋邮轮公司码头破败不堪的木屋，抵岸的中国人要在这里被拘留一段时间等待当局对他们入境美国资格的裁决。按照计划，这座木屋快要废弃了。父亲属于困囿于此的最后一批中国人。1月22日，星期六，400多名被囚人员，其中包括84名同船抵达的乘客，与我父亲一道被转移至新投入使用的天使岛拘留所。就这样，父亲"有幸"成了该拘留所接待的第一批中国人里

In re

Lai Bing,

minor son resident Chinese merchant.

No. 131 Ex.S.S. Siberia, Jan .15th, 1910.

--oOo--

State of California,   )
)ss.
City and County of San Francisco.)

Lai Tong, (also called Lai Poon) being first duly and severally sworn upon oath, deposes and say:-

That Lai Bing is the lawful son of affiant, and is a minor. That affiant is a merchant lawfully domiciled and resident in the City and County of San Francisco, State of California, and engaged in business therein as a member of the firm of Tuck Chong & Co., which said firm is engaged in buying and selling and dealing in Dry Goods and clothing at a fixed place of business, towit:- No. 10 Sullivan Alley, in the said City and County of San Francisco.

That within the last six months affiant returned to the United States after a temporary visit to China, and that for more than one year next preceding affiant's said visit to China, affiant was a merchant engaged in business in the City of Fresno, County of Fresno, State of California, as a member of the firm of Sun Cheng Wo & Co.

Lai 黎洋 Tong alias

Lai Poon

Subscribed and sworn to before me,

this..27..day of January, A.D.1910.

Thomas E. Burns

Notary Public,
In and for the City and County of
San Francisco, State of California.

证明黎炳是商人黎泮幼子身份的宣誓书，1910年。旧金山国家档案馆藏

的一员。两周之后，他接受审讯。1910年2月7日，星期一，他获准入境美国。

编者注：据黎炳的移民档案，通过宣誓书以及对两名白人证人的访谈，黎泮的商人身份得以证实。黎炳在"西伯利亚"号上接受了移民检察官华纳（Warner）的审讯。他按要求回答了总共49个问题，涉及他的家庭历史、受教育情况、村落布局以及到南菜村（Nam Suey Village）找过他的证人黎元的情况。接下来，他的父亲，黎泮，按要求回答了由检察官蒙哥马利（P. F. Montgomery）提出的总共116个问题，涉及他在唐人埠的生意、家庭背景、乡村生活。他没能记清两个儿子的年纪，并且否认曾带儿子去找过黎元。黎炳于1910年2月4日再次接受审讯。这次他改变了关于黎元家住址的说法，却坚称父亲曾带他去找过黎元一次。这名检察官坚持认为："你的父亲说他从来没有与你一起去过黎元家，并声称不晓得你为什么会那般说。"黎炳坚持说："我确实是与他去过。"或许是出于避免情况更加混乱的考虑，黎泮中途更换了证人，声称黎元的业务繁忙，不能前来作证。检察官蒙哥马利在另外一起调查中去过德祥号公司多次，却从未见到过黎泮。有鉴于此，他在总结报告中提出对于黎泮商人身份的怀疑。但他写道："尽管父亲与其所谓的'儿子'之间在证词上存在一些出入，但这些无足轻重。"黎炳于1910年2月7日获准入境。[5]

父亲曾在新加坡一家裁缝店做过学徒，尽管时间不长，但他从这段经历中获益匪浅。不多久，他便在位于华盛顿街644号、生产工装的多利车衣厂（George Brothers）谋了一份差事。黎炳在这里做杂工，做一些杂活儿，如搬运布匹、制作扣眼、缝钉纽扣。黎泮在加州弗雷斯诺市有一家服装厂，他在那里工作过几年。第一次世界大战期间，他又到该州的塞巴斯托波（Sebastopol）收购苹果进行加工。

到20世纪20年代初，父亲离开中国已经十年有余。他到了而立之年，对他来说是该娶妻、安家的时候了。准备返回中国之际，他成了大埠华盛顿街534号信利公司——一家男士内衣、服装、衬衣制造企业——的合伙人。他订了"印第安纳州"号轮船（*Hoosier State*）的船票，于1922年3月出境，以"商人"身份返回中国访问。

编者注：在前往中国之前，黎炳聘请律师特朗布尔（C. Trumbly）帮他提交了一份关于中国商人身份预审的申请。于是，移民检察官造访了信利公司，与两个白人证人、两个华人证人进行面谈，他们证实黎炳确实是该公司的一名合伙人。在这之后，黎炳的申请获得了批准。黎炳同样接受了面谈。检察官施莫尔特（H. Schmoldt）在其书面报告中如此写道："申请人看上去应当属于免禁类人士，英语讲得很好。"[6]

到达广州后，父亲专门看望了他的姑母黎润爱。他身在海外之时，姑母对他的家人多有帮助，特此向她表达谢意。她之前送他的弟弟到广州一所很好的学校读书。这时她提出，希望自己的养女邓兴妹将来成为黎炳的太太。

邓兴妹是三水县邓华的女儿，邓华在香港开了一家碾米作坊。她是父亲的第一个孩子，她的母亲在生产时死去。或许是觉得这个孩子不吉利，邓华在她大约一岁半时把她送给了黎润爱。尽管是在黎家长大，但邓兴妹保留了原来的姓氏。儿时的邓兴妹特别爱哭，焦躁不安，但是长大后成了黎润爱的掌上明珠。邓兴妹只会写很浅易的中文，但她非常聪明。

邓兴妹小时候，黎润爱为她将来着想就计划把她送到金山去，但是邓兴妹不愿意离开家人，于是这个计划就搁置下来。这时她已经到了结婚的年纪，黎润爱的侄子黎炳貌似是一个合适的人选，这样一来，他就可以把她以妻子的身份带到美国去了。黎炳与邓兴妹愿意结合，他们于 1922 年 5 月 25 日结婚，在冲霞村举办了传统的婚礼。在村里住的时候，父亲就开始为他的弟弟寻找合适的结婚对象。父亲还用自己积蓄的一部分在村

邓氏与黎炳，1923 年。张玉英藏

里买了一块地，盖了一座砖瓦房。

那一年，广州地区的政治形势十分险恶。中国国民党在孙中山的领导下，联合控制广东地区的军阀陈炯明在广州建立了革命根据地。双方脆弱的合作破裂后，支持孙中山的武装与陈炯明的部队在很多地方发生了冲突。孙中山成功迫使陈炯明撤出广州之后不久，云南和广西的军阀武装便打进广州，烧杀劫掠。很快，军阀为了争夺地盘发生内讧。在经过无数次的谈判之后，孙中山这才重新掌控了局面。

就在这个时间点前后，父亲得知美国将要收紧针对亚洲人的移民政策。[7] 有鉴于此，他不顾广州地区动荡的政治形势，决定携夫人返回

美国，把他们的砖瓦房交给他的姐姐和弟弟照看。1923年2月，在军阀武装扬言要进驻广州造成全城交通瘫痪前，夫妻二人动身前往香港。这对新婚夫妇不得不舍弃了大部分行李和结婚礼品。他们打算于4月18日乘船前往美国，就在这之前不久，广州与香港之间的交通恢复了。黎润爱带着他们的箱包、行李来到香港，目送他们乘坐"尼罗河"号（Nile）轮船前往美国。尽管当时他们很有可能并没有意识到，但是这却成了他们与中国的永别。

1923年5月14日，父亲携妻室抵达大埠。出于方便入境的考虑，他们乘坐的是一等舱。这个策略取得了成功，因为父亲作为归国商人立刻获准入境，他的妻室也不必再前往天使岛待上一段时日了。5月25日，她以商人妻室的身份获准入境。

编者注：为了迅速走完邓氏的移民程序，黎炳还尝试了另外一种方法，即谎称他的妻子有了五个月的身孕，不仅如此，他还按照其律师埃兹尔和戴伊（Edsell & Dye）信上的说法，谎称他的妻子"从中国出发的那一刻起，就强烈地感到了恶心，并且在整个旅程中一直如此"。邓氏在"尼罗河"号上接受了审讯，按要求一共回答了65个问题，涉及其丈夫的家庭、村落，她自己的家庭、结婚仪式的细节等。接下来，黎炳到天使岛接受审讯，他按要求一共回答了79个问题，内容与邓氏的相同。此外，李温曾以宾客身份参加了他们在冲霞村举办的婚礼，她也就邓氏嫁给黎炳一事接受了审讯。夫妻二人的口供只有一些小的出入。邓氏在抵达美国十一天后获准入境。[8]

这对夫妇在大埠的唐人埠安家落户。我母亲很快便学会了使用车衣机，并在我父亲工作的多利车衣厂谋了一份差事。当时家里的条件比较差，父亲负担不起母亲到医院生产的费用。因此，家里所有的孩子都是在都板街 1030 号我们的住处出生的，而且照顾她的接生婆也是同一个人莱文顿（Leaventon）。只有在生产前后的几个月内，省吃俭用的父母才舍得花钱在家里安装一部电话，以备不时之需。生产后，母亲的身体稍有恢复，电话也就不再用了。

我生于 1925 年，父亲为我取名叫礼谦。老二于 1927 年出生，叫礼和，就是后来的威廉（William）。接下来是老三丽洁，英文名叫汉丽埃塔（Henrietta），生于 1930 年。她有些先天性缺陷——臀部缺少关节。两年后，1932 年，老四丽霞来到世上。她后来改名叫海伦（Hel-

全家福，20 世纪 40 年代。从左至右：麦丽洁、麦礼和、邓氏、麦礼谦、黎炳、麦丽霞、麦礼廉。张玉英藏

en）。老五礼廉生于1934年，最让家里人费心，照顾他花去了母亲的大部分时间。他的胃口不适应奶商提供的牛奶，每次给他喂奶，他都会吐出来。每次都要把奶重煮一遍，他才能吃得下去。他还身患佝偻病。下面一个弟弟礼雄生于1936年，但出生几个月后得了一场病便夭折了。平时母亲很会控制情感，这个孩子被放进篮子带走的那一刻，是我第一次看到她哭。这时父母觉得家里的孩子够多了。

父亲一直很担心哪天移民检察官会发现他入境时的"假仔"身份。为了不让我们忘记祖先，他特意选取了汉字"黎"的同音字来做孩子名字中的第二个字。家里所有男孩儿的名字之中都嵌有"礼"字，意为"礼貌"，而所有女孩儿的名字之中都嵌有"丽"字，意为"美丽"。为了防止有人问及我们的姓氏为何不同，父亲还为我们讲了他自己捏造的被收养经历。幸运的是，父亲在世时，他的移民身份从未受到过当局的质疑。9 但是，名字中间的那个嵌字给未取英文名的我和我的弟弟礼廉带来了不小的困扰。就我个人来说，很多熟人总是弄不清该如何称呼我，是叫我礼、谦、麦，还是谦麦！

1 本文节选自麦礼谦的遗著《麦礼谦：一位美籍华裔历史学家的自传》（ *Him Mark Lai: Autobiography of a Chinese American Historian*, UCLA Asian American Studies Center and Chinese Historical Society of America, 2011.）。
2 祠堂下辖土地的使用权通过竞标获得，竞标每两三年举办一次，出价最高者获得这块土地的使用权。一般来说，30% 的收成归宗族所有，70% 的收成由佃农支配。祠堂下辖土地产生的收入一般会用于惠及整个宗族的公益事业。
3 南海地区手工业高度发达。编制竹器是该地区十分重要的家庭手工业。
4 那时，当局只承认在本国出生的美籍华人的公民身份，却不认可这些人员子女的公民身份。这样一来，要想到美国发展，以享有豁免权的人员身份入境要比以美籍华人子女的身份入境更加容易。很多人花钱购买虚假的公司合伙人身份，为的就是可以凭借商人身份到美国发展。黎泮来到美国发展，后来又帮助麦沃炳以商人儿子的身份移民美国，正是遵循了这样的路径。

5　File 22143/3–14（Lai Bing 黎炳），Immigration Arrival Investigation Case Files, RG 85, NARA-SF.

6　同上。

7　美国国会当时正在讨论1924年的《移民法案》，该法案拟禁止中国妇女以商人妻子、美国公民妻子的身份移民美国。

8　File 22143/3–15（Dong Shee 邓氏），Immigration Arrival Investigation Case Files, RG 85, NARA-SF.

9　黎炳于1976年去世，邓氏于1987年去世。

谭业精："讲心事"

编者注：长期以来，我总是想更多地了解一下自己家庭的历史，以及我的父亲谭业精在1921年移民美国的情况。但是每当我向父亲问及此事，都会被他用一句"小孩不要知道太多"打发掉。然而，到了20世纪70年代中期，我终于获得了一个绝好的机会。当时我刚刚开始与麦礼谦、林小琴合作，正在编写本书的第一版。我父亲同意接受麦礼谦的采访，而我作为他最小的女儿可以安静地坐在旁边聆听他讲的每一个字。[1]

那个午后，我第一次了解到，我的祖父谭发光是父亲祖上最早来到美国的人。1910年前后，他从墨西哥边境偷渡入境，来到旧金山湾区，与亲戚一道在农场种花。"我爹参加过第一次世界大战，"他十分骄傲地告诉麦礼谦，"他当时正打算申请两个儿子来美。"但是在一个漆黑的夜里，祖父骑着自行车回家，路上被一辆卡车撞了。他当时38岁。根据族谱上的记载，谭发光于1920年7月1日去世。他的遗体运回中国安葬。养家糊口的汇款没有了，于是全家商量决定，让我父亲——三个孩子中最年长的一个，去美国闯荡，碰碰运气。父亲说话直截了当，以下便是他向我们讲述的内容。

我爹去世之前，常有汇款从海外寄来，他那时家里的日子还好。有两个兄弟在美国，是他们买"假纸"把我接了去。"假纸"上面说我叫杨庭顺，新会县仙洞村人，19 岁，是市德顿（Stockton）一位商人的儿子。但我当时实际上只有 17 岁。这些"假纸"上面写的年龄每一岁要收 100 美元（合计 1 900 美元），按照协议，两位叔叔先支付一笔预付款，待我获准入境后，他们再支付剩余款项。如果我没能获准入境，预付款将会退还，我们所有的损失也不过是一笔旅费而已。

我与一个"假纸"兄弟阿任一同抵达美国。他父亲与我父亲是真正的兄弟。我们在香港停留了一个多月，这里有一家金山庄名叫荣红昌，是我的一个表亲开办的。我们在筹划赴美事宜的过程中得到了这家公司的帮助。他们帮我们在美国领事馆填好了表格，又带我们去医务室体检。我们只有通过体检才能预订船票。接下来我们要做的就是等待出发日期。这些事大概耗费了一个月的时间，在这期间，我们寄宿在荣红昌，每天花销 50 港分。我们在这里睡的是帆布床，到了白天，要把这些床折叠起来放到旁边。

我乘坐的是一艘日本轮船"波斯丸"号（Persia Maru），住在统舱里面。那时候到大埠的票价是 85 美元，行程大约需要一个月时间。我刚刚抵达美国，就被送上了天使岛。第二天，我不得不在医生面前脱光衣服，提供粪便，以供检查。你要是有钩虫病就死定了。他们肯定会让你服用令人作呕的药物。有一个余姓的小伙子从别人那里借了些许粪便，结果还是被发现患有钩虫病。那样做没有任何意义！我做好了准备，一旦不能通过体检，就用 100 美元贿赂他们。幸运的是，我没有任何问题。

我们所在的营房拥挤不堪。上下铺相叠共有三层，每个床位只容得下一个人睡觉。这儿有一个围墙圈起来的户外活动场地。你可以到外面去玩儿球，也可以待在营房里看报纸、下棋、赌上几把——牌九、天九、十五胡，只是当时没有麻将。大埔的同宗给我们寄来零用钱，我们也只是赌些小钱。有时候他们还会给我们寄来吃的东西。每次守卫来给我们送包裹的时候，都会大喊："好世界（好运）！"

用餐时间，守卫会一边高喊"吃饭喽"，一边把门打开。接下来，嗖一下子，所有的人冲向楼下的饭堂。掌管厨房的是我们黄粱都人，所以我们一般都可以吃饱。[2] 厨房旁边的第一张桌子是给我们六个黄粱都人预备的。我们可以吃到特别菜肴，如蒸排骨、猪肉饼、腊肠，有时候则是鸡鸭。早餐时别人吃的是玉米面粉粥、鸡蛋、烤面包，我们却可以吃到鸡肉粥。厨房的人每次给被拘留人员传递辅导口供材料时都会将字条压在盘子底下，然后给我们使眼色。这时我们就会把字条放到口袋里，带上楼去，收取一小笔佣金，然后把字条转给指定的人选。我们从来没有被抓住过。我们还知道通常可以贿赂守卫。

编者注：根据我父亲的移民档案，他于1921年6月13日抵达，于7月15日接受问话。[3] 此前他的"假纸"父亲杨栋接受了盘问。他按要求一共回答了54个问题，涉及他的家庭背景、村落生活以及与家人的接触。

问：在美国有谁见到过你在中国的家人并且能够证实你所申报的亲属关系吗？

答：周寿。

问：关于你的家人，他知道些什么？

答：从民国5年（1916年）开始，我就认识他了。民国7年（1918年），我托他给家人带了一封信和一包1磅重的花旗参，我妻子写信告诉我说信和东西都带到了。

问：你的证人在返回美国时曾向我们说过，此行从未帮在美国的任何人携带任何信件、任何东西给中国的任何人。对此，你有什么话说？

答：我托他把这些东西带给我的家人，要是他说没有带过，我想他一定是记错了。

随后是我父亲的"假纸"兄弟杨庭标接受问话，他一共回答了74个问题，涉及他的婚姻、家庭背景、村落生活、受教育情况等，没有任何破绽。我父亲最后一个接受问话，他的表现并不太好。他肯定是没有像他的"假纸"兄弟那样仔细地研习辅导口供手册。他忘记了他嫂子的名字以及剪掉辫子的日期。但是他对很多难题的回答却与他兄弟十分吻合。

问：你在中国做什么？

答：在老家的杨氏宗祠堂读书。

问：祠堂有几个外门？

答：一个外门，向东。

问：门楣上面有没有祠堂名称？

答：有。

问：是刻上去的还是漆上去的？

答：漆上去的。

问：祠堂是用什么材料建成的？

答：用砖建成。

问：你能说出几个同学的名字吗？

答：杨平、杨翁、杨福、杨萧、杨三、杨华、杨谦、杨义、我的兄弟和我，就这些。

问：村里还有其他男孩儿吗？

答：没有了。除了一个姓陈的，在家务农。

问：村里有几个女孩儿？

答：4个。

兄弟二人很清楚，他们一定要坚称周寿去过他们的中国老家。"比对两名申请人的回答，并未发现明显的言辞出入。"移民检察官雅各逊（Jacobsen）在总结报告中这样写道。他们在当天获准入境。56年以后，我父亲这样描述了他所经历的审讯过程。

审讯大约用了两个小时。在香港那会儿，我夜以继日地研习辅导口供手册，掌握之后才把它销毁。但是你不可能知道他们会问你什么问题。有谁会去数一下他们家门前有几级台阶，或他们家养了几只鸡呢？即使你真的数过，谁又能保证你爹的回答与你一样呢？我可能说二十，我爹可能说三十。他们对我兄弟、我爹和我进行了审讯——三人的回答必须相符。甚至真正的父子都不能做到这一点。审讯过后，我们回到营房等候传唤。最后，我听到守卫高喊我的名字，随后是"大埠！"二字。这就意味着我可以从这里获释前往旧金山了。

编者注：在后来的一次访谈中，父亲对我说，入境以后他在一个

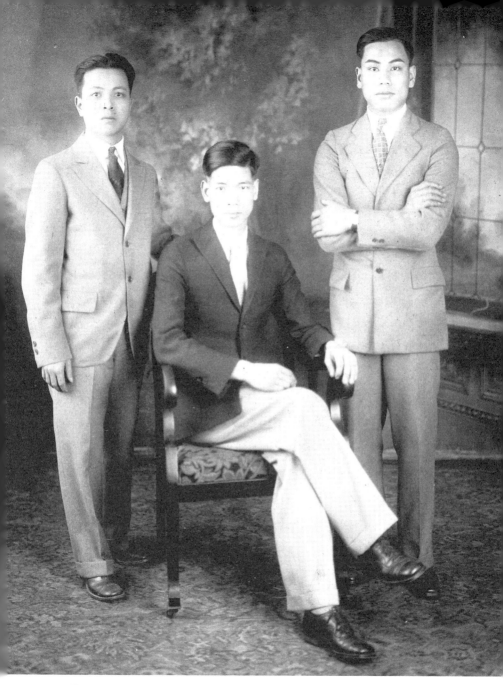

谭业精与"假纸"家人合照，摄于1921年入境美国之后。从左至右：杨栋、杨庭顺
（谭业精）、杨庭标。旧金山国家档案馆藏

美国白人家庭做男仆，同时参加了金巴仑（Cumberland）长老会举办的英语学习班。

这份工作比较轻松。我上午7点做好早餐，然后前往学校，在学校待到下午2点，然后回去准备晚餐，再帮着做些杂务。这份工作包吃不包住。我与十个黄梁都人住在唐人埠，那里有一家"散仔房"提供床位。但是我每个月只有20美元的收入。这份工作干了六个月，后来我从学校退学以便多挣些钱。我四下打听，终于在一位亲戚的花卉农场里谋了一份差事——给花草浇水，除花耳以及诸如此类的事情。这份工作比较辛苦，从早干到晚，一天要干十个小时。这份工作干了一年之后，我在唐人埠一家饭店找到一份洗盘碗的工作。这份工作也很耗费时间，但是我每个月却可以挣到60美元。就在这里，我还找到了另一份工作——为柏林甘（Burlingame）的一个美国白人家庭做厨师。所有的事都需要我来做——烹饪、清洁，而且没有假期。但是雇主一家用过晚餐，我便来去自由了。所以我经常乘坐巴士去大埠的唐人埠。这份工作包吃住，我每个月可以挣到75美元。我在这里干了很多年。我在回中国结婚之前做的最后一份工作是在曼洛公园市（Men-lo Park）的一座大宅里做园丁。这份工作包食宿，周日可以休息，我和三叔两个人一起分担，每个月可以挣80美元。[4]

编者注：尽管父亲高大英俊，但他却不是一个花花公子。不工作的时候，他就到协善堂——由黄梁都移民组建的宗亲会所——消磨时间。在那儿，他可以及时了解到时政新闻和社区八卦，可以打麻将、玩天九，也可以抽水烟竹。我问他为何不与当地的某个华人女孩儿谈恋爱、结婚，他的回答是："俗话说，'婚姻讲究门当户对。竹门对竹门，木门对木门'。有哪一个华人女孩儿愿意嫁给每天只有2美元收入的苦力呢?"[5] 但是金山客回国结婚的话，就很容易找到媳妇。

1937年，我父亲31岁。在他看来，回国成亲的钱已经攒够了。他聘请了两位怀特律师帮他申请归国证书。按照法律规定，为确保能够再次获准入境美国，他在银行里存了1 000美元。鉴于那年大埠正在闹工潮，他选择从西雅图港离境。父亲以前常去陈黄氏的麻将馆，临行前，陈黄氏托他给自己的侄女黄梁都的赵罗英带些礼物。他带着礼物回到中国，也由此结识了他未来的妻子。父母的婚事本质上来说属于盲婚，但是我的母亲在这件事上有发言权。我父亲知道赵罗英出身富裕，所以尽量对她实话实说。他告诉她自己是一名很穷的园丁，跟着他需要在美国辛苦打拼。我母亲过去一直梦想着要到金山去，但是鉴于那些排华法律的限制，要实现自己的梦想，嫁给一名金山客就成了唯一的出路。

父母举办了传统的中式婚礼，结婚几个月后，谭业精只身回到美国，设法把自己的劳工身份变为商人，这样才能把妻子接到美国。他从自己的一位叔父那里借来1 000美元，成为大埠唐人埠远东公司的合伙人，这样他就获得了商人身份。到那个时候，我的大姐碧香已经在澳门出生，但是因为她未能通过眼睛检查，不得不接受沙眼治疗，我的母亲和姐姐直到1941年春才得以与父亲在美国团聚。

母女二人乘坐的轮船行驶了一个月终于抵达大埠。她们刚一到岸，就遭到了当局的拘留，被安排在肖化大道（Sliver Avenue）801号临时的拘留所准备接受进一步的检查。[6] 据赵罗英的移民档案，移民检察官先后问了我母亲98个问题，总共问了我父亲102个问题，涉及他们的结婚日期、家庭历史、结婚所在的村子、居住的房子以及1938年我父亲回美国之前他们在香港停留的情况。[7] 这一次，我父亲本该仔细

赵罗英、谭业精夫妇与女儿碧香在加利福尼亚的曼洛公园(Menlo Park)。1941年，谭在这里的大宅做园丁。杨碧芳藏

研习辅导口供材料，但他还是没有那么做。他记不清他们村的朝向，也想不起与母亲初次相见时她的祖父母到底是住在澳门还是住在南山村。尽管如此，每当检察官试图用我母亲提供的答案诱他上钩，他总能迅速地予以回应。

问：北边厨房里的灶炉是可以移动的还是砌在屋里的？

答：那间厨房里面有一个固定的两眼灶炉和两个可以移动的灶炉，一大一小。

问：永久的（砌在屋里的）灶台如何往外排烟？

答：烟上升到顶棚从屋顶侧面的通风口排出。

问：你确定北边厨房的天窗盖着玻璃吗？

答：确定。

问：你妻子说北边厨房的天窗上没有玻璃，灶台的烟从天窗排出。对此你如何回应？

答：要是她真那么说，一定是她说的对。因为我很少待在厨房，对这些不太留意。

与父亲不同的是，母亲对所有问题的回答都充满信心，有时还主动多提供些资料。虽然她的丈夫是"假仔"，但她却是真正的赵罗英，是加州市德顿薯仔大王陈龙的外孙女。她觉得自己入境美国理所当然。总结报告中提到，在审讯过程中，父母表现得十分轻松。而且，两人的证词之间"没有明显的出入"。有鉴于此，当局最终决定批准赵罗英及杨碧香入境。[8]

我父亲一直很担心当局发现他的身份并把他遣返回国。在接下来的50年里，他一直生活在社会的阴影里，同时还要拼命工作养活一个有六个孩子的家庭。我母亲在一家唐人埠车衣厂打工。第二次世界大战期间，我父亲在加州的列治门市（Richmond）做船只机件装配工。后来他还曾在一家美籍华人经营的城市中心饭店做过厨师。1949年开始，他到马克·霍普金斯旅馆（Mark Hopkins Hotel）扫地，直到1970年退休。尽管他一直打算有朝一日回乡祭祖，却始终未能成行。他曾经对我说："若是没能出人头地，回乡祭祖又有什么意义呢？"[9]

父亲不信任美国政府。20世纪50年代当局启动"坦白项目"期间，他没有参加。"当局正在试图遣返那些买'假纸'入境美国的中国

全家福，1954年。从左至右：杨碧贞、杨思乡、赵罗英、杨剑华、杨碧香、谭业精、杨碧琦、杨碧芳。杨碧芳藏

人，"据他回忆说，"他们在墓地寻找证据，在饭店里面抓人。情况渐次失控，人们无处可逃。因此，我告诉孩子们永远不要对别人谈及自己本来姓谭一事。"[10]我父亲一直把自己是"假仔"的身份秘密带进了坟墓。他罹患癌症，临死前，他躺在家里的床上，留下了最后一份遗嘱及证词。

你们的妈要我讲心事。这话是什么意思呢？其实就是谈谈我从中国来到美国发展的事情，我是如何拼死拼活地劳作。是三叔对我说，如果我有创造性、发达心、想要过上幸福美满的生活，就到美国来。然而，无论我如何拼命地工作，都不能出人头地。我读的书不多，自己赤手空拳闯荡，什么都做过，什么都没有做好。几年以后，我有了很多孩子，嗷嗷待哺。为了应付开支，我不得不给人家扫地、洗盘子、做散工。就在那时，唐人埠的就业机构给我在好世界饭店谋了一份差事。我在那里干得很好，每个月都有115美元的收入。一开始，我只是洗盘碗，到后来做了厨师。下班后，我便去金巴仑长老会扫地，还有几美元的进项。后来，我们夫妇二人到农场种花，我的几个女儿在唐人埠做剥虾壳的工作。我们的收入只是勉强维持生计。幸亏房租便宜——两间房每个月12美元——而且你们的妈还可以在家里给别人做车衣活。我们一年能挣几千美金，日子还过得去。

日子渐有好转，这时你们妈想要攒钱买房。但是我说，我们一个月只有两三百美元的收入，如何偿还抵押贷款？我不知道她这么有本事，因为就在那时，我的儿子遭上意外，变成残废了。我的儿子遭遇了可怕的事故，我们所有的钱都给他付了医药费。因此，这座房子完全是你们妈工作挣来的，不是我打工所得。我们刚好可以偿还抵押贷款，但偿还之后所剩无几。要是我们买得起豆腐，我们就买不起盐。

那些年我们就是这么过的，其间女儿们还会到各处挣些钱来帮着贴补家用。我的钱攒到了3 000美元。这个时候，为了安全起见，你们妈劝我把钱存到银行。我的女儿们开始工作、可以自己挣钱了之后，每回逢年过节，她们都会给我红包。我就把这笔钱放到一个罐子里。日积月累，我给你们攒了8 150美元。我的故事只有这些。你们爹一生奔波劳碌，所剩下的钱都在这里。这座房子，只要你们妈还健在，就千万不要卖掉。[11]

编者注：1987年11月25日，我父亲立下遗嘱9天后去世。他的一生默默无闻，辛勤劳作。但是，当我们问他葬礼上是否要请乐队奏乐——这是唐人埠的规矩，有钱有势的人去世，葬礼上有乐队奏乐——他笑着点了点头。按照他的要求，我们将他安葬在活伦纪念坟场（Woodlawn Memorial Park），墓碑上刻着他的中文名字谭业精及美国名字杨庭顺。

---

1 根据1977年4月17日对谭业精的采访。
2 我父亲于1905年生于香山县（中山县）黄梁都地区斜牌村。他说这个村子一度有八九十户人家，但是75%的人都移民去了美国。绝大多数人定居在旧金山湾区，专门从事菊花培植。见Him Mark Lai, "Potato King and Film Producer", *Chinese America: History and Perspectives*, 1998年，1—24页。
3 File 20288/3-8（Yung Hin Sen 杨庭顺）. Immigration Arrival Investigation Case Files, RG 85, NARA-SF.
4 根据1986年11月20日对谭业精的采访。
5 同上。
6 1940年8月，一场大火烧毁了行政楼。此后，天使岛拘留所搬回了美国大陆。
7 File 40766/11-13（Jew Law Ying 赵罗英），Immigration Arrival Investigation Case Files, RG 85, NARA-SF.

8 关于我母亲移民美国的历史，包括她的辅导口供材料与审讯记录之间的比较以及口述历史访谈，见 Yung, *Unbound Voices*, 9—98 页。

9 根据1986年11月20日对谭业精的采访。

10 根据1977年4月17日对谭业精的采访。

11 见谭业精最后的遗嘱及证词，1987年11月16日。

刘罗氏:"当初就是如此"

编者注:1903 年,罗玉桃(婚前名字)出生于香山县豁角村,家里七个孩子,她排行老三。她的父亲做过医生和教师,家里日子过得十分富足。后来军阀混战,加之广东的移民村落匪患猖獗,家道中落了。家人迫于贫困,把玉桃嫁给了比她大 15 岁的金山客刘根。结婚九个月后,他们一同乘船赴美。甫一到岸,刘罗氏即被送往天使岛囚禁起来,十天之后她以商人妻子的身份获准入境美国。

以下是刘罗氏囚禁天使岛的经历及获准入境后在美国社会努力打拼的事迹,选自 1982 年、1988 年和 1989 年我在大埠她家里所做的三次访谈。在我看来,她十分务实,接受采访堪称坦诚,而且对于细节的记忆非常惊人。她最喜欢用的两句话是"当初就是如此""谢天谢地!",在她看来,万事要随遇而安,而且要相信命运和天王,因此刘罗氏熬了出来。她心地善良,是一位贤妻良母,活到 97 岁寿终。[1]

匪患出现之前,当地的生活条件还不算太艰难。你要是有钱,就

Affidavit of **LOW GUN**
in support of the appli-
cation of his intended
wife for admission to
the United States.

STATE OF CALIFORNIA
CITY AND COUNTY OF SAN FRANCISCO) ss

Low Gun, being duly sworn, deposes and says:

That affiant is a citizen of the United States, his status as such
having been approved by the United States Immigration Service on May
25, 1921, as appears from record No. 12017/16751 on file in the office
of the Commissioner of Immigration, Angel Island, California;

That affiant is the holder of passport No. 675-C issued to him as a
United States citizen by the Secretary of State, Washington, D. C.
under date of June 13, 1921;

That affiant now intends to proceed to China for the purpose of marry-
ing and bring his wife to the United States with him on his return
thereto;

That the woman whom affiant will marry has not yet been chosen, and
affiant is therefore unable to set forth her name herein, but on com-
pletion of the marriage affiant will have her photograph attached
hereto and will have her name written thereunder for the purpose of
identification;

That affiant attaches his photograph hereto, and prepares this sworn
statement to aid his intended wife in her application for admission
to the United States.

Low Gun

Subscribed and sworn to before me
this 20 day of June 1921.

Thomas S. Burnes
Notary Public.

1921年6月20日，刘根为了能使妻子入境美国所提供的宣誓书。旧金山国家档案馆藏可以待在家里，优哉游哉；你要是没有钱，仍然能够选择自己耕田或者是帮别人种地。生活非常简单。因为我祖父有地，所以我们家有一点钱。我们家三辈人住在一起，包括我嫂子在内，一家人相处得很好。后来，我12岁时，土匪来了，他们抢走了我家所有的东西，毁坏了我们的农田和房舍，全家生活陷入困顿。由于当地没人请医生看病，于是父亲便去城里教书。然而，他经常收不上来学费。学生们太穷了。有时候他们会用衣物抵学费，有时候则会用十斤甘薯或橄榄干抵学费。每隔一天，我和姐姐就会提着篮子去帮父亲把他的学费运回家。两年之内几乎没有人支付学费，于是父亲又回到村里重新做起了医生。

以前我们家有很多妹仔（婢女），有一段时间，妹仔至少有三个。后来她们都先后嫁人了。家里生活困顿，再买不起别的妹仔。我和姐姐没有钱继续读书，就待在家里，学着做做饭，打扫一下房间。我们两个非常能干，学得也很快。每天早上，我们从井里打水，用来做饭、沏茶、洗衣服。我负责扫地、洗盘子、劈柴、料理花园。由于祖母和母亲曾经缠过足，走动很困难，我们俩还得照顾她们俩。我帮着祖母做饭。小的时候，一直是我每天到村里的市场买东西。我的兄弟们从来不会搭把手。他们接着上学读书。这些是女孩子应该做的事。

父母决定把我嫁给邻村走出去的一个金山客。我们家生活窘迫，这也是别无他法。家里没菜下饭，甚至连酱油或黑豆酱都没有，日子十分艰难。我家有一些邻居沦为乞丐，或是贩卖女儿。父母觉得我到了金山便可以过上好日子。当时我丈夫已经34岁，而我只有18岁。他7岁时死了父亲。16岁那年，他在叔父的资助下以"假仔"的身份来到美国。在美国为了偿还债务，他给人家缝补衣物，以此度日。但是他却说自己是一家服装店的销售员。我祖母不喜欢他，但是媒人说服

刘根与刘罗氏的结婚照，石岐，1921年。冯天赐藏

了我祖父，他觉得这门亲事不错。他来我家做客时，我都没敢看他一眼。嗨，当时我们真是太傻了！

1921年11月14日，我们在石岐举办了婚礼。我丈夫在美国皈依了基督教，所以我们举办的是基督教的婚礼。他请了一位美国牧师来主持仪式。我身穿中式的衣裙，外披美式的婚纱，手里捧着一束鲜花。当时中国正在朝现代社会转型，我父母对于这样的婚礼并未反对。结婚以后，我们在石岐租了一所大房子住。房子是一位同宗的，我们每个月要支付8美元房租。那里原先住着几个人：这位同宗的嫂子（守生寡，长年没有身在美国的丈夫的消息，因而神经有点问题），她的婆婆，还有几个妹仔。她们腾出来几间房给我们来住，1922年8月，我们动身前往美国之前一直住在那里。

轮船在海上约略行驶了一个月。我们购买的是二等舱房间——六人间，男女分开。因风浪厉害，我也有过一天一夜的晕船。抵达大埠后，我丈夫不必前往天使岛，但是我必须要走一遭。不幸的是，他忘了给我一些证件，他们把我扣在了船上。其他的中国乘客全都下了船，然后日本妇女也下了船。只剩下一个小男孩——我某位朋友的儿子，像我一样也没有任何证明自己身份的材料。我们两人只得等着，约略有半天的时间，没有座位，始终站着。幸运的是，我们是白天到达的，而且当天天气很好。可是，我们开始有些担心他们不会把我们送往天使岛。那个小孩儿只有9岁，骨瘦如柴。他开始大哭。我当时很年轻，可以安之若素。

抵岸之初，我们不必接受全面的体检，只是需要提供一些粪便样本。他们给我们每人一个盆，幸运的是，我的粪便通过了检查。被发现患有钩虫病的人就要去医院接受治疗。肝肺虫病在当时是不治之症。有一个新婚燕尔的年轻妇女得了这种病，结果被递解出境。检查过关后，我们按照要求将自己的行李存到码头旁边的储物间里，只选取了一些生活必需品随身携带。我把衣服装进一个包里，挑了一些床上用品——被子、毯子、两个枕头——这些都是我丈夫给我的。那个小孩儿要与我们一道住在女子营地，但是他父亲只给了他一条盥洗用的大毛巾，其余别无他物。因此，他帮我把包和床上用品搬到楼上的一个大房间里。房间里大约有六七个人，四张双层的上下铺。床铺只是弹簧网，上面没有任何铺盖。我选了上铺住下，将一个枕头和一张毯子给了那个孩子。后来我离开天使岛的时候，他把这些东西还给了我。我常想那个孩子后来怎么样了。

天使岛上的生活与蹲监狱一样。每天早晨，所有的人都要在6点钟按时起床，他们会放我们出去用早餐，餐后回屋就重新把我们关起来。午饭与晚饭时间都如此。我们的用餐时间通常安排在男子用餐之后。饭菜十分糟糕。豆芽菜做得很难吃，甚至你看上一眼就想吐。吃的是千篇一律，不是豆芽就是白菜。食物煮到烂透了——既难闻又难吃。蔬菜也不新鲜，肥腻的牛肉质量也不好。他们肯定把我们当成猪了！虽然有米饭，但却是冷的。我只吃了几勺就起身离开了。没有一口茶喝，你知道我们中国人是多爱喝茶。每次我丈夫给我送来饭菜——点心、哈密瓜、腊肠——我都会分给大家吃。有一位上了年纪的白人妇女（女执事凯瑟琳·毛雷尔），我们叫她"妈妈"，她负责把寄来的包裹带给我们。他们喊我的名字，搜查包裹，看里面是否夹带了辅导口供材料。那个小男孩儿的父亲从没有给他寄过吃的。因为他也不喜欢那里的食物，所以很难过。在岛上的日子里，他总是与我形影不离。

我们没有太多事儿可以做。"妈妈"是一个好人，她怕我们闲得慌，于是给我们一些针线活做，可是我们却不会。她愿意教我们如何做针线，但是我们却没有心情学。女舍监每周都会带我们围着天使岛走上一圈。我从来没有去过。更多的时候，我只是坐在那里，两只眼睛盯着窗外消磨时日。我们彼此之间甚至都不会聊天，更不会讨论什么问题或是开开玩笑。每个人为自己能否入境美国而感到焦躁不安。一些妇女在天使岛上待了很长一段时间。其中两个在那里待了三个多月。她们从不哭泣，好像对此满不在乎，有时还会唱上几句或是与守卫们开开玩笑。每次女舍监提出要带我们出去散步，只有她们俩会跟着去。年轻的一个为人和善，总是帮着我们做头发。她们自己并没有什么私心，只是挣扎着勉强度日而已。还有一个妇女有了七个月的身孕。带她来美国的是一个龟公，结果她被遣返回国。各种类型的案件不胜枚举——多到让人心存恐惧。后来，他们告诉我有人在厕所上吊自尽，我们便再也不敢独自如厕了。即使是去那里洗澡，也总是结伴而行。

有一个50多岁的妇女接受了一整天的审讯，随后不久就被遣返回国。这件事让我们所有人感到恐惧。她告诉我们，他们提出的问题涉及家里有多少只鸡，邻居的情况，房子的朝向等。我怎么会知晓这些呢？我听了很害怕。后来，他们传唤我去接受审讯，有个妇女让我喝几口凉水镇定一下，我照她说的做了。审讯室里有一个移民检察官，一个态度和善的中文翻译，还有一个白人妇女，负责做记录。那个白人检察官问我是什么时候结的婚，姓什么，多大年纪，诸如此类。检察官还问到结婚那天我有没有去丈夫家的宗祠祭拜，我害怕他会像某个妇女所说的那样进一步追问宗祠的朝向，而我又不知道，于是就回答说没去宗祠祭拜。很显然，对于这个问题，我丈夫的回答是有去宗祠祭拜。后来，他们当着我丈夫的面，再次问我相同的问题，我还是回答没去宗祠祭拜。这时我丈夫对我大喊道："唉！你分明去了。为什么要说没有去？"移民检察官用手敲了敲桌子表示不许插嘴，这把我吓得要死。我赶紧说："噢，我忘记了。我乘坐结婚的轿子确实是路过了宗祠，但是我并没有进去。"他们让我签署中文名字时，我还不知道自己已经获准入境了。在返回营地的路上，我还确信自己将会被递解出境，因此哭个不停。再后来，我听见他们叫我准备一下，乘4点的船离开天使岛前往大埠。于是我赶紧换好了衣服，其他人高兴地帮我收拾行李。只有那个小孩儿看到我要走很是悲伤。我很希望其他妇女可以照顾他一下。

编者注：根据刘罗氏的移民档案，她与丈夫每人按要求回答了50个问题，涉及他们的家庭背景、结婚细节、在石岐的住处、从石岐转道香港前往美国的情况等。由于他们的口供之间存在着些许出入，两个人接受了第二次盘问，这就给了刘罗氏纠正自己错误的机会。

"丈夫"第二次接受盘问口供

问：那位牧师为何没有给你们结婚证书？

答：他确实给了我结婚证，只是我家搬来搬去，弄丢了。

问：你的妻子去过你老家林宾塘村吗？

答：去过一次。

问：那是什么时候？

答：就在我们要离开石岐前往香港之前。

"妻子"第二次接受盘问口供

问：白人洛姆·吉普（Lom Jip）有没有给你结婚证？

答：没有。

问：据你所知，他给过你丈夫吗？

答：我不知道。

问：你说过从来没有去过丈夫的老家，是这样吗？

答：我去过一次。

问：什么时候去过？

答：今年，我记不清什么时候了。[2]

以下内容是刘罗氏对自己从天使岛获释后在美国生活经历的回忆记录。

我刚到美国那会儿，很多人没有工作。家里的日子很穷，每餐只是吃些腌咸菜下饭。我们在市德顿街（Stockton Street）租了一间房住，每月要支付11美元的租金。睡觉、吃饭、起居，所有事项都在这间房里。我们用一台很小的三环燃烧器来做饭。家里没有冰箱，每顿饭全靠我丈夫到街上买菜。我们从来不吃罐头或此类东西，只吃中式饭菜。家里没有热水，所有衣物全靠手洗。我们把衣服晾在屋顶或是走廊上。穷日子总是这样的。左邻右舍的日子也都差不多。我们都是穷人。

我丈夫在一家饭店做厨师，每天工作12小时，每个月有60美元的收入。他挣的钱勉强够房租与伙食的花销。我想学做衣服，我丈夫便给我买了一台老式的缝纫机。他每次从饭店下班回家都会教我用缝纫机。起初的时候，一个姓刘的同宗教给我一些车衣的操作。另外一个人则教会我如何做接缝和褶皱。我的这位老师——来自邻村的黄姓先生——专门做儿童服装，他给童装配上好看的装饰，绣上花的口袋什么的。他是一个很好的师父。我一天可以做二十多件，每做一打会有一美元左右的收入。这份工作我做了十来年。虽然我挣的钱不多，但可以贴补些家用。家里我丈夫负责买东西，我把挣来的钱都交给他。那些日子里，我们一天只吃两餐。我丈夫有时会帮着我蒸蒸米饭，但总是我来做菜。

我先后生了11个孩子——活下来的有7个女儿、1个儿子。孩子们都是在自己家里出生的。去医院生孩子，有谁生得起呢？有时候，我们家的一个邻居会帮我搭把手。没有邻居帮忙的时候，我就自己接生。我的孩子都是这么出生的。我有两个儿子在出生时就死掉了，另一个儿子在3岁时夭折。我们家没有多少钱。他得了肺炎，孩子他爹把他送到了一家公立医院，结果他病得更严重了。我们见他日渐消瘦，就又把他送回东华医院。没过不久他就死了。他是一个很好的孩子。有好几年，我一想起他就会哭，哭得凄凄惨惨。

我开始外出车衣挣钱时，就把几个月大的女儿放在一个篮子里。几周以后，我决定还是在家里做缝纫。这样我就方便了许多。我在家里可以一边工作一边照顾孩子。罐头厂和果园提供一些适合妇女的工作，只是因为孩子的缘故我做不了。再者说，整天在外面工作也有失体面。体面的中国妇女总是待在家里，料理家务、照顾孩子、服侍丈夫是她们的天职。虽然听起来令人不胜唏嘘，但在那个年代，妇女的日子就是这样。周遭邻里也都如此，个个都是贤妻良母。所有的妇女都靠帮人车衣挣钱，都生有六七个孩子，从不出去逛街、乱花丈夫挣的钱。有的时候，我丈夫会给我买些布料，我就给自己和孩子们做几件衣服。至于鞋子，我不太外出逛街，所以一双鞋可以穿十年。但凡能够积攒些钱，我就会设法把钱寄回中国老家。

在经济大萧条时期，家里的日子穷到了极点，我甚至都不想活了。我丈夫将我们所有的积蓄投到了屋仑的一家饭店，钱蚀光了。于是他便去休松镇（Suisun）采摘水果。工作不太忙碌的时候，他还到瓦列霍（Vallejo）一家饭店谋了份差事。他在这里每个月只能挣40美元，给我20美元，自己留下20美元。我在家里车衣每个月可以挣到30到40美元不等。家里的日子过得很艰难。后来，这家饭店的生意不太景气，他便辞职回家了。家里有两台缝纫机，我们两人就在家里车衣服。他帮着我缝些容易做的部件，我则负责做那些不好弄的地方。后来情况变得越来越糟糕，我们一家沦落到没钱吃饭、付不起房租的地步。这时，孩子他爹就去排队领取联邦政府发放的牛奶和救济金。

我一直在家里帮别人车衣。到我小女儿5岁那年，政府不再允许我在家里工作。于是我就再次进车衣厂打工，又干了二三十年，一直干到65岁退休。中午12点，我要放下工作出去买菜。把饭菜做好后，

刘罗氏与孩子们在一起，1954年。从左至右，前排：冯天赐、冯燕美、冯燕兰、冯燕声；后排：冯燕容、冯燕玉、刘罗氏、冯燕桃、冯燕梅。冯天赐藏

我还得重新回去工作。通常我5点回家做晚饭。家里6点用晚餐。我常会把一些零活带到家里，总是用餐后的时间把活做完。有一段时间，我每天还要花几个小时来照顾我的外孙女儿。我周转于看孩子与车衣之间，难得片刻闲暇。谢天谢地，我的身体还好，还可以似这般忙碌几年！

幸运的是，我的孩子都很有出息。他们从来不给我惹麻烦，只是去上学、回家、吃饭，然后上床睡觉。就连他们的婚事都没有让我操心。家里没有什么钱资助他们，但是他们了解我的境况，总是对我很好。我的大女儿曾经病了一段时间。我丈夫患有心脏病，1956年去世前，饱受病痛折磨多年。我车衣挣的钱勉强能支付房租。幸运的是，孩子们齐心协力，帮衬我，支付一日三餐、房租、电费、保险费等一切费用。他们还给我零用钱。在我最后的十年里，他们问我想同谁一块儿住，但是我觉得还是自己住在这里更方便些。你知道，为了他们，再多的苦难和挣扎都值得。

1　根据1982年5月2日、1988年10月20日和1989年10月30日对刘罗氏的采访。

2　File 21412/4-3（Law Shee 罗氏），Immigration Arrival Investigation Case Files, RG 85, NARA-SF.

黄太太："早知道要过这种日子，
我就绝不会来这里！"

　　编者注：在编写《埃仑诗集》的过程中，黄太太是第一个接受我们采访的妇女，也是受访者中年纪最长的。她当时87岁，个子不高，精力充沛。我在华埠图书馆工作那会儿，每逢举办适合老年人的活动——像茶会、音乐演奏会、故事会、放映电影之类，她常常会过来。得知她曾于1923年在天使岛上被拘留过两个多星期，我便征得她的同意，对她进行了录音访谈。我们答应她访谈以匿名形式进行，所以并不曾冒昧打探她的全名。我们只知道她是黄太太。

　　黄太太住在一家老年公寓里。我和林小琴在她的居室里做了这个访谈。她身着熨烫妥帖的花布连衣裙，坐在一把松软的椅子上，旁边是一台坏了很久的电视机，对面摆着一张床和一张不大的桌子，桌子上面放着一本《圣经》、各种盒子和一些文书。起居室与厨房被一个可以移动的屏风隔开，屏风上面用大头针钉着几张照片、一幅书法作品以及一本挂历。阳光透过我们身后的玻璃门照射进来。她一口台山方言，回答我们提出的问题时十分专注，只是她不太愿意提及自己离开天使岛之后的生活。她说："与此无关的话题没有必要多说！"多年以后，我在国家档案馆看到了她的移民档案，并且联系到了她的儿子黄培正。直到这时，我才弄明白她为何要对我们提出的问题有所保留。[1]

黄培正告诉我，他母亲的全名叫刘秀琴，于1883年在台山县横湖村出生，家里有六个孩子，她在姐妹中排行老二。黄培正在中国长大，在他的想象中，母亲很可能会像其他的农村女孩儿那样，在学做缝纫和刺绣（他母亲做得很好）的同时，还要帮着家里做些农活儿，喂鸡养猪，分担家务。20岁那年，她嫁给了老鸦步村的黄廷章。移民档案显示，他那时在广州做丝绸和玉器生意。他们育有两儿一女。后来黄廷章于1910年前往美国，在大埠唐人埠的一家肉类市场做合伙人兼簿记员。[2]

黄培正还对我说，他母亲在她那个时代算得上是一位进步分子。她从小就不愿意缠足，婚后得到丈夫的同意又到台城一所教会学校读了四年书。在这里，黄太太成了一名虔诚的基督徒。她中文学得很好，这期间还曾到三合镇女子学堂授课。最终，在夫妻二人分离十二年后，她以商人妻子的身份被丈夫接到了美国。1923年1月5日，她与16岁的儿子黄培正一道在香港登上"南京"号轮船。这就是她所言及的美国之旅。[3]

前往美国那年，我33岁，在村子里做教员。学校期末有三天的考试，出发之前，我刚好忙完。十多年来，我丈夫一直在美国做生意。他委托了一位律师为我准备证件。他们早就订好了船票，因此我抵达香港之后很快就起程前往美国了。

印象中，我和儿子是在当月初二上的船。我们乘坐的是二等舱，

HONGKONG

In the Matter of

LEW SHEE,

A Merchant's Wife.

State of California,)
) SS.
City and County of San Francisco.)

WONG HEN JEONG, upon being duly sworn, deposes
and says:

That he is a Merchant and a member of the firm
of Hee Tai Wo & Co., doing business at # 1109 Grant Avenue;
in the City and County of San Francisco, State of California;

That the above named LEW SHEE, is his wife who
was born in China; that your affiant is about to send for his
said wife to come to the United States and makes this affidavit
in order to facilitate his said wife's identification upon
her arrival at the Port of San Francisco, State of California.

Wong Ting Cheung

Subscribed and sworn to before me

this *1st* day of *Sept*, 1922.

R H Jones
Notary Public.
In and for the City and County of
San Francisco, State of California.

Trip: S.T. 2nd yr. 8th mo. Manchuria

黄亨郑（Wong Hen Jeong 黄廷章）证明自己商人身份以及想接妻子刘氏来美团聚意图的宣誓书，签章日期为1922年9月1日。旧金山国家档案馆藏房间里面有两张上下铺。我和儿子睡一张上下铺，另一名黄姓的妇女和她儿子睡另外一张。局促一室，加上晕船，我们没有胃口吃东西。早餐我就吃两个鸡蛋，不吃午餐。晚餐只吃些蔬菜下饭。与我同住的妇人整天不吃东西。她晕船，吃不下东西，整天躺在床上。慢慢地，我还能爬上甲板稍微走一走。她从未走出过船舱，甚至从未离开过房间。

约略过了一个月，我们乘坐的轮船泊在码头了。我们被直接送往天使岛接受当局的审讯与盘查。有人过来把我们带到了女子营房，并给我们一一分配了床位。那是一个很大的房间，里面摆着好几排上下铺。我儿子睡上铺，我睡下铺。这里有很多日本人。她们乘坐汽艇上岛，用不了24个小时，就又乘坐汽艇离开了。但是我们就很不一样，要在这里困囚很长一段时间。我心里总不住在想："坐船来美国多不值啊！整天困在这里，与蹲监狱没有什么分别！"

住在这里的妇女形形色色。妓女、坏女人待在房间的另外一头。她们也从不到我们这边来。其中有些人在这里待了有两三年了。她们可以看到我的儿子。他当时14岁，已经是个大小伙子了。[4]她们常挑逗我儿子："到这边来！过来啊！我给你利是。"我知道了以后，他到哪里我都跟着，甚至连他去厕所也不例外——无论他到哪里，我都跟着！我要是看不见他，我就不放心。那些姑娘特别地坏！我叫她们走开。我说："你们怎么做得出这种事。哼！你们怎么能这么贱格（下贱）！"受到训斥之后，她们收敛了很多。

用餐时间，我们到一间大饭堂去吃饭。听到铃声，所有人一起下楼，20个人一组，每组由两名守卫看着。瓜全切成一块块，混在一起，与猪食无异。猪肉总是切成很大件。所有的菜都盛在一个类似洗衣盆的盘子里，放在那儿等着你，你吃也好，不吃也好。他们就会把吃的炖成一锅粥的样子。只要看上一眼，任谁都会食欲全无！我们可以吃到椰菜、炖青菜、猪肉、劣质的炖肉，诸如此类的东西。有些时候我们会收到大埠亲戚寄来的烤鸭或烤鸡。但是，我们这儿既没有地方存放，也没有地方加热。我们只得把东西放在暖气机上温一下，每次只吃上一点。

天使岛上妇女的待遇比男人好得多。我们有一个女舍监，她每周都会带我们围着岛转上一圈。男人们不允许离开那栋大楼。所有的窗户上都安装了铁丝网，就像监狱一般。我常常会想："早知道要过这种日子，我就绝不会来这里！"

为了消磨时日，你得想方设法让自己忙起来。织点东西、做件衣服是不错的选择。有些妇女在天使岛上待得久了，织就了很多物件儿。我随身带着几本书可以读读。你要是什么都没有，那你就什么都做不了。所以，只过了两周，我就厌烦、厌倦了整天坐在那里无所事事。生活单调乏味。日出日落、周而复始，丝毫没有变化。每个人都很焦虑，一心想着"我什么时候才能获准入境啊？"或者是"他们要把我遣返回国了吧！"每个人又都耐着性子，告诉自己："我只是在这里耽搁几日，不要紧的。"到天使岛以前，我们从不晓得这儿的日子这么难熬。这里的囚徒个个近乎发狂，却又无可奈何。人们只是坐在那里，无所事事，耐心等待。

我甚至懒得去洗澡。我每天都在想自己很快就会离开这里了。但是日子一天天过去，我还在等待。我吃得不多，也不怎么走动，很少出汗，没必要洗衣服。即使是出汗，也洗不了衣服。这里根本没有地方晾晒衣物。想给外边写封信，也不得其所。我们这儿只有成排的上下铺，床铺中间，过道狭窄，勉强可以过人，连一把椅子都放不下。人们只是在床铺上待着，每天如此。

在审口供之前，我们不能与任何访客见面。我们可以听见守卫说："有人来了，有人来了！"但是，他们不会让你见到证人。轮到我时，审讯人员在整个过程中显得十分体贴。一个白人妇女给了我一些糖果，糖果吃完了，问话也结束了，前后不过十多分钟。他们只问了我几个问题，再没其他的了：你父亲叫什么？你是哪个村的？多大年纪了？等等。他们先是盘问了我丈夫，然后是我，最后是我儿子。我儿子进来，他们看出父子二人十分相像，于是便说："没必要再问孩子了。"我们的证件都是真的，问话过程十分容易。两天之后，我们登上了渡轮。对我来说，问话过程很短。对别人来说，情况就不同了。有一些人的审讯特别慢。我甚至听说有的审问长年累月。

编者注：从黄太太的移民档案可以看出，对于她们一家的问话进展得很顺利。根据现场调查得出的报告，两名华人、两名白人出面作证，证实她的丈夫在怡泰和（Hee Tai Wo）肉店——"这是一家新式的公司，有很多白人股东"——做簿记员，工作认真。1923年2月15日，黄廷章接受了天使岛专门调查委员会的盘问，按照要求回答了一百多个问题，涉及他的业务往来、家庭背景、乡村生活、汇给家里的款项、出庭的证人。当天黄太太也接受了问话，问题基本一样。她对一些问题做了如实的回答，这表明她受过一定的教育，喜欢坦率地说出自己的想法。

问：你丈夫来美国前在做什么？

答：他以前在上学，你们可以去问他。

问：他做过生意吗？

答：我不知道。

问：你丈夫没告诉你他来美国之前做过生意吗？

答：没有。民国（1912年）以前中国人不像今天这样聪明。现在妻子就会向丈夫询问这些事。

问：你丈夫来美国之前是与你一起住在农村老家吗？

答：有时候他回家住，有时候则不回来。我记不清他多久回家一次了。

黄太太的儿子黄培正后来证实她的母亲曾在村里教过书，很明显，这件事让调查委员会印象深刻。移民检察官琼斯（Jones）在总结报告中写道："申请人刘氏显然是一位有高尚品格的中国妇女。"他注意到，在本案中唯一一处不利于刘氏的回答是她竟不知道她丈夫移民美国之前的职业。要不然的话，"本案的证词前后一致，其中大部分资料都十分有利于移民申请人"。于是，委员会建议准许母子二人入境美国。[5]

每当我们问及黄太太离开天使岛之后的生活，她唯一愿意提及的是她丈夫在都板街的肉店上班，她在一家车衣厂车衣，同时在中华纲纪慎道会的学校教授中文。她是教会的成员，并且以此为骄傲。她没有告诉我们自己在美国又生过三个儿子，也没有提她们家在美国经济大萧条时期遭遇的坎坷，这十分容易理解。1934年，她们一家决定返回中国，一来是为谋生，二来是为三个男孩儿可以接受良好的中式教育。她们此时甚至买不起回国的船票，最终还是加州救济管理局给她们买了三等舱的船票。

对于黄太太来说，身无分文、乘坐统舱回国一定倍感心酸。她满怀对美好新生活的无限憧憬、乘坐二等舱前往美国，不过是十年以前的事。她甚至都不知道自己还有没有重返美国的一天。在回中国之前，她并没有申请归国证书，这就等于是放弃了自己将来的退路。正如她离境之前对天使岛上的移民检察官所说的："我买不起船票，以后很可能不会再回这个国家了。但是如果条件允许的话，我还是愿意带着孩子们回来。"尽管自己放弃了归国证书，但她还是替自己三个在美国出生的孩子申请了归国证书。

黄太太（刘秀琴）与她的三个儿子，1934年。从左至右：黄培正、黄培伦、黄培根。黄培正藏

回到中国以后，一家人在广州安顿下来。黄廷章在当地一家官办造纸厂谋了一份差事。孩子们进入一家贵族小学读书，黄太太也就过上了一种悠闲的日子——读读报纸小说、参加教会活动、探探城里乡下的亲戚。1937年抗日战争爆发以后，这一家子的境况急转直下。一家人流离失所、寻求庇护。黄培正难过地说："在躲避战火的过程中，我们陷入了绝望的深渊。"父亲随工作单位迁到广州湾，母亲和孩子们则逃到台城。战争切断了父亲的经济来源，食品变得稀缺。在黄培正的印象中，家里吃得最多的是甘薯和豆豉，很少吃米饭和肉，"我母亲竭尽所能，维持家里的生计。她很清楚我们要是继续待在中国就都活不下去了"。实际上，后来台山发生了旱灾，黄太太的大儿子被饿死了。1941年，她从美国一个亲戚那儿借来一笔钱，买

了船票，把他的两个儿子黄培根、黄培正送回美国。他的小儿子黄培伦，长期患有哮喘病，则留在中国与她一起生活。再后来，她又搬回广州，依靠美国的两个儿子供养，走过了战争岁月，见证了新中国的成立。

黄培根上大学期间半工半读，毕业之后，在美国国家航空航天局谋了一份航空方面的差事。黄培正则受雇于加州政府当结构工程师。直到1958年，他们才通过旅游签证把母亲接回美国。那时，黄培伦已经从医学院毕业而且结了婚，但是他直到1979年才获准离开中国。黄廷章一直滞留在香港，于1975年去世，享年87岁。

黄太太75岁时回到美国。两个儿子住在郊区，她不愿意与任何人一道生活，最后她搬回了自己熟悉的唐人埠，余生依靠车衣度日，直到眼睛花掉，做不了了。她每周日都会参加教会的活动。黄太太于1989年去世，享年106岁。她的儿子黄培正认为她长寿的秘诀在于意志坚定、有信仰："终其一生，她经历了许多磨难，流了很多泪水，但是她依然能够坚韧不拔，只因为她信仰上帝。"

1　File 21811/2-10（Lew Shee 罗氏），Immigration Arrival Investigation Case Files, RG 85, NARA-SF. 根据黄培正 2013 年 7 月 10 日写给杨碧芳的电子邮件。

2　据黄培正说，他母亲当时只有一个儿子。父母在向当局申报时额外多报了一子一女，或许是为了便于帮助别人以"假仔"的身份移民美国。

3　根据 1976 年 8 月 15 日对黄太太的采访。

4　据黄太太的移民档案记载，当时她 40 岁，她儿子 16 岁。他一定是看上去显小，一般来说，男孩儿超过 12 岁就要到男子营地去住。

5　File 21811/2-10（Lew Shee 罗氏），Immigration Arrival Investigation Case Files, RG 85, NARA-SF.

厨房杂工莫松年：
"'轰'一下子，他们就吃完走人了!"

编者注：1905年，莫松年生于香山县黄梁都地区赤水坑村。在家里三个儿子中排行老大。1919年，他以商人莫继凯11岁儿子莫进林的虚假身份入境美国。与他同行的还有他的"假纸"父亲、"假纸"母亲以及"假纸"兄弟（实际上，他的"假纸"父亲是他叔祖父，"假纸"母亲是他姑姑，"假纸"兄弟是他同乡）。抵达天使岛17天之后，全家人逐个接受了盘问，问题涉及家庭背景、村落布局、房屋构造以及孩子们接受教育的情况。他们之间的口供出入不大，于是移民检察官富兰克林（Franklin）建议当局准许他们入境。[1] 那个时候，莫松年还不知道，几年之后他会回到天使岛做厨房杂工。

我和麦礼谦对莫松年在天使岛上的移民与工作经历很感兴趣，1975年，我们在他圣荷西（San Jose）的家中对他进行了采访。因为莫松年是麦礼谦姐姐的公公，又与我父亲是同宗，所以一开始我们就和他很熟络。他十分详细地回顾了过往的经历，言辞十分幽默，涉及工

莫松年的"假纸"家庭。从左至右：莫裕启、赵氏、莫进福、莫进林（莫松年）。旧金山国家档案馆藏

作环境、岛上的伙食、厨房员工如何帮忙给被拘人员传递辅导口供材料以及他亲眼目睹的一次由伙食问题引发的骚乱。[2]

在那个年代，伙食由白人承包，但是厨房师傅都是中国人。十个师傅中有八个是黄粱都人。家毓的父亲是天使岛上厨房的大厨，是他给我介绍了这份工作。我作为杂工什么事情都要做——洗碗、切菜、淘米、蒸饭等等。大厨每个月薪水100美元，助理厨师80美元，其他人70美元。我们上午4点起床。早餐要在6点前做好。中午1点我们会稍作休息，然后继续工作到4点。要是吃饭的人多，我们就要到4点半才能下班。那个时候，每天工作十个小时是家常便饭。有些时候，轮船会在夜里9点抵达，我们必须给船上所有人准备饭菜。

每天我要淘好两顿饭的米——有十四五袋米，每袋50磅重。工作真的非常简单。淘米槽是木制的，比浴缸还要大些。你把米倒进槽里，用力搅拌，再用篮子把水滤掉。然后把米送到楼上，询问大厨做饭需要用多少米。有两口锅用来蒸饭。每口锅足有8英尺宽。锅很大，我得站在五加皮的箱子上才够得到锅沿。每口锅要蒸175磅米，用时四个钟头。我们要提前一天准备好米。负责蒸饭的厨师要在3点钟起床，打开蒸饭按钮，因此他的薪水高些。盛米饭的勺子有铁锹般大小。你先要把米饭盛到盆里，然后再由服务员把盛好的饭端到饭堂。这里最少有十个服务员——全部都是番鬼。

我们要为途经此地的所有人提供伙食——欧式饭菜、日式饭菜，当然还有中式饭菜。印度人喜欢就着土豆糊吃鲑鱼。中国人的伙食，早晚两餐有米饭，午餐有碎猪肉粥或甜西米加饼干。多数情况下都会有一道主菜和一小碟用来下饭。主菜有薯仔炖牛肉、豆腐干拌猪肉、粉条炖肉、菜干炖鱼，每逢周二、周五通常会有沙鲆鱼。小碟一般是咸鱼、腐乳或是豆瓣酱。到了周日，我们提供中式面条。节假日期间也都如此。每人一顿饭老板收入17美分。那个年月，25美分可以在唐人埠买到炖肉或是卤牛肉了。因此，我们午饭时提供的粥是挣足了钱。在问口供之前，伙食费由轮船公司支付。要是你未能获准入境，又打算进行上诉，那么伙食费就得自己出了。

饭堂里放着33张长桌，每张可以坐6至8人。20世纪20年代我在天使岛上班那会儿岛上囚禁了700多名中国人。因此他们需要轮流用餐。吃饭时间很短——大概半小时一拨。男人先吃。我们用两个蒸笼做饭。饭菜在他们下楼前摆上桌。两名守卫负责把男人们带到楼下，另外两名守卫在饭堂监视他们用餐。"轰"一下子，他们就吃完走人了！接着是女人用餐。饭可以添加，菜肴却不能。移民中有很多人一餐可以吃下六七碗米饭！要是那还不够，他们还可以到小卖部买些咸鱼或者点心填饱肚子。那个白人老板总是让我们额外地做些饭菜出售，像蔬菜炒肉、豆豉排骨之类。赚来的钱放在一个盘子里交给老板。若是有人收到亲戚从城里寄来的吃食——腊肠、烤鸭或是熟食，我们也会给蒸蒸或热热，然后把这些加工好的东西放在外边的车里等人来取。

三餐之间的空隙，我的任务是给薯仔去皮或把咸鱼切段。红薯仔的直径大概两英寸，都是市面上最便宜的货色。中国人吃的蔬菜至少有三四英尺长——是商店不要的。我们在一张长桌上把菜切短，然后放到水里面泡着。我们通常总是先把老面包端上桌。这种面包买进来的时候还没切成片，因此我们要用一把电动刀将硬面包切开。没人因为伙食生病。当局在检查厨房卫生方面非常勤谨。他们哪怕发现一只蟑螂，都会喷杀虫药。

天使岛上的工作给我们提供食宿。那里有很多工作人员。我们这些中国人住在一所房子里，西方人住在另一所房子里。医院员工、园丁人等也都各有各的住处。房子的条件很好。下班以后，我们中间有些人喜欢下中国象棋，有些人喜欢演奏乐器。有的时候我会去钓鱼。有一段时间，接受过审讯的被拘留人员可以到我们的住处聊天、下棋。但是后来移民局官员又禁止了这种做法。我们的伙食比被拘留人员的好。他们吃的蒸米饭很糟糕，因此我们还得另做供自己吃的米饭。不上班的日子，我们就到大埠去购物，买吃的、买酒，回来后与同事们一道享用。

我们一共有8个雇员，因此我们每周可以轮流歇班一天。新到岛上的人会给大埠市里的亲戚写信要东西。于是，他们的亲戚就会找到我们，托我们把一些东西带回岛上。只要他们告知被拘留人员的姓名及旅客名单的号码，我们总能把包裹带到指定人员的手中。我们会在唐人埠的广东花铺（这是黄梁都人的产业）稍作停留，询问是否有辅导口供材料需要带回岛上。每次携带材料会有5美元的报酬。返回时要做好接受搜查的准备。门禁管控得严时，我们绝不会冒险带任何东西回来。我们这么做从来没有被抓过现行。只要按一下铃，就会有人下楼来取信件。我们只替那些认识的人——比如说同宗的——捎带东西。

我在那里服务期间，有一天，岛上被囚禁的中国人因为伙食问题发动了一次骚乱。原因如下：那里的自治会想要为中国人争取平等待遇，其中一条是改善伙食。所有人员达成了共识并且开始在饭堂里把碗碟扔得到处都是。移民局官员束手无策之余给中国驻大埠总领事打了电话，后者派了一个代表前来，解释说伙食是按照同美国政府达成的协议安排的，厨师一干人等动不了手脚。尽管如此，他们还是觉得我们有责任，想要暴打我们一顿。于是我们那个白人老板掏出枪来指着他们说道："谁先过来，谁先受死。"没人胆敢上前。我们那里打电话很方便，于是便给麦克道尔堡（Fort McDowell）拨通电话寻求帮助。部队旋即抵达，这些人全都被赶回楼上。你知道吗，接下来的三天，他们拒不下楼到饭堂用餐。我们照常做饭，但是他们坚决不吃。鉴于此，我们老板关掉出售饼干、三明治的小卖部，以此来惩戒他们。

这份工作很辛苦，但是我当时还年轻。举例来说，炉灶用煤大批量地运进来。我得帮着把100磅重的煤袋子从码头搬到二楼厨房。所有的东西又大又沉。这份工作有一点我很喜欢，即我可以置身事外，从来不会卷入唐人埠堂会之间的打斗。这里有一名员工被堂斗吓破了胆，就连休假也从来不去大埠。约略过了一年，他攒够了钱就回中国的农村老家了。两年以后，我觉得自己可以到城里谋一份薪水相当的工作，于是也从那里离职了。

编者注：莫松年从天使岛离职以后，到加州梅菲尔德（Mayfield）一家罐头厂做工，同时还联系了一家学校在那里读书。后来他在斯坦福大学找了一份为学生兄弟会做饭的工作，薪水丰厚。第二次世界大战之后，他到加州伍德兰（Woodland）务农，种植菜花、西红

莫松年一家，1964年。从左至右：孙子莫伟明、媳妇麦丽霞、莫松年、孙女莫念慈、邝月圆、儿子莫美汉、孙子莫慧慈。莫慧慈藏

柿、芹菜。后来又到圣荷西地区种植菊花。1930年，他返回中国结婚。1950年，他唯一的儿子，莫美汉同样选择了"歪曲的途径"——以一个同宗的"假仔"的身份前往美国。1962年，莫松年归化为美国公民，第二年他的妻子得以到美国与他团聚。莫松年积极参加湾区菊花会与协善堂的活动。1980年，莫松年去世，享年75岁。[3]

1　File 18703/16–30（Jew Shee 赵氏），Immigration Arrival Investigation Case Files, RG 85, NARA-SF.
2　根据1975年12月27日对莫松年的采访。
3　根据1969年5月3日对莫松年的采访。

司徒氏：有关生存与希望的故事

高明宪

一直以来，我对丈夫的外婆司徒氏的事迹十分着迷。我见到她那会儿，她已经寡居，一个人支撑着一个大家庭。她性格独立、意志坚定、身体强健、备受家人尊敬。她在我认识的人中最为高寿，活到96岁的高龄。一直以来，我对她的所有生平经历充满了好奇。

我对她的移民经历尤其感兴趣，经常缠着我婆婆林美好（英文名梅布尔·林，Mabel Lim），向她打听消息。她总是对我说，她母亲怀着她用27天时间跨越了太平洋，海浪波涛汹涌，她晕了一路的船，结果却没有流产，这简直是个奇迹。后来，我们从美国移民局看到了司徒氏的外籍人口档案，并且从中了解到，在她们家里还发生过很多奇迹。这个有关生存与希望的故事实至名归。

1896年，司徒氏生于恩平县大夫里村一户小康之家，在家中五个孩子中排行老大。17岁那年，经父母包办，她嫁给了一个美国公民的儿子林利。结婚以后，林利只身前往美国，与父亲一道在加州奥伯恩

（Auburn）的上海餐馆工作，同时兼任大埠救世军（Salvation Army）的干事。五年之后，他回到中国，与司徒氏一起生活。

林利与司徒氏命运都很好，他们生了两个儿子。1924年，林利决定将司徒氏与次子带到美国。他本身是美国公民，料想他的家人获准入境不会存在任何问题。林利把长子交由开平县自己的父母照料，之后便与司徒氏及七个月大的次子顺进动身前往香港。小顺进的名字——意思是"顺遂、进步"——反映了他父母乐观的态度以及对未来好日子的期望。他们从香港乘坐"新与丸"号（*Shinyo Maru*）轮船前往大埠。

奇迹一：海上余生

他们购买的是最便宜的统舱票，船舱条件极差。他们乘坐的轮船并非是奢华船只，没有单独的舱室。不仅如此，一家人还要与成百上千的统舱乘客一道挤在轮机舱附近的巨大船体之中。潮湿、阴暗、拥挤、吵闹，没有私人空间，睡分成几层的上下铺。厕所数量不多，臭气熏天。伙食很差，饮用水有限。这与司徒氏在中国的舒坦日子可谓是大相径庭！

在海上的那一个月，司徒氏几乎不可能补充到足够的营养和水分。她的身体状况需要她每天吃三个人的饭。她需要营养滋补自己的身体和腹中的婴儿，并且需要额外的营养来给小顺进喂奶。由于晕船，加之怀孕前三个月所常见的恶心、呕吐等症状，谁也不晓得她究竟吃下了多少，饭量缩减了几何？司徒氏说得对，她没有流产简直是奇迹。

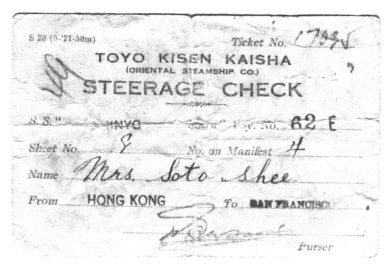

司徒氏购买的统舱票，邓锡光藏

怀着美好的司徒氏与怀抱
中的小顺进，1924 年。
邓锡光藏

奇迹二：天使岛化险

到达天使岛之后，他们发现这里的卫生条件十分恶劣。长期以来，移民局的官员对这栋破旧建筑中的危险状况与火灾隐患多有抱怨。那一年的状况格外糟糕，《旧金山纪事报》称该栋建筑不适合居住。同时中华会馆向美国总统卡尔文·柯立芝（Calvin Coolidge）及劳工部长戴维斯（J. J. Davis）反映情况，称由于移民拘留所条件恶劣，几名被拘留人员得了病甚至死了。即使在多年以后，仍有一些文件指责当局不为中国移民提供厕纸或肥皂。

1924年8月10日，他们抵达天使岛两周半后，意想不到的事情发生了。尚在司徒氏怀中的次子顺进在天使岛上夭折了，死于肠胃炎。这种病通常由病毒或细菌引起，经受到污染的水和食品传播，会引起剧烈的呕吐及腹泻。肠胃炎具有高度的传染性。由于司徒氏曾照顾过她的孩子顺进，她本人当然很有可能被传染了这种病。怀孕妇女患有肠胃炎会造成严重的脱水与高烧，胎儿很容易死亡或流产。但是，司徒氏和女儿美好再次化险为夷。

奇迹三：绝处逢生

不难想象男婴夭折给司徒氏带来的悲伤。她孤身一人在国外遭受囚禁，不通当地的语言，也不了解周遭的情况。夫妻二人受到不同的待遇。她丈夫是归国的美国公民，船只入港当日即刻获准进入大埠。有人将顺进的尸体从司徒氏那里取走交到大埠他父亲手中。根据1924年新通过的《移民法案》，司徒氏不在可以入境人员之列而在当局准备遣返名单之中，因此，她未能获准离开天使岛去参加自己孩子的葬礼。[1]她要是能够早一个月到达美国的话，就可以凭借美国公民妻子的身份获准入境了。由于司徒氏委托他人上诉案件，遣返回国一事被搁置下来，她得以留在天使岛等待案件的重新审理。

就在男婴顺进夭折两天后，天使岛上的医生诊断出司徒氏已经有了两个月的身孕。她的律师约瑟夫·法隆（Joseph Fallon）恳请移民局官员能够充分考虑她的悲惨处境。他写道："这位母亲怀孕了，而且这里的健康条件十分堪忧。"他向当局申请将司徒氏从天使岛保释出来，让她与大埠的丈夫团聚。但是华盛顿特区的官员以"未发现异常的困难情况"为由否定了这一申请。1924年9月4日，绝望中的司徒氏试图在天使岛上的女厕所内上吊自杀。幸运的是，监管女子营地的女舍监格蕾丝·麦克基纳（Grace McKeener）发现了她，将她从绳子上解救了下来。[2]司徒氏和腹中胎儿都得救了。要是麦克基纳稍晚几分钟发现她的时候，那一切就太迟了。这又是一个奇迹，她们得以生还。

持续的希望

三个月后，司徒氏以1 000美元的保释金从天使岛获得保释，得以临时入境美国。1925年2月26日，她在大埠唐人埠的家中生下孩子，取名"美好"。美好一直对我们说，她父母给她取的名字很有深意。"美"是"美国"或"美丽的国家"的首字，"好"意为"好事"。不论如何，尽管一开始多灾多难，司徒氏和林利还是满怀希望，觉得他们一家在美国的日子会好起来。

在接下来的六年里，司徒氏一直面临着被遣返回国的威胁。每一年，她不仅要提交证明文件以推迟遣返时间，还要续交1 000美元的保

美好（坐在椅子中者）及林利、司徒氏、婴儿时期的美寅，1928 年。邓锡光藏

释金。1930年，美洲同源总会（Chinese American Citizens' Alliance）最终说服美国国会对移民法进行了修正，准许美国公民的华裔外籍妻子入境。在此之前，司徒氏与林利一直在想方设法避免被遣返回国的命运。

这家人在旧金山的唐人埠安顿下来，林利先是在这儿的一家叫作普雷西迪奥高尔夫俱乐部（Presidio Golf Club）做厨房杂工，还在唐人埠开露天货摊，后来他成为天后庙街（Waverly Place）奇新洗衣馆的老板，经营洗衣业务。司徒氏在养活一个8个孩子家庭的同时，还要做给虾去皮，出售手工艺品，经营洗衣馆的工作。20世纪40年代后期，他们一家搬到了玛利斯维，在这里开了这家胜昌餐馆，提供中美菜肴。司徒氏是餐馆的大厨，每天要工作很长时间。十年之后，他们把这家餐馆卖给了女儿林美仙和女婿林威，之后到旧金山安享晚年。林利于1961年去世，享年67岁。司徒氏独自生活，一直活到96岁。她的8个孩子，22个孙辈，10个重孙都对她十分爱戴，尊重有加。

1　1924年的《移民法案》旨在限制来自南欧、东欧国家的移民，同时驱赶所有未取得公民身份的外国人，即亚洲人。实际上，该法案通过以后，那些商人以及美国公民的日本籍或中国籍妻子再难入境美国。1925年，美国最高法院通过一项裁决，允许商人的妻子入境。1930年，美国国会又通过一项修订案，批准1924年7月1日以前与美国公民结婚的妇女入境。

2　File 23550/8-4（Soto Shee 司徒氏），Immigration Arrival Investigation Case Files, RG 85, NARA-SF.

黄拱照：一个有中国人本色的汉子

黄淑兰

编者注：1927 年 8 月 25 日，黄仁义（英文名亨利·黄 Henry Wong），化名为黄拱照，以美国出生华人的"假仔"的身份移民美国。他被囚禁了三天，总共回答了 231 个问题，涉及他的家庭背景、乡村生活、前往美国的行程等。移民检察官发现他的口供与其所报称的父亲、兄弟的供词之间存在诸多出入。[1]于是当局决定将黄仁义递解出境。对此，后者提出上诉。因为需要等待法院对其上诉做出

黄拱照（黄仁义），1928 年。旧金山国家档案馆藏

裁决，这样他在天使岛滞留了一年有余。1991 年，黄仁义重访天使岛，他将昔日自己在拘留营地奋笔题诗的确切地点指给了讲解员雷彩

嫦。他还记得当年自己题诗用的是一支金头钢笔，那是科罗拉多州丹佛的谊父送给他的礼物。他所题的这首诗如今已不得见。尽管如此，他回到家里之后，还是凭借自己的记忆将这首诗以优美的书法重新写了出来，并且把它寄给雷彩嫦妥善保管。[2]

黄仁义于2004年去世，此前他是天使岛知名诗人中唯一健在的一位。遗憾的是，我没有机会采访到他。下面的事迹根据黄仁义女儿黄淑兰的讲述整理，在下笔成文后又咨询了她的兄弟姐妹。黄仁义曾在天使岛上拘禁了很长一段时间，在此期间及之前、之后，他过的是怎样的日子，我的这些问题在这里得到了解答。

我们的父亲是一个非常复杂的人，他前后不一、矛盾重重，令人捉摸不定。他既爱中国也爱美国——因为中国拥有十分悠久的历史、令他热衷的文化；美国给人快速致富的希望，任何事情都可以尝试、尝试、再尝试的自由。在这样两个国家之间游走，黄拱照像是一个从他所喜爱的京剧中走出来的角色。生活中，他身材魁梧、嗓门很大，这样的形象在我们今天的记忆中依然伟岸。

按照时间前后顺序来讲述他的事迹既没有必要也索然无味。他是一个了不起的人物，如果是讲述中国故事或中国国情，他可以展现出智慧和耐心，若是受到无礼之人、无端之事的冒犯，他的情绪又会迅速变得急躁不安、义愤填膺。

我们所能做的只是对他的人生做一个大略的描述。伴随着我们兄弟姐妹每个人对他的回忆，这个谜一般人物的星星点点自然而然地被还原出来。正如在每个家庭中都会发生的情况一样，我们认识到"罗生门"效应（在这部经典的日本电影里呈现出来多种不同的叙事视角）真的存在，对每个人所记住的东西、所忘却的内容无不备感诧异。

Henry Wong
1285 San Angelo Dr
Salinas CA 93901

一九九一年八月三日重遊天使島 時年八十歲
（回称丁治埃番）回憶題壁诗一首 黃仁儀作

美里文王受討竊

何殊木屋我流離

半年一覺金山夢
移民局经審向呆借半年有多

平等自由向幾時
此访乃本人在1927年八月抵丁治埃番

仍未の境有感而作（時年16歲）

黄仁义手迹。天使岛拘留所基金会藏

他身兼书法家、学者、诗人、歌手的身份，温文尔雅；他是传播中国语言文化的教师和使者，乐此不疲；他是推广中国电影和音乐的经理人，壮心不已；他还是个心怀异趣的发明家、手艺工匠、建筑者。我们在萨利纳斯（Salinas）家中的天窗上装置了一架小飞机的座舱，在前院墙上涂了一幅中国万里长城的图案做壁饰。他称自己是"大胃王"，可以花上几个小时尽情享用自己最爱吃的广东美味，像炸鱼丸啦，樟茶鸭内脏啦（还有好几样都是西方人反对食用的部分），也非常喜欢小卡尔连锁餐馆（Carl's Jr.）的加了所有配料的西部培根芝士汉堡包，和红龙虾餐馆（Red Lobster）星期五晚上的特餐。

他在文化事业方面多有建树，却始终未能取得自己所渴望的事业上的成功。正如我兄弟黄醒魂所言："他在俄勒冈州接受过内燃机工程方面的培训，却未能在这个领域找到一份工作。究其原因，在很大程度上是由于种族偏见及20世纪30年代在全美尤其是美国西海岸执行的歧视性法律。"

1940年，他娶了我们的母亲——生于加州弗雷斯诺市的李玉蟾。婚后两人从弗雷斯诺搬到了土地肥沃的萨利纳斯山谷，这里被称为"世界沙拉碗"乃名副其实。起初，两人经营一家以艺术品为主的中国进口商品商店，但是后来，为避开第二次世界大战美国政府的兵役，以便待在家里养活越来越多的人口，他开始经营商品蔬菜农场。虽然他的农场种植各种各样的亚洲蔬菜（白菜、冬瓜、芥蓝菜、芥菜等），但最主要的经济作物还是大葱（我到今天仍忍受不了它的味道）。尽管他始终不是一个成功的农场主（由于天气变化无常、资金难以流动、经营规模受限、自己心不在焉等原因），但他还是凭借着自己的聪明才智修改了一辆两轮钢铁拖车，把它变成独具一格的运输器具，用来载运灌溉农作物时用的铝制喷洒管。不仅如此，他还将自己在工程学方

婚礼当天李玉蟾与黄仁义的合影，加利福尼亚州弗雷斯诺市 (Fresno)，1940 年。黄淑兰藏

面的知识学以致用，后来曾发明出一种传送带系统，用于提高手工处理讨厌的大葱的效率。

20世纪50年代，他结束了农场业务以后曾进行过多次投资尝试，其中之一便是在萨利纳斯的工业园区经营一家咖啡馆。他花钱购买了设备，准备将点心推向美国大众消费市场，然而却没有制订商业计划来实现这一目标。但是，哎呀，他是多么推崇那种广东美食啊！他说起烧麦、粉粿这些美味佳肴的做法总是口若悬河，你一听顿时就会胃口大开。

要对父亲做一个直观且了然的描述绝无可能。我们不妨先来了解一下他最基本的一些情况：他的名字和出生日期。我和姐姐维多利亚

（Victoria）去为父亲购买墓穴，在填写相关文书时，坐在面前的墓地经理问我们父亲叫什么。我们两人不约而同、胸有成竹地回答这个问题。可是，她答"黄拱照"，我却答"黄亨利"。见到墓地经理一脸迷茫的表情，我们俩又以满满的信心更正道，父亲叫"亨利·H.W.黄"。墓地经理问及父亲的出生日期，喜剧性的一幕再度上演。我记不清我们两人谁说了什么，反正我俩说的不一样。见到墓地经理忧虑的表情，我和维多利亚悄悄地商量，仿佛是要大胜电视有奖问答节目《家庭挑战赛》（Family Feud）的模样。我们商定了一个出生日期，把它刻在父亲的墓碑上面。要是有人问我类似这种烦人的证实身份的问题，我十有八九不能过关。这与我父亲从台山县到大埠时没能通过天使岛的审问如出一辙。

在我们的印象中，父亲从未向我们提及他在天使岛上的经历。尽管如此，他在天使岛上遭遇了什么，又是如何凭借写诗，幻想自己将来会在美国取得的成就生存下来。随着对这些经历了解的不断深入，我们逐渐开始明白，在天使岛上被囚禁的一年里，人权被剥夺，与家人、朋友音信隔绝诸事对他性格造成的深刻影响。正如我姐姐维多利亚忆及往事时所言："后来我们终于明白了父亲的一些做法，尽管他在20世纪50年代持有激进的'反共'立场，但竟会做出诸如把流浪汉领回家这种'政治左倾'、悲天悯人的事情。他似乎并不在意他们到底是黑人、白人，是拉丁美洲人还是美国土著。"他会邀请这些人士在我家待上一段时间，做些零活，与我们一道用餐（甚至是在家里境况十分拮据的情况下他仍乐此不疲。这个时候，我母亲只好创制出罐头猪肉拌中国酱油意大利面这类极其美味的大杂烩，或把小罐皮尔斯伯里牛油饼干面团擀开制成蛋糕，供一家七口食用）。

父亲十几岁便来到了美国。他在天使岛上被拘留了将近一年时间，后来又在本该正常上学的年纪奔波于中美两国之间。有鉴于此，他在中国历史、哲学、文化方面表现出来的精深学识令人惊讶不已。维多利亚还记得旧金山亚洲艺术博物馆曾经举办过一个大型的中国艺术展，这里的负责人对父亲的渊博学识大加赞赏。由于她与其他"专家"缺少这方面的知识，于是特邀父亲到位于金门公园的博物馆待上一天，唱出展览中每幅作品涉及的诗篇与歌曲。

我们总是认为他会这些东西是理所当然、轻松平常的事，就仿佛他对这类东西的喜爱与知识恰好嵌在他的基因中一样。但他善于写歌、作诗，并把歌词、诗作写成优美的书法作品，他的这种才华在整个华人社区却非常知名。婚丧嫁娶诸事，人们需要写对子时总是去找他。他还有一种本领为人津津乐道，那就是给朋友及家人取中文名字，无论对方是中国人还是外国人，他取的名字确实能够揭示本人的个性。我有时候会想自己从事销售及品牌方面工作或许与继承了他在这些方面的基因，耳濡目染了他给别人择取的言简意赅、恰如其分的名字不无关联。

正如维多利亚注意到的，他是一位真正的中国学者。此外，他还是一个充满矛盾的人。他做事情喜欢亲自动手，而中国的贵族阶层对此总是不屑一顾。爸爸先前经营农场，后来又担任加州的农业检察官，工作辛苦，因此他的双手长满老茧，十指嵌泥，皮肤晒得黝黑，但是他从来不以这些为耻。

我们的爸爸在中国的政治事务中也起到了积极作用。有一段时间，他在担任黄氏公所会长的同时还深度参与了秉公堂的事务。然而，在他生命里发生的另外一件事情更加充分地暴露了其灵魂世界与世俗欲望之间不断的冲突。有几年时间，他与我们的妈妈从萨利纳斯搬到大埠。他们在这里接手了唐人埠北岸区具有传奇色彩的金都戏院，准备圆自己从事电影排片、戏剧经理人的梦想。维多利亚还记得父亲凭借一己之力就完成了金都戏院及毗邻的化妆间的翻新工作。当然了，我们的小卖部也一改主要出售爆米花与巧克力的面貌，推出了西瓜子、臭鱿鱼干等中国美味，应有尽有。后来由于财务方面的原因，戏院与别人合用，上演由狂野的火箭综艺团主演的《夜间绮梦秀》。

戏院的经营变得举步维艰，娱乐风尚的变化更是雪上加霜，他和我妈妈又搬回了萨利纳斯，到一位朋友的超市上班。他平生第一次获得了一份稳定的工作，薪金有了保障，我妈妈和我们几个的生活压力都有所减轻。但是我现在明白了这样的生活很可能让他感觉到不安与沮丧，因为他在这个时候开始着手打造一个新的梦想：建立一个点心帝国。只是这个梦想始终未能实现。

尽管他可能把这种尝试当作失败的经历，但是我们——作为他的孩子——却更加看重他在其他方面的成就以及他对我们孜孜不倦的教导。"不管怎么样，只要始终不渝地坚信，谁都能过上好日子的美国梦"，我的兄弟迈克（Michael）在爸爸的葬礼上指出了这一点。维多利亚补充道："他教会我们要坚定不移地以中国的传统文化为骄傲，这是他赖以与白人的种族歧视相抗争的武器。他从来没有因为种族、民族、财富等方面的原因感觉不如别人或是行事逊于他者。他以身作则，告诉我们如何才能出人头地。"

或许我们的爸爸有点疯狂，或许他从来就没有适应美国现实的生活，或许他本应该取得商业方面更大的成功，或许他就不应该离开他所心爱的中国（他在医院的病床上告诉我们他想回乡终老），或许他本可以成为一位更随和的丈夫和父亲。但是，仅仅是或许而已，他的内心充满了古老的梦想和歌谣，他不能自已，只能聆听它们的呼召。他与身为家庭中流砥柱的母亲结合在一起，才有了今天的我们与成就。对此，作为他的孩子，我们心存最大程度的感激。

1　File 26162/4-8（Wong Gung Jue 黄拱照），Immigration Arrival Investigation Case Files, RG 85, NARA-SF.

2　雷彩嫦将这首诗的手稿保存了二十多年，后米将之转交给天使岛移民拘留所基金会妥善保存。我们在此向她表示感谢。

口译员李华镇："一定程度的公平"

编者注：20世纪70年代，我们设法通过唐人埠的人脉找到两名华人口译员，并对他们进行了采访。李华镇是其中一位。他于1902年出生在大埠的唐人埠，家里有九个孩子，他排行老三，一家人温馨融洽。他父亲是一位草药医生，母亲是一位受过良好教育的上海女性。李是第三团队（Troop Three）——美国第一支华人童子军团（Boy Scouts）——的创办人，也是在美国出生的华人中间走出的第一位卫理公会牧师。他在太平洋学院（College of the Pacific）获得了文学学士学位，在加州大学伯克利分校获得了政治经济学的硕士学位。然而，他没能在美国白人开办的公司中谋得差事，于是决定到天使岛移民拘留所担任华人译员。从1927年到1938年间，李一直在这里工作。1938年，他从这里辞职，成为了屋仑华人联合卫理公会教堂的全职牧师。

李与他人合伙创办了太浩湖埠（Lake Tahoe）华人基督教青年会议、美国华人教会全国大会，还是第一位亚裔美籍牧师被委任为东方临时会议负责人。他从自己在天使岛的工作经历中汲取经验，创办了两个循道教会机构，对第二次世界大战以后那些重新在大埠湾区安家落户的中国战时新娘和难民予以帮助。鉴于他在克服教会内部偏见方面的成就及为华人社区提供的服务，太平洋大学于1952年授予他荣誉神学博士学位。李华镇牧师于1970年退休，退休之后他仍然是教会与很多社区服务团体的积极分子，直到1996年离世。

以下事迹记载了李在天使岛上担任移民译员时的人生经历与深刻见解，资料来自两份口述历史访谈以及李的传记《李华镇牧师简传》（*Growing up in Chinatown: The Life and Work of Edwar Lee*）。[1]

移民拘留所职员在行政楼前，1937年。李华镇为第四排右数第四位。加利福尼亚州立公园藏

我当时刚刚从加州大学伯克利分校获得了政治经济学的硕士学位，正准备找工作，申请了几家商业公司但都以失败告终，得到的答复不是这里不缺人手就是雇用东方人违反公司规定。我在华人卫理公会的活动中做习牧师，得以结识女执事凯瑟琳·毛雷尔。她问我是否愿意到移民局工作，我说愿意试试。于是，她便安排我去见检察总长琼斯（P. B. Jones）先生。我到天使岛那儿和这位先生见面，面试之后当时就被录用了。那个时候选择口译员的主要标准是看他应对中国各地方言的能力。我在唐人埠长大，教过中国移民英语，可以用四邑、三邑、中山等地的方言与人交谈，毫不费力。[2] 我就这样拿下了口译员的工作，并不知道这份工作一干就是十年。在那个年月，中国人根本没有可能成为检察官，即使你有再高的学历也不行。我知道在整个社会系统中普遍存在着种族歧视，但是我依然觉得自己可以在为当局服务的同时也为中国移民做些事情。

　　我们那里最多的时候有9个华人口译员，所有人都要通勤上下班。我当时住在伯克利。每天早上，我要先步行穿过两个街区坐上火车，抵达码头后再乘渡轮到大埠，从那里走到5号码头，赶8点半的政府快艇到达天使岛。我们通常是在9、10点钟开始工作，中午休息一下，下午4点半下班，在5点以前回到大埠。我们每周工作5天，工作相当不错。刚开始的薪金是每个月130美元，当时唐人埠杂货店的伙计每个月才挣30美元。20世纪30年代前，我们不算是公务人员，因此没有津贴，可能随时走人。但是我们一年有30天的病假。口译员之间交情很好，但是口译员与检察官关系较淡。原因显而易见，就是我们不想让人们觉得我们和他们是一伙儿的。我在那里工作了很多年，但一次也没有参加过他们的年度野餐。

　　同一案件的审问不会从头到尾用同一的口译员。检察官们担心译员和申请人之间合谋，于是会在一场诉讼中安排两三个译员担任翻译。一个译员为父亲翻译，一个译员为儿子翻译，一个译员为母亲翻译。这样一来，案子就会往后拖，一天、两天、三天……录取口供时间的长短完全取决于案件是否复杂。他们会问到亲戚们叫什么，村子里有多少人家，乡村生活的方方面面，申请人早先在中国做什么营生，等等。有时候，父子之间的证词存在出入，这种情况下，他们就会打电话把父亲从大埠叫过来。盘问时间的长短还取决于检察官，看他是否啰唆、拖延、问这问那。有些检察官若是觉得哪里有问题，就会抓住不放，问个不停。审问一个案子时，他们的速度非常快。遇到连审两场——初来乍到美国的母子——或连审三场——一家三口，便会花费更长时间。父亲一方可能在这边已经有了几个儿子，那么这几个儿子也要出席作证。有时候则是朋友或同乡作证。因此你要向申请者的两三个证人套取口供，然后你还要对申请人进行盘问——一两次或者更多。如果唯一的证人住在外地，如纽约或芝加哥，他们就会通过纽约或芝加哥的办公室获取口供。因此，判定某些案件十分耗费时间。

移民申请人都十分年轻，就其本质而言，你要是到了21岁，就不能申报报称自己是美国公民或商人的子女来申请移民了。若是报称商人的妻子，年龄则不受任何限制。但是，没有谁愿意把一个老妇人带到美国来。在问话过程中，有的人非常冷静，一副漠不关心的神情。你问一个问题，他们答一个问题。有的人则非常紧张，这时我通常会提醒他们平复一下情绪，抓紧时间作答。有的人性子比较急，习惯向人挑衅，抛出"你为什么要问我这些问题？"等等，不一而足。总的来说，我觉得移民申请人（即使是妇女、儿童）表现出的坚忍非常值得称道。他们实事求是地看待问题，知道案件可以上诉，他们最终都能获准入境。

有一回，一名曾经做过妓女的中国妇女申请入境。她来时乘坐的是一等舱。有人向当局提交了针对她的"检举信"[3]，于是当局拘禁了她。一般来说，一等舱的乘客下船之后直接获准入境。但是他们将她带到了天使岛上并对她进行了详尽的盘查。这名妇女用手打了检察官。她对要回答的众多问题与检举信中的不利证据异常愤怒。我在那里工作了多年，那是我唯一一次看见中国妇女打检察官。不消说，她被递解出境。

审讯冗长乏味，内容又十分琐碎，任谁都难免会跌跟头。我给你讲一个有趣的事情。有一个案子涉及一家三口。一位母亲带着她的两个孩子同时接受问话，检察官问道："你们家养狗吗？"如果你们住在一起，就应该知道家里养狗还是没养狗。要是狗是家里宠物的话，就更应该知道。这位母亲回答："养，我们家养了一条狗。"一个儿子也说："养，我们家养了一条狗。"可是另一个儿子却说："不养，我们家没养狗。"于是，他们再一次把这位母亲和她的第一个儿子请了进来，他们还是说："养，养狗，我们家里养了一条狗。"然后他们又把另外的儿子叫了进来，问："你刚才是说家里没养狗吗？""噢，我们家以前养过一条狗，但是我们在来这儿之前就把狗给吃了。所以现在家里没有狗了。"呵呵，这是真事。他离开家的时候，家里已经没有狗了。要是不这么说的话，一家人住在一起，两个人说家里养狗，一个人却说没养狗，这样的口供出入后果十分严重。

专门调查委员会由三个人组成，两名检察官（其中一人担任主席）和一名速记员（负责记录下所有的证词，同时也拥有裁决的权力）。译员在裁定中不起任何作用。我们的工作就是翻译检察官提出的问题以及申请人所做的回答。但是涉及申请人的方言，我们就可以提出自己的意见。因为要是我说儿子讲的是中山方言，另一名译员却说父亲讲的是台山方言，那么检察官就会立刻发现其中的可疑之处。当然了，检察官接下来还会对家人彼此相貌是否相像做出判定，判定会被记录下来。这是非常重要的一点，因为通常情况下，要是上诉案件，相貌上的相似是非常重要的依据。

对于是否批准申请人入境美国，委员会成员的意见在多数情况下总是一致的。偶尔也会出现其中某个成员与主席意见相左的时候。在盘问结束前，这个成员可以陈述他的不同意见。我记得有一次，一名女性速记员与两名检察官的意见不同，她两眼饱含着热泪和委员会主席吵了起来。她认为两名检察官对于申请人持有相当的偏见，于是投票予以反对。所以说，在一个案子中就连速记员都有审讯申请人并做出裁定的权力，而我们这些译员却没有任何发表见解的机会。

总体来说，我觉得检察官是好人。大多数检察官十分公正，不偏不倚。年事已高的乔治·华盛顿·肯尼（George Washington Kenney）就是其中的代表。他说："我不介意他是不是冒名顶替。只要他能够通过我的问话，我就批准他入境，同时祝他好运！"真的，那样做是很公平的。毕竟，他回答对了所有的问题。此外，还有一些检察官非常"专业"，他们戴着歧视的有色眼镜，对中国人全无好感。这种检察官会专门刁难你，不准你入境。他们在那里工作，日复一日，总是问同样的问题，于是变得非常不耐烦，容易发火。他们本应该对新来的移民和善一些，但是有些人根本做不到这一点。

我记得有这样一个案件。一个人拿着美国出生证明登陆，获准入境。之后，又来了一个人，申报的身份与之前的那个人完全相同，他说自己在美国出生，但是出生证明被人盗取了。由于被拒绝入境，他于是提出上诉，华盛顿特区认为他的申诉真实可信，早先来的那个人可能是盗取了他的证件，于是做出维持上诉的判决。接着，来了第三个人，他所申报的身份也与第一个人相同，并且指出前面两个人都是冒充的。于是，这一案件转到美国地区法院，他也获准入境。法院坚持的立场是无论有多少人是冒名顶替，总有一个会是本尊，现在没有证据证明第三个人不是本尊。所以说案件审理当中还是存在一定程度的公平的。

令人惊讶的是，在我的印象里，被拘人员中没有谁因为得知自己未能获准入境而精神崩溃。但是，我在那里工作期间，在女子营地发生过一起自杀的案件。这名女子计划前往芝加哥。她带着一个真儿子一个假儿子。我记得很清楚，两个儿子中有一个人属于冒名顶替。她得知自己未能获准入境，便觉得整件事都搞砸了，她有可能会被遣返回中国，这是很难堪的事情。于是，她削尖了一支筷子，把它从耳朵那里插进了大脑。当场死亡。华盛顿甚至还没来得及仔细审理这一案件，主任已打电话给华盛顿报告了这一自杀事件。于是，立刻得到了"批准他们入境"的回复。就这样，当局批准她的两个儿子入境。

我觉得至少有一半的人员未能获准入境。这么说吧，抵达美国的每条船上都载有95个儿子和1个女儿，这很容易就可以判断出其中很多人属于冒名顶替。我们不妨承认这一事实。上诉到华盛顿的案件中有60%到70%会维持上诉，通常上诉原因是基于所提问题不公平或是含有明显的偏见。那时还不能做血液检测。案件审理只能是以你在问话中的表现为依据。只要能够通过问话，你就可以获准入境。

托我贿赂移民检察官的情况不多，但我记得有一两次。我说："哎呀，不行，不行，不行。不要浪费钱啦！"有些时候某人向你行贿，会让你觉得很是尴尬。你告诉他们你不想要这些钱，他们转过身去会说"那是因为你觉得钱太少了"，再不然就会指控你不愿意帮忙，对祖国或同胞没有爱心。但是，我们不得不保护自己免于遭到移民申请人的指控。通常情况下，都是包位——负责打理移民案件的经纪人——告诉他们"我必须给移民检察官和译员送钱"，但是实际上，是他把钱揣进了自己的口袋，只是盼着案件可以通过。若是案件没能通过，他便会告诉他们这都是贿金不够的结果。

我记得有一次到桂尔罗（Gilroy）去参加一个听证。案件关乎一个草药医生，他希望自己的妻子能够以商人家属的身份入境美国。于是，我们到他的店铺里进行了问话。时值隆冬，我穿着一件很大的外套。我在店铺里待了很长时间，于是我把外套脱掉，把它放到了柜台上面。他说："我替你把衣服挂起来。"于是，他把衣服拿到了店铺后面挂好。离开店铺的时候，我发现口袋里面有钱。我记得是不多——20美元。我不会为了这点钱违背操守，但我也不能把收到20美元的事情报告给检察官，因为我若是这么做了，这个案子就危险了。但是我从来不会索取贿赂。那只是一笔喝茶的小钱而已——他们希望你能替他们说句好话。

我们的口译服务在其他一些场合也有用武之地，像是在信件中搜寻作弊用的字条，或是进入社区调查案件等。我记得有一次，那里爆发了一场伙食骚乱，于是当局安排我们去平息事件。你知道的，食堂承包商仅靠轮船公司数量有限的拨款来支付被拘人员获释之前伙食的开支，有的时候拘留时间长达六周、两个月，甚至三个月。因此，很自然地，轮船公司在给饭堂承包商伙食费的时候总是会想方设法少拨些钱。接下来饭堂承包商雇用华人员工，也想尽办法让每餐的费用降至最低。另外一个问题则是，按照最初的设计，这里的厨房是为美军提供大量的美式饭菜的。因此，这里有的是蒸笼，却没有锅子。你可以想象到有什么困难。没有锅子做中国菜，然后买最便宜的米放在蒸笼里蒸。于是，被拘人员受不了这样的伙食便发动骚乱，就在这个时候，他们安排我们去安抚大众。

在我看来，有过天使岛经历的中国移民确实可以说是饱受磨难。他们长期被囚禁在一个狭隘的空间里面，这种经历特别难受。通常来说，他们的案件至少需要等上两周才会进行问话，若是未能获准入境，他们等待上诉的过程可能会耗费三个月到半年不等的时间。在这段时间里，他们的境地很是悲惨。这都是《排华法案》造成的恶果。你觉得当局可能会想出更好的办法来解决这些移民问题。但是，大多数移民检察官会觉得，"我们并没有邀请他们来这个国家。是他们自己申请要来这里，于是让他们证明自己有资格来这里便是情理之中的事情"。对中国人来说，他们意识到，尽管移民法律和政策歧视华人，但是最终诉诸上诉之后他们获准入境的机会很大，于是他们也愿意忍耐一下。说实话，目前的系统是最好的。为什么我们要把他们带到这个国家，对他们进行听证，然后再禁止他们入境呢？为什么我们要见证那么多撕心裂肺，花那么多钱，找那么多麻烦？在香港提前把案件查个水落石出——这才是最佳的解决方案。

1　根据 1976 年 5 月 8 日和 1984 年 4 月 9 日对李华镇的采访；另见 Moonbeam Tong Lee, *Growing up in Chinatown: The Life and Work of Edwar Lee*, 1987。

2　四邑地区包括新会、台山、开平、恩平，三邑地区包括南海、番禺、顺德。

3　向移民局官员检举非法入境人员的匿名信件。

1935年至1970年间，李华镇担任屋仑华人联合卫理公会教堂的牧师。李晏甯藏

阮兰香："无金可淘"

编者注：1982年，为了要举办一个有关中国妇女历史的展览，我采访了阮兰香。那是我们第一次见面。阮兰香当时74岁，个子不高，精神很好。1928年，她刚结婚不久就来到美国，一心梦想着在金山发家致富。为了规避排华法律，她不得不使用假女儿身份，报称自己随父亲与兄弟——实际上是她的丈夫与堂弟——前往巴黎旅行，属于享有豁免权利的人员。她对过往的细节记得十分清楚，对于天使岛上的经历以及获释之后在美国中西部小镇上打拼的岁月也十分坦诚。

阮兰香离开乡土前往美国之时，曾向自己的母亲承诺十年之后回家。可是，她一直到1965年才实现当初的诺言。到那个时候，她的母亲已经过世了。尽管她没能实现自己过上富足悠闲日子的"金山梦"，但是她在工作和家庭方面获得了成就感。阮兰香在芝加哥安家立业，一直在这里生活，直到93岁去世。以下事迹根据我对阮兰香的那次访谈以及1992年至2001年间对阮兰香女儿黄美莲的几次访谈整理而成。[1]

1908 年，我在新会县潭冈村出生。我的祖父和父亲在相邻的南头镇开了一家麻厂。陈家和林家长期不和，我们被夹在中间。结果，在一场大火中，我们家的房子被烧成灰烬，一家人不得不去投奔外海村的外婆。我们家没有太多的钱，只是将一些铺盖和衣服装到几个大篮子里，然后雇了几个人帮我们把东西运到外婆家。当时我只有 4 个月大，我哥哥不过 2 岁。

我 7 岁那年，一家人搬到了香港。我们在香港的日子很苦。我父亲在一间家具商店里工作，一天只有几美元的进项，因此，我们只能租一间房，一家四口蜷缩其中。后来，我妹妹出生了。我得帮着母亲打水，洗衣服，做饭，带孩子。我哥哥 16 岁那年跟着一个木匠学手艺，他得去给人家做学徒。当时社会上的女子教育刚刚起步，但是我母亲是不会送我去上学的。一来是时间不允许，二来是家里没有钱。用过晚饭，我得帮着家里做藤椅。由于我母亲缠过足不能外出，家里买东西的事情也落在了我的肩上。因此我没有玩耍的时间，甚至连睡觉的时间也很有限。

我一直住在香港，直到 20 岁结婚，才离开那里前往美国。我老头（丈夫）哈利·黄 （Harry Wong） 有一个朋友曾经和我父亲一起打过麻将，他成了我们的媒人。我丈夫是一个金山客，在印第安纳州韦恩堡 （Fort Wayne） 开了饭店。他说他在美国每天可以赚到 200 美元。我父亲问我是否愿意嫁给他。我想了一下，一家人睡在木板上，勉强糊口，真是穷困潦倒。从我们的住处可以看到港口，那里停泊着很多大船。每次听到轮船的汽笛声，我都会看见所有的金山婆在这里下船，她们把全部珠宝都戴在身上，后面跟着妹仔。我想金山肯定是一个好地方。因此，我没有回答父亲。要是他让我嫁，我就嫁。

我丈夫回老家安享晚年时已经 50 岁了。他在江门生活了两年之

阮兰香在香港，1928 年。
里奈尔·马歇尔 (Linelle
Marshall) 藏

后，又被他的叔叔叫回韦恩堡帮着打理饭店的生意。到那个时候，他的移民文书已经过期，于是他不得不到香港去解决这个问题。他弄到了李卫民的身份以及相关的证明材料，于是问题得以解决。证明材料显示李卫民是一个45岁的商人，目前正带着16岁的女儿李香和11岁的儿子李森前往欧洲旅行。我们结婚之后，我随他前往美国，报关时我的身份是他的女儿，我表弟林森的身份是他的儿了。

我们一同乘坐"天洋丸"号（*Tenyo Maru*）抵达美国。船在海上行驶了21天，在这期间，我一点也没有晕船。船上有很多中国人，但是大多都住在统舱里面。我们买的是二等舱的船票，因此有一个可以容纳三个人的私密舱室，不但可以到甲板上散步，也可以到一等舱饭堂用餐。我们从未错过任何一顿饭——6点在自己的房间用早餐，8点在饭堂用第二顿早餐，12点用午餐，下午3点喝下午茶，6点用晚餐，晚上9点吃宵夜。我丈夫装作是一点英语不懂的新到移民。但是他糊弄不了那些服务生，他们都说他的穿着、举止、使用刀叉的方式都很像美国人。

抵达大埠时，我们以为只须在船上接受检查。但是那天是周六，我们不得不到天使岛去。我丈夫和李森住在男子营地，我住在女子营地。在审口供时，我们都没有回答对问题。他们当时非常严苛，我们之前也并没有为接受审问做任何准备。他们问到各种各样的问题，涉及村子里使用的炉子的型号，地上的瓷砖，甚至台阶有多少级。那些年我一直在香港生活，并不太记得村子里面的事情。他们问到厨房里物件的摆设以及你们家往上三代的谱系。有谁能记得住这些呢？

由于我们未能通过问话，他们便不准我们入境。因此，我们不得不将案件上诉。从11月底到来年1月初，我一直困在天使岛上。我还记得那位耶稣婆（教会女执事凯瑟琳·毛雷尔）在圣诞节给我们每个人带来一个包裹，里面装着一些布料、一个牙刷、一条毛巾以及一些糖果。有一个从香山县来的妇女和她的儿子、女儿在那里待了三年。她丈夫说错了话，把她的名字说成了第一任妻子的名字。当时见到圣诞树时，她说自己已经见过三次了。三次啊，你能想象得到吗？

编者注：根据李卫民的移民档案，这位父亲是一位诚实守信的商人，拥有价值2 000美元的黄金和一张旅行护照。他和自己的儿子、女儿一道准备前往巴黎旅行，途经此地。他们到达天使岛六天之后，专门调查委员会对他们每个人进行了两次盘问，涉及家庭背景、广州的生活习惯，以及孩子们上学的情况等。父亲与女儿准备得不充分。问及他的旅行护照，他的口供前后矛盾；问及他们的住所、妻子或母亲去世的时间、儿子的出生日期，他们的证词之间存在很大出入。女儿对许多问题都回答"我不知道"。最终他们被拒绝入境，理由是这位父亲不像是一位诚实守信的游客，而孩子们也不像是短期游客的子女。这位父亲决定将这一判定结果上诉至华盛顿特区的劳工部。在等待案件上诉期间，这一家人被拘留在天使岛上，时间前后长达一月有余。[2]

我所居住的女子营地是一个很大的房间，里面都是三层的上下铺。我们只使用下面的两层。小孩子们通常与他们的母亲住在一起，睡下铺。所有人都是勉强度日。这里有新会人、香山人，也有台山人。那时候妇女不多，但每艘船上都会有一些妇女不能通过审问。我们不是获准入境的游客，不能和任何人说话，也不能直接接收信件和包裹。他们害怕会有作弊用的字条被裹挟进来。每到开饭时间，女舍监总会高声喊道："吃饭，吃饭！"每次我们下楼前往那间大饭堂，总是有一个番鬼站在门口监视着我们，担心厨房员工会在暗中把作弊用的字条递给我们。大家都知道他们会把字条藏在盛饭的盘子底下。你得把字条带到楼上去，躲在厕所研习。接下来你还得点燃一根火柴，把字条烧掉，然后用水冲走。

那里有一张长桌，每端放着两盘菜。你知道是什么吗？通常是金针炖猪肉或者芥菜炖猪肉，不限量，想吃多少都可以。花上25美分你还可以吃到煎火腿蛋等额外的小碟。幸运的话，会有朋友从大埠寄来一些鱼罐头或是熟食。

很多时候，我们待在有通风的过道里，看年轻人在外面玩球。人们可以玩玩乐器、看看鸟、做做针线，很多事情都可以做。需要什么东西，那位耶稣婆会帮忙买来。我想做些手工针线，于是托她买了一些东西。时间过得很快。我们每天吃三顿饭，之后就是等着有人通知我们何时可以入境。有人走了又有人来，这里总是人来人往的。答对了问题的人可以进城，答错了的只能就此止步。有个妇女说她在这儿见过三次圣诞树，有人像她一样在这里待了很多年。我们困在岛上期间，有一个妇女被递解出境。花了那么多的钱，却是这样的结果，让人很是伤心。

编者注：1928年12月31日，这家人每人交了500美元的保释金，获得入境六个月的资格。移民档案中一封日期标注为1930年1月9日的信件显示，"这些外国人消失得无影无踪"，直到1952年当局才找到他们，准备将他们递解出境。据阮兰香说，他们从天使岛获释之后，夫妇二人乘坐火车去了芝加哥，在那里停留了一周，之后又前往韦恩堡，并在那里住了下来。他们入境以后，她丈夫重新使用自己的真名——哈利·黄。她的美国名字——海伦（Helen）——是她1956年申请加入美国国籍时女儿们给她取的。

那些想要品质的人买 WHITE CROSS BUTTER
"Made in Ft. Wayne"   "Delivered fresh Daily"
Those who want QUALITY Buy

在印第安纳州韦恩堡 (Fort Wayne, Indiana) 上班时的阮兰香，1930年。里奈尔·马歇尔藏当时韦恩堡的中国人很少，只有两家餐馆和两家洗衣房，也都由单身汉经营。我成了那儿唯一的中国妇女。我没有社会交往，因此觉得很是孤独。我们住在温馨之家饭店（Cozy Inn）楼上，这家饭店提供中美两种样式的餐饮。我几乎是刚到这里就系上围裙下厨帮忙了。削薯仔、切菜、淘米、做饭，凡此种种。我那时很年轻，并不觉得工作有多辛苦。一有空闲，我便带着一岁的女儿丽莲去逛折扣商店。没有人打扰我。每逢周二、周四和周六，韦恩堡会有露天的集市。因此，到了晚上，我会到那里走走。生了第二个女儿美莲以后，我就不怎么出门逛街了。

我们刚到那会儿，这家饭店生意还不错。光是在客人用午餐的时候我们就可以挣到200美元。但是接下来发生了经济大萧条，境况艰难起来。人们失业以后，没有钱去消费了。午餐时间我们只能挣到2美元。一年以后，我们付不起租金，饭店只好关闭大吉。我们搬到芝加哥，在那里住了一年。联邦政府给贫困家庭发放腌牛肉、椰菜、薯仔和面包等物资，但是我老头儿不敢去排队领取。没有办法，他只得到唐人埠向投机商借钱。一袋100磅的大米只需要花80美分，这么便宜我们家还是买不起。

我们租了一套内含六个房间的公寓，每月支付19美元，只是没有电。就连我儿子威廉出生时，我们都用不起电。家里每周只能买一蒲式耳的煤来度日。到了冬天，所有的窗户上都是霜，我们关上所有的门，待在一个房间靠着敞口炉取暖。我们要穿好几层衣服，两个女孩儿就裹在毯子里面。屋子里的气温只有40华氏度。一年以后，有一位朋友开了一家洗衣房，于是，我们搬到了印第安纳州的安德逊市（Anderson），帮他做事。就这样，我们开始接触到洗衣业务。

我们住洗衣房楼上的两个房间。家里的老四爱莲在安德逊市出生。我们帮人家洗衣服、熨烫衣服。工作很辛苦，工作时间很长，不管什么事情都要自己来做。周一到周六我们都得上班，要是没能按时完成任务，即使是周日也要加班。有时候，周日我还要打扫房间。这样的日子我们过了四年。后来，他侄子从香港过来，惹了麻烦，我们不得不离开这里，前往印第安纳州的科科莫（Kokomo），我们在那里开办了自己的洗衣房。

科科莫是一个小镇，距离安德逊市100英里。我们还是住在店里。生意马马虎虎。刚开始，我们每周只能挣20美元，后来每周可以挣到100美元。工作依然很辛苦，起早贪黑，每天要洗熨100件衬衫。要是做不完，周日就不能休息，不能睡觉。有人来取洗好的衣物，我就到前面帮忙。即使我不认识字，我也可以凭着号码找到包裹。除了外出理发，我们没有时间做其他事情。就这样，一过又是四年。后来，孩子们的父亲（哈利）去世了。当时正在打仗，周遭雇不到人帮忙，我自己又应付不过来，于是我们搬到芝加哥生活，去帮哈利的叔公做事。

他的店面名叫邓记（Dong Kee）面包房，我在那里上班。每天工作十个小时以上，每月收入只有20美元。下班以后，我还要给全家人做饭，做全部的家务，幸好孩子们可以帮些忙。从1944年到1952年，我在那里待了大约有八年。这份工作谈不上好与不好，只是可以吃饱，有个地方住而已。银行里存不下什么钱。但是宽裕些的时候，我就会给香港的家人寄些钱。

离开邓记面包房以后，我又到纳贝斯克（Nabisco）饼干厂上班，在那里折叠盒子，往盒子里面装饼干。住在隔壁的一个意大利人给我介绍了这份工作。我是这里雇用的第二个中国妇女。每个人对我都很好，喊我"妈妈，妈妈"。他们问我为何从来不向工会发牢骚。对我来说，真没有理由那么做。我乘坐巴士抵达城市西区，冬天早上5点10分出发，夏天早上5点半出发，需要换乘三辆巴士。下午3点15分下班。刚开始工作那会儿，每小时只能挣到75美分，但是那些白人老板会不断改善你的工作条件——加薪、上保险、发假日津贴。每当晚餐时分回到家里，我都是疲惫不堪，直接上床睡觉。这份工作我做了29年。我于1977年退休，当时他们还为我举办了一个盛大的庆祝会。

我在美国日子过得还不错，但我还是得承认我的金山梦从来没有实现。我没能成为一个富有的金山婆，一生只是如同奴隶一般地辛苦工作。1928年我抵达美国，当时东西很便宜。青豆每磅2美分，猪排三磅才卖25美分。但是人们没有钱消费，家里也没有吃的。当时我们只是看到金山婆戴着珠宝首饰，穿着高档衣服，跟着妹仔，却根本不知道她们是怎么做到的。所以，我们才会觉得在金山生活特别轻松。但是这里无金可淘，相反，这里有的只是辛苦的工作。

1　根据1982年6月17日对阮兰香的采访。
2　File 27442/2-4（Lee Wai Mun 李卫民），Immigration Arrival Investigation Case Files, RG 85, NARA-SF.

1943年丈夫去世后，阮兰香（就座者）与四个孩子搬到芝加哥。从左至右：黄爱莲、黄丽莲、黄美莲、黄威廉。里奈尔·马歇尔藏

郑文舫：金山客的自述

编者注：郑文舫于 1913 年 7 月 9 日生于香山县隆都镇庞头村。家里有四个孩子，他是唯一的儿子。郑读过八年书，后来找到一条门路前往金山实现自己的梦想。他买到"假纸"，获得了新的身份——美国公民苏庄翁（Sue Chong On）之子苏索舫（Sue Sow Fong）。1931 年，郑登上"麦金莱总统"号（*President McKinley*），前往旧金山。抵岸之后，他在天使岛上遭遇了"粗暴的对待"，先前对美好生活的向往受到现实的碰撞，他才猛然间如大梦方醒。他在天使岛上被囚禁了三周，愤怒之中，他决定给家里写信，陈述本事。多年之后，他说道："我想让我的同学们都知道，美国并非世人想象中的天堂。实际情况是，我们在这里饱受屈辱。"[1] 他的文章《一个金山客的独白》在书桌上放了四年之后他才决定寄出去，并没有想到上海的朋友会把这篇文字投给《人间世》这份刊物。[2] 这份讲述中国移民如何回应自己在天使岛被囚经历的第一手材料饱含深情，弥足珍贵。郑当时考虑在自己的文章中援引五首天使岛诗歌，因此这篇文字也就成了天使岛诗歌最早的几种出版物之一。

郑文舫不仅把他的这篇文章推荐给了我们，还向我们展示了写有天使岛诗歌的笔记本。被囚天使岛期间，他从营地墙壁上将这些诗作精心抄录下来，凡99首。1976年，我们有幸访问了他。他对我们说："天使岛的墙壁上但凡是手够得到的地方都写满了诗歌，甚至连厕所的墙壁上也不例外。"郑还记得当时抄写这些诗歌时感到万分悲苦。"这些诗歌算不上伟大的作品，"他说，"但是这些诗歌饱含着真情实感。"

每一次从海外开来的洋轮放着呜呜的汽笛时，都见有发了洋财归国的邑人。他们打开皮箱，抄起刚由海外带回的金钱，以支配着一切物质，来做他温美的需求。

金山客回了家乡时所谈话说着的金山景致，和他们居家所享受的生活，煞是令人羡慕的。当然，在瞧惯他们享快乐的我，也没能拒绝这羡慕的情绪的奔临。因而要放洋的想念，便浸渐地染入了脑来。

岁月如去流，我在不知不觉的过程中，变成了一个青年，同时，金钱的压力，宛若从那世界不景的狂浪里，涌上了身心。于是找出路的思潮，也如狂浪般塞满了脑际。

三年前，家乡的黄梅熟时，我花了巨量银元，终找出来美的途

郑文舫，1932年。郑笑浑藏

径，再届荔枝红时，便含酸忍苦，离去父母支理着最仁慈的家庭。

由中山县到香港，虽仅数小时就到；但驻留香港的美国领事，偏要我们去他国里的华人，须距开船早十余天的时候，到他那领馆去给他种洋痘，验身体，这据说是清养肺腑污渍，以预备去践踏他所谓净洁的国土。为了自己欲打出生活费的来路，和不愿徒受牺牲已花去了的巨量银元，我随着其他的同胞，一样地让他做过了这项莫明其妙的手续。然而，这手续所包含着的意义，我还没明了。

某日下午，那载过金山客归来的汽船，把我搬离了香港。

受了二十天风浪，船缆泊岸。同来的旧金山客，经过一层审问后，便放上了码头。而我们的新来者，就转换了一只小船，载到华侨来美必须经过的拘留所去。这所设于金门港的一个小岛上。

自过了小船后，我们的自由，便完全丧失了！当时他们——美国人——待我们的手段，直如待豕羊一样。的确，那时的碧眼儿，一定以为我辈华人，是从豕羊腹里产下来的。

我，背负被包，手提皮袋，在他们的狼威下，走入那拘留所时，眼腔和面颊，早给泪水洗透了！反抗，这是不行的；因到了他们的境地，而且言语也未通晓。

第一步，他们将我们关锁在一个铁网笼罩着的小房里；他们的意思，以为要这般办法，方可去报告给他们的长官。那时，我痛切国族的贫弱，自己的渺茫，和时事的幻变，把我们由豕羊堆里，幻变了做一群在囚笼内而将受烹宰的小鸟！

那日，天未亮，食过了早餐，直到黄昏，才闻唤吃的呼声。虽然，但也没觉饥饿，大概肚子已饱食了苛辱滋味吧！

续后，再驱我们到一间大囚房去，当然，他们俟我们入了该房后，便把房门，慎密地，关闭起来。

找妥了床位，就有几位久居那囚房的同胞，唤我去参加华人设在该囚房里的自治会，开会时，会的职员，详细地将住囚房的规划演讲给我辈新来者。集会的同胞，大概有二百余。

塑晨，后来一番测验身体。这一番的测验，又是专意的凌侮，专意地凌侮我们整个国族。医生要我们全体脱掉衣裳，在寒冻的海风吹拂之下，冷了许多钟头；然后照例地拍拍我们的胸怀，项背，而且要我们像猴子般，来跳跃给他们看。试问这样的动作，究属为测验，抑凌侮？

据说当我到那里时，还是属于轻易的。因从前多验一种绦虫症，便用起针来刺视同胞的血肉！

囚房内的自治会，购置着一具留声机，和很多唱片，小说。房外还有一个小范围的球场。这球场的四周，都如囚房一样地用铁网笼罩着的。我们从囚房过球场的门蹊，是在洋鬼的手里。房的内外，都有移民局派来守望的荷枪巡丁。如果你要从这囚房里逃走的话，他们必会送你到别一个世界去。这样，住在这房里的侨胞，他们是何等的自由，可想而知了！

房的内墙，四周都给侨胞写满了含有怨恨意味的歌，诗，词，联。我，为了住囚房而闲暇多，竟把这项文字，下在一部小册里，现在，也转录几章如次。至于平仄韵语，俱依原作，以免失真。

其一

"劝君切勿来偷关，四围绿水绕青山，登高远望无涯岸，欲上三藩难上难；生命堪虞君自重，斯言不是作为闲，尽任拨回家国去，觅些营业挨两餐。"三藩乃作（San Francisoo）之译音。

其二

"刻薄同胞实可怜，医生刺血最心酸；冤情满腹凭谁诉，徘徊搔首问苍天。"

其三

"梓里成群，千金不惜，图走美。同胞数百，巨资投掷，因埃仑。"（埃仑是Island的译音）。

其四

"飘零湖海倏经秋，万劫才过作楚囚，伍子吹箫怀雪恨，苏卿持节誓去仇，霁云射矢非多事，勾践卧薪却有由，激烈肝肠轻一决，苍天诺否此志酬？"

其五

"悉属同群事感哀，讣音递向故乡回，痛君骑鹤归冥去，有客乘槎赴美来。泪锁孤魂悲壮宇，愁牵旅梦到阳台；可怜药石施医误，险被焚尸一炬灰。"

上面的作品，足见来美的艰辛，苦辣了；其中竟有缘于被凌辱而悲抑致死者。当我抄到那等诗词时，感起万分惨痛，因而把自己的苦痛，也写入那部册子里，现再依原作，转录出来：

"离时父母恨忽忽，钦怨涟涟也为穷，欲免长贫奔海外，谁教命舛困囚中，侵凌国族悲时切，未报亲恩抱罪隆，今也鸣虫哀冷夜，不单幽咽苦喉咙。"

我在那囚房里，共留了二十天，中有两天是讯问口供的。在第二十天的下午，才获许可而转乘小轮船，踏上幼年时就误认为天堂的金

郑文舫一家在旧金山自己家的门前，1955年。从左至右：郑文舫与妻子李美欢，女儿郑笑陈，三个儿子郑笑聪、郑笑浑和郑笑武。郑笑浑藏

郑文舫的一次中国之行，1972年。郑笑浑藏

山去。

　　我们到外国，是有如许的波折；然而，人们来我们的国里，又是怎样地写意呢？想想吧！大家想想而别忘记吧！

追录于民二四，一，一六。

　　编者注：郑文舫入境之后，取了一个英文名字，叫作斯迈利·郑（Smiley Jann），从此开始了自己在美国的新生活。他从加州圣巴巴拉市（Santa Barbara）起步，先是在一位亲戚经营的干货店里上班，后来又去了一户有钱的人家做男仆，在此期间他还修习了中学的课程。1938年，郑回到旧金山，在这里谋得一份服务员的差事，并且娶了李美欢。夫妻俩育有四个孩子。郑曾经尝试着在加州的卢米斯（Loomis）经营农场。后来他一门心思做食品杂货生意，经营旧金山西区市场（West Side Market）长达三十多年。郑打破种族界限成为旧金山批发杂货商协会（San Francisco Wholesale Grocers Association）有史以来的首位华人会员。他还是同善堂的董事，帮助同善堂为所有会员设立了奖学金项目。"我觉得要是我没能够功成名就，我的下一代一定可以。"他对我们这样说。

　　郑文舫引以为傲的是他目睹了自己所有的（四个）孩子大学毕业，其中两个成为有名的牙医，一个当了教师，一个做了电脑程序员。但是他从未对孩子们提及自己在天使岛的那段经历。为了获得美国国籍，1959年，他自愿参与了当局启动的坦白方案并且恢复了自己的真实姓名，即使在这之后，他也没有对孩子们提过天使岛。1963年，他正式成为美国公民。[3] 据他儿子郑笑浑讲："他告诉我们要把苏姓改为郑姓，在此之前，我们甚至都不知道他参与了坦白计划。"[4]

对此他没有再多说什么，但是他的孩子们的确注意到在这以后他们的父亲可以定期地到中国走走了。郑文舫于1997年去世，享年84岁，留下一整笔记本的天使岛诗歌，题名为《秋蓬集：集弱者心声卷》。

1　根据1976年1月4日对郑文舫的采访。

2　郑文舫的这篇文章刊于1935年3月5日出版的半月刊《人间世》，第15—16页。

3　根据美国联邦调查局于1959年6月2日进行的调查，郑承认自己于1931年以假冒身份入境美国，并且说出自己的书面家庭与真正家庭中每个人的名字。经过一个简短审讯和犯罪记录调查，他以斯迈利·文舫·郑（Smiley Mon Fong Jann）的身份获得了永久居住权。Alien File A11814436.

4　根据郑笑浑2009年7月18日写给杨碧芳的电子邮件。

谢创：囚禁天使岛

编者注：1905年，谢创生于开平县塘口镇以敬村，家里有五个孩子，他排行老大。父亲移民美国之时，谢创只有4岁。他接受过小学教育，年纪不大就开始投身于革命活动。1922年，他娶关少高为妻，两人育有一女。后来他在父亲的召唤下前往美国。谢坦言，他将自己的家庭与热衷的革命事业抛开，眼含热泪越过太平洋，没想到却被困在了天使岛。1981年，他在接受一位报纸记者采访时回忆了在天使岛上的经历。"我在那里被囚禁了四十多天，在这期间我总是在想中国怎么就到了饱受外国列强欺凌的地步，我们中国移民又是如何沦落到备受外国列强压迫的田地。我觉得要是中国将来有一天成为强国，那么我们的地位也许会有所改观。天使岛上的那段日子大大增强了我的爱国之心。"[1]

从天使岛获释以后，谢创在旧金山的唐人街安顿下来。他白天到圣玛利学校读书，晚上则在父亲的水果糖果店里帮忙。他觉得自己的日子缺少政治意义，于是决定离开家人到外面独自打拼。他来到海湾对岸的圣拉斐尔（San Rafael），在那里开始读中学，并且找到了一份男仆的工作，住在主人家中。可是一年以后，由于失业，谢创不得不中断了自己的学业。在接下来的五年之内，他致力于发动群众支持中国的革命事业，并通过自己与旧金山华裔学生协会、工徐俱乐部、失业华人联盟以及美国共产党的关系把唐人街的工人组织起来。[2]

谢创的身份证照，1922 年。旧金山国家档案馆藏

1930 年，谢创因为从事企图颠覆政府的活动被捕入狱。两周以后，国际工人保障会（International Labor Defense）——一个与美国共产党有关联的合法组织——替他提交了 2 000 美元的保释金，他才得以获释。随后他立刻回归从事政治活动的老本行，他帮助华裔洗衣工人赢得了他们的第一次罢工，并且在唐人街带头发起了第一次为争取失业救济的群众性抗议。1931 年 5 月，他再次因为从事政治活动被捕。尽管有国际劳工保护组织将其案件上诉，他还是在天使岛上被囚禁了一年。最后，法院驳回了他的上诉，并且批准了他提出的经由德国前往苏联的意愿。

谢创在苏联停留了三年，这段时间他参观了许多工厂，还曾进入列宁学院（Lenin Acadamy）学习。他于 1935 年回国，在开平县教书。后来他又结了婚，生育了六个子女。他还领导了广东中部地区的抗日战争。新中国成立以后，谢创被委以很多要职。然而，1958年的时候，他因为对待地主阶级手段软弱遭到左派分子的清洗，到了"文化大革命"时期他又再次受到冲击。1979年，组织为谢创平反，恢复了他的名誉。1981年，谢创前往美国访问，三年后退休，享受副部级待遇。退休以后，谢创撰写回忆录，帮助海外华人与大陆家人取得联系，用他的退休金资助贫困儿童上学，为老年人提供福利。1995年，谢创因癌症在广州去世，享年90岁。[3]

谢创第二次被囚天使岛的经历节选自他的自传。这本自传用中文书写，并于1993年出版。[4]从一名中国共产党党员、被递解出境者的视角来回忆这段往事，这样的材料实属难得，其中包括许多细节和新内容，涉及伙食引发的暴动，自杀之前留下的诗歌，被拘人员内部的政治分歧，以及他们与中国驻旧金山领事、移民局官员之间的互动。写自传的时候距离那些尘封往事已长达62年，在他重述往事的过程中出现一些错误与误解实属情有可原。我在注释里面将可以判别出来的地方标注了出来。

谢创的自传《重洋难阻报国心》封面

天使岛，这是多么美好的名字啊！可是在20世纪30年代前，它在美国华侨的心目中却是个使人惊心动魄的地方。该岛位于距旧金山约5海里的金门湾内，面积10平方公里。[5]岛上没有任何居民，只有海军营房。[6]

岛上的交通运输均集中在统一码头，美国西海岸移民局的候审所设在岛上的山腰。凡从西海岸入境的新移民，尤其是远东人，都必须进所经过审问、查验，认为无伪造护照后方准登岸入境，至于等候驱逐出境的外籍移民，也被羁留于此。

这个移民候审所实质上是软禁所，与监狱无大差异。所内分设亚洲人（日本、菲律宾）、中国人居住的宿舍。由于当年中国国弱民穷，在候审所的待遇低于日本和菲律宾移民。以候审时间而言，日本籍移民到所后24小时即可离岛登岸入境，菲籍移民快者半月，迟者一个多月亦可准入境，唯独中国移民最快都得一个多月，甚至延滞在岛上长达两年之久，仍未获准入境的。这明显是因为国家积弱导致人民也受到歧视。至于食和住也比日本人和菲律宾人差。

中国人独住在一幢两层的砖木结构房子，[7] 每层面积约 150 平方米，各安放 3 层碌架床 4 排，房子所有窗户均用铁丝网封固，连房子南面仅有的一块作为给中国移民每天两次放风用的空地，都用 4 米高的铁丝网严密围住，移民到食堂用膳，看守尾随其后监视行动。日常伙食大米饭中多掺有隔宿饭，肉类以马肉[8]为主。候审者由于没有正当娱乐，行动受限制，于是聚赌成风，什么"牌九""番摊""麻雀牌"等赌具一应俱全。在候审所居留时间长的"老犯人"，则结成小集团，开设"小押"剥削难友。

在辛亥革命前赴美谋生的华人，多属走投无路，被迫卖身出洋的破产农民和小手工业者，也有少数没落户的书香子弟、教馆先生，这些人以为美国是金山，所以不惜卖田变产，以身抵押筹得旅费而远涉重洋谋生，岂料受美国对中国移民的苛刻条例所限，不能入境而遭退返国。不少人苦无出路，被迫在候审所内悬梁自尽。有的死前留下诗词或顺口溜，由难友将之刻在板壁上，日积月累，竟有百余首之多。

其中一台山籍书生，因口供不符，不许入境而自缢身亡。其遗诗我颇有印象，诗云："走投无路别家乡，乘风破浪渡重洋；一言之差河桥断，困囚木屋两年长。英雄难过美人关，进退两难夜静叹；谢绝浮生仅一途，冤魂飘荡莫奈何。"[9]从清朝到国民党时期，所有中国驻美使馆的官员都同样媚外求荣，从不关心侨民疾苦，而美国移民当局，为平息候审者的怨恨，经常邀请中国教堂的牧师到岛上慰问，宣扬资产阶级的"人道主义""自由、民主"和"物质文明"，这一切志在使候审者帖帖服服于他们的苛政之下。

1931年5月，我被美国政府关押后被送到天使岛。此时候审的华人生活与过去无异，只是增加了一个自治会组织，赌风比前几年稍敛。群众因受国民党的反共宣传，对蒋介石有好感，奉行"纪念周"活动，他们害怕共产主义运动。当我初抵候审所时，他们早已从中文报纸中获悉我是共产党员，都不敢接近我。有好几个月，我都显得很孤立，但我想即使被关押、被孤立，作为共产党人仍应该发挥作用。

我在一大群候审者中物色了几个年青人，以帮助他们翻译英语和教授英文的方式去接近他们，等到和他们交上朋友后，就以国内"九一八"事变的史实，教育他们若爱祖国就必须走抗日救亡的道路，而这正是我们共产党所一贯主张的。经过一段时间的相处和了解，他们对我的看法有所转变，我乘机组织他们座谈讨论，向他们宣传日寇侵华的实质和战争发展的趋势。这几个青年认为得益不浅，就这样，通过他们自己向大家传播。华侨一向爱国，对此十分关心，纷纷要求我向大家宣讲。国民党分子自然极力反对，认为让我讲这些无异宣传共产，而群众却认为，就算是共产党，只要宣传抗日救国，总是好事。经自治会召开大会讨论一致通过，由我在"纪念周"的集会上演讲。

我觉得国民党在候审所的政治地位开始下降，就干脆利用"纪念周"这一讲坛，宣传日寇侵华野心及其本性，指出国民党如何采取不抵抗主义，制止十九路军英勇抗敌，阐明我党一贯主张团结抗日的方针政策，群众非常爱听，鼓掌拥护。不久，自治会改选，原来的主席（国民党分子）落选，而我当选了。我取得自治会领导权后，针对群众急需改善生活待遇的心态，同自治会成员酝酿，要有所动作才能取得与警方谈判的可能，于是决定选择饭菜供应最差的那天发难。在进餐时，人们按预定信号，一齐动手向看守人员抛掷碟子、刀、叉，看守者毫无思想准备，吓得夺路而逃，顿时食堂内瓦砾遍地，刀叉狼藉，我们立即鸣金收兵。回到宿舍后，立刻召开紧急会议，估计即将出现两种可能，一是指挥者将马上被捕，二是移民当局被迫与我们谈判。针对这种情况决定，若当局要捕人，就由此次行动的组织者和指挥者主动承担责任，我和两名骨干分子当即表示，如要坐牢由我们去，决不牵累群众。若当局愿意谈判则提出如下条件：1.不再供应臭饭和马肉，增加菜的供应量，食具要清洁，讲卫生；2.活动场所每天开放3次，每次3小时。

第二天移民局局长请我们派代表前往谈判，大家推举我代表，我也乐得以自治会主席的合法身份出席。谈判刚开始，移民局局长就对我进行饵诱，声言首先要改善我的生活待遇，每天供应西餐三顿，苹果、香橙各两个，香烟一包。我当即表态，我来谈判不是为解决某个人的问题，我是全体中国籍候审者的代表，只能代表大家的意愿，如不接受，我们将斗争到底。局长见我态度强硬，只好答允接受我们所提出的要求，谈判胜利，群众额手称庆。

1932年2月，旧金山中国领事馆来函通知，总领事叶可梁将亲临候审所慰问同胞。自治会成员讨论，一致认为历次领事馆对我们的困难疾苦均是表面上答允竭力担承，实际上从不兑现，叶此行同样无诚意，我们要设法揭穿他的假仁假义，让他下不了台。果不出所料，叶偕一名牧师依期前来，重复奢谈国民党政府如何关心侨民的老调。大家气愤地质问他：为何上次领事馆答应向移民局交涉改善我们的生活待遇，事隔一年仍未兑现?! 叶解释为此类问题要循外交途径解决。对叶领事如此虚伪和官僚，群众嗤之以鼻，反驳说："岂敢有劳领事先生大驾?! 最近，经我们实行暴力反抗，迫使移民当局实际解决了改善生活的问题，何须什么外交途径? 可见你们推搪了事。"叶即说："总之，在美国势力范围内，你们今后千万不要乱动。"此语道破叶此行目的，只企图安抚一下我们，不要再滋生事端，给移民局惹麻烦罢了。所以大家又不约而同地斥责他，要叶今后不要以花言巧语，惺惺作态来欺骗群众。弄得叶老爷愧无以对。此时，群众又质问："困难当头，为何国民政府不支持东北的马占山，上海的蔡廷锴抗战?!"叶答："国家大事，岂能妄举?"大家愤然指责国民党只顾自己，不管百姓死活，对日不抵抗政策，是祸国殃民的祸根。弄得叶可梁恼羞成怒，碍于群众义愤，不敢发作，但见他的脸红一阵、白一阵，非常可笑。陪同的牧师始终一言不发，无言可为领事大人解窘，二人终于灰溜溜地滚回旧金山去。

我自被重押入狱，羁留在候审所以来，美国共产党一直没有停止过对我的营救。他们通过国际工人保障会出面，代我向地方法院起诉，坚持我有权留居美国，反对遣返中国，借以摆脱回国后遭蒋介石政权杀害的厄运。地方法院当然不同意他们的要求。他们又向美国联邦最高法院上诉，联邦高院对我这华人中第一名政治犯岂肯轻易放过，因此同样上诉失败。国际工人保障会的律师知我已无定居美国的可能，设法代我再一次向美国联邦最高法院申请准予自由出境。与此同时，美共中央通过美国产业劳工联合会发出号召，发动工人群众在各大城市进行示威游行，抗议当局将我遣返中国。最后，美联邦最高法院慑于群众抗议，被迫判我自由出境。美共征得共产国际同意，让我前往苏联，当时苏联和德国有外交关系，通过外交途径，我取道德国转至苏联。

谢创同志。谢军威藏

1932 年 5 月，我终于离开资本主义的美国，到工人阶级的国家苏联去。出境那天，我被押离天使岛转往旧金山警察局。该局局长向我宣布："你今后永远不能再到美国来，否则不但要罚款 5 000 美元，还要判 5 年监禁。"我笑着回答说："等我当上美国苏维埃的贵宾时，我一定会重访这个国家。"他生气而又轻蔑地说："你此去苏联投奔斯大林，能否调动 10 万红军来攻打我们？"我说："苏联红军决不侵略别国，她是保卫社会主义神圣国土的人民军队。"警察局长对我这样"顽固透顶"又敢于与他针锋相对的人显得十分无奈，只好迅速命令警察将我押上德国邮船。在船上，看见千百工人群众，高举着标语牌和迎风招展的红旗，在码头上送我离境，真使我心潮激荡，热泪盈眶，我向他们频频挥手致意。当船起航离岸，岸上工人群众雄壮的口号声不断，我肃立在甲板上，举手向亲爱的阶级兄弟致敬！直到他们的影子在我眼睛里消失，我心中默默地呼唤着：再见吧，同志们！再见啊，美国！

1　根据1981年旧金山《团结报》（*Unity*）记者采访谢创的记录，由张少书保存。

2　1927年，谢创与他人一道创建了旧金山华裔学生协会，以街头活动与群众集会来支持中国革命。1928年，他成为工馀俱乐部的领袖，该组织的首要任务是把唐人街的工人组织起来。美国经济大萧条时期，他创建了失业华人联盟，在唐人街组织群众游行示威，并且还参与了全市范围的反饥饿运动。Josephine Fowler, *Japanese and Chinese Immigrant Activists*, Rutgers University Press, 2007.

3　见 Him Mark Lai, *Chinese American Transnational Politics*, University of Illinois Press, 2010年，第182页；谢创，《广州本地历史》。根据方曼丽、谢军威2013年2月22日、25日及3月4日与杨碧芳往来的电子邮件。

4　见谢创，《重洋难阻报国心》，《广东党史资料丛刊》编辑部，1993年，第20—25页。

5　天使岛距旧金山4.83千米，面积3.1平方千米。

6　1863年至1946年间，在天使岛驻军的是美国陆军，而非美国海军。

7　拘留移民的那栋建筑全部为木制，中国人居住的房间约251平方米。

8　拘留营地供应的肉食主要是猪肉、牛肉，而非马肉。

9　其他几首纪念在拘留营地死亡华人的诗作，见诗歌第111首、112首。

余达明："只因中国彼时国弱民贫"

编者注：1911 年，余达明在香山县隆都地区下泽村出生。家里有四个孩子，他排行老大。他 4 岁那年母亲亡故。他父亲常年在外经商，最初在香港经营一家布匹店，1922 年以后前往美国打理位于旧金山市内的广东孖结（Market）。余达明在村子里上过学。当时他与祖母、继母和兄弟姐妹们住在一起，房子很大，有用人伺候。18 岁那年，家里包办婚姻，他娶了邻村的刘颖轩为妻。二人育有一个女儿。不久余达明的父亲让他以商人儿子的身份前往美国帮忙打理生意。从此之后，他有 14 年未能见到自己的妻子女儿。

余达明在华埠从事政治活动，因此我们才得以与他结识。在 20 世纪 30 年代那会儿，他参加了华工合作会与当地的工会，把华工组织起来支持中国国内的战事。1976 年接受我们采访时，他是华人进步会的活跃分子，积极投身于该协会改善中美关系的事业。余认识到我们这项研究的重要性，他十分乐意给我们讲述他在天使岛上长达半年的被囚经历。在此期间，他做过两任自治会主席，并且花了一些时间将墙壁上的 96

首诗歌抄录在一个笔记本上。他十分慷慨地把这个笔记本拿给我们看，并对我们说："年轻一代有必要了解早期移民美国先辈所经历的困难与痛苦，以及他们在天使岛上遭遇的艰辛与歧视。"1976年、1984年，我们曾经对他进行过两次采访。以下内容来源于这两次采访。[1]

1932年我来到美国。那个时候，日本入侵中国，我参加了抗日活动。我当时并不想来美国，只是我父亲坚持让我来。他希望我能在这边上学，同时帮忙打理他在都板街禽鱼市场的生意。于是，我以商人亲子的身份来到美国。我的证件都是真的，所以我从来没有对当局说过谎。

那年9月我登上了天使岛。我没能通过问话，不得不将案件上诉，就这样我在那里被拘禁了半年。[2]在木屋里面时间过得特别慢，真可谓度日如年。那种经历就像是在蹲监狱。我们被锁在屋子里面，除了封闭起来的活动场地，哪里也不能去。我们每天到饭堂吃三顿饭——早饭、中饭和晚饭。餐后回到宿舍，我们就又被锁在屋子里面。这时候我们想干什么都可以。有人打扑克、下中国象棋，有人则听唱片、读报纸。

患难之中，我们所有中国人都十分团结。自治会欢迎新到的移民，并且帮助他们适应宿舍内外的生活，了解岛上的规矩。我们鼓励人们捐款，这些款项用于购买书籍、学习用品、唱片、娱乐器具等。因为我在岛上被囚禁的时间很长，大家两次选我做自治会主席。当选主席之后，我最先做的一件事情就是与移民局官员进行谈判，要求他们给我们供应厕纸与肥皂。其他被拘留人员——德国人、意大利人、日本人——都享有厕纸与肥皂的供应，只有中国人例外。中国人要用这些东西就得请旧金山的亲朋寄来。我觉得这样十分不便，也不公平。最终移民局官员做出了让步，我们赢了谈判。

许多中国移民靠赌博来打发时间。我不喜欢赌博，很多人因为输钱而陷入极大的困境。于是自治会决定禁止赌博。番摊与牌九不可以再玩，但是输赢控制在一定额度内的麻将仍然可以打。这里有一大批孩子无处可去，又无所事事。于是我们便决定占用隔壁房间开办一所华文学校。我们当中受过一些教育的人轮流授课，教他们读书、写字以及算数。自治会的干事还帮助被拘留人员解决盘问口供方面的问题。我们在饭堂用餐总是坐前排那张桌子，可以吃到特别的小菜。如果饭堂的华人厨师走过来说"今天的鸡尤其不错"，那么很可能会有一张字条被裹在蜡纸里面粘在盘子底。我们会把字条带回楼上的宿舍，交给指定的人员。大家都知道，要是我们被守卫抓个正着，大家就会想办法确保字条不会被没收。在我当值的时候这类事情从来没有发生过。

大家都很焦虑。我也为自己的前途、未来的境遇感到不安。"我能获准入境吗？""我们能够逃离天使岛抵达旧金山吗？"这成为令所有人感到困惑的问题。一大批中国人为了能来美国而债台高筑，如今却身陷天使岛，因此十分沮丧。为了能够买到证件和赴美船票，有些人借的钱多达4 000或5 000美元。许多人为了能够前往美国卖掉了自己的房子和私人物品。他们无法面对被递解出境的可能性。他们回到中国如何面对自己的家人？他们去哪里弄那么一大笔钱来偿还所欠的款项？

一些被拘留人员在墙上写诗，以此来排解自己的悲伤与沮丧。愤怒、自怜、憎恶、悲苦，充斥在许多诗歌的字里行间。诗中写到他们与妻子家人的分别，在老家向别人借款等事。有些诗里面写着待到中国强盛之时，一定要派兵前往美国报仇雪耻；有些诗则温和很多，谈及如何提高自己、打造美好的将来。这些诗作都没有署名。人们只是用刀子把它们深深地刻在木制的墙壁上。我有许多空闲时间，也没有其他事情可做，于是我就每天抄录几首诗歌。这些人的经历着实让我觉得难过。

对我而言，最耿耿于怀的事情是中国人在天使岛上遭遇的偏见与歧视。这最让人感到不公平、不公正。白人守卫驻扎在那里看守着我们。他们对待中国人就像对待牲口一样，总是对我们大喊大叫，特别是在招呼我们吃饭的时候更是如此。在审讯过程中，如果你回答问题的速度太慢或是表达不清楚，他们就会以威胁的口吻来催促你，有的移民检察官甚至会敲打桌子。他们提出的很多问题不切实际，语带侮辱。遭遇这些都是因为中国不够强大，美国才趁此机会歧视中国人。

我在天使岛上目睹的种种不公激励我日后投身政治活动，成为劳工组织领袖。我从来没有把钱看得很重。相反，我一直在为海外华人享有平等待遇而打拼。这件事情对我来说最为重要。因此我参加了华工合作会，帮助新来的移民找工作、找住处，确保中国人受到平等的待遇。

我还记得1940年，那是我第一次加入第六街附近孖结街的机械师工会。当时在窗口柜台负责分配工作的指派员，总是对前来找工作的中国人大声呼喝。他们老是说："走，走，走，我们这里不欢迎中国佬。"他们不会分配我们任何工作。要是工会把黑人或者华工派到建筑工地上班，大老板们也一定会再把他们遣回工会。我们把这些老板记录在册，然后对他们进行反击。我们让工会故意给他们派去黑人或者华工，即使老板们不用这些人，也要支付他们一整天的薪水。最终，为了避免扔钱，这些老板开始同意雇用少数族裔工人。只有这样，我们才能不再遭受某种歧视。

尽管美国社会存在许多不公平的地方，第二次世界大战我还是志愿入伍，因为我觉得我们一定要战胜法西斯。我发现在部队里面也存

余达明（中）与两个朋友走在旧金山的大街上，20世纪40年代。余国华藏

从美国陆军光荣退伍时的二等兵余达明，1944年12月。余国华藏

在歧视。我记得有一个名叫道尔（Doyle）的军官，他总是对着中国人大喊大叫，说些我们不好的地方，对我们牢骚满腹，说我们总是把钱寄回中国去，而且说我们因为老是想着早点退伍，所以行动起来一言不发像个哑巴。每天清晨早点名的时候，他总是站在我的旁边。我听到他说侮辱中国人的话，感到十分恼火。我对他说，他侮辱中国人，等于是在侮辱我。因为他的块头比我大很多，我并没有打算跟他打架。最后我对他说："道尔，我把你的名字写在了这个弹壳上面。我们突破敌人防线的时候，我会在杀敌之前先杀了你。"连续一周时间，我每天都把这话对他讲一遍。后来他不但不再侮辱中国人了，甚至吓得跑掉成为逃兵。

1976年我重访天使岛时发现，那个地方有了很大变化。这时的天使岛已经不再是一座监狱，而更像是天堂。当时的建筑如今只剩下这一座木屋。步入木屋的那一刻，我发现墙上的很多诗作要么已经字迹不清，要么已经遭到涂改。我决定作诗一首，倾诉自己44年之后重访天使岛的所思所感。

重访天使岛

难忘木屋曾囚禁，
常为题壁屡惊心。
四十四载访旧所，
诗作零落再难寻。
仍记华侨昔日泪，
只因国弱兼民贫。
祖国今日复兴旺，
美籍华人终扬眉。[3]

余达明与家人在屋仑的家中，1988 年。从左至右：爱德华 (Ed)、芭芭拉 (Barbara)、刘颖轩、余达明、余国华。余国华藏

编者注：排华法律使得余达明与在中国的妻子女儿分离了 14 年之久。后来排华法律被取缔，他从部队光荣退伍，继而成为美国公民，在这之后，他才能够按照《战时新娘法案》（War Brides Act）中的规定把妻子女儿接到美国。他与妻子后来又育有三个孩子，一家人在屋仑定居，他们在这里买了一栋房子，多年来靠经营杂货店为生。这时的余达明依然热衷于进步事业，并多次回中国访问。他于 1996 年去世，享年 85 岁。

1　根据对余达明的采访。刘咏嫦的电影《刻壁铭心》中对余达明的事迹有十分详细的介绍。

2　尽管余达明确实是商人的儿子，出国赴美前也仔细研究过辅导口供材料，但他在问话过程中表现得很差。在他的移民档案中保存的这份总结报告显示，他在回答当局提出的问题时躲躲闪闪，十分缓慢，而且他的证供经常变来变去，要不然就说自己记不清了，可是他申报的身份要是真的，这些事情是不应该记不住的。专门调查委员会还发现，问及他兄弟的疾病，前往香港的行程以及在村子里面接受教育的情况时，他的回答前后也有很大的出入。

3　这首诗创作于1976年余达明重访天使岛之际，最初原作以中文书写。1984年刘咏嫦拍摄电影《刻壁铭心》，由于电影需要，我把这首诗翻译成了英文，但是我一直都找不到这首诗最初的中文版本。（译者按，此处汉诗为译者据英文版本回译而来，供读者诸君参阅。）

刘衮祥：“为什么？”

编者注：我通过天使岛上的访客日志找到了刘衮祥。他15岁那年移民美国，在天使岛上被囚禁了十天。1987年6月28日，他重访天使岛，在访客日志上写下了自己的名字。他同意接受我的采访。

刘衮祥块头不大，精力旺盛，行动敏捷。为了这次采访，他提前做了充分的准备。他十分仔细地把自己的个人情况、记忆中在天使岛上的生活经历用中文写了出来，足足写了八页纸。在整个采访过程中，他提到了作弊用的字条，对我的提问做了非常认真的回答。尽管他在天使岛上煎熬的日子已经过去56年，但他对这段往事仍记忆犹新，讲述起来仿佛是在讲一件昨天刚刚发生的事情。他回答问题很坦诚，细节记得很准，愿意和我们分享他对于天使岛的真情实感，这些给我留下了特别深刻的印象。[1]

1990年我采访刘衮祥时，他已经70岁了，仍然在客轮上担任乘务主管。“我一回到家里，就会觉得百无聊赖。”他对我说，“只有在海上工作的时候，我才真正会有度假的感觉。”刘衮祥于1999年正式退

刘衮祥与五叔在旧金山，1934
年。刘雅婵藏

刘衮祥在美国商船公司工作期间
有过多次环球旅行经历。这是他
与"法伊弗"号 (*R. J. Pfeiffer*)
轮船的船长在一起，1997 年。
刘雅婵藏

休，活到88岁。

1919年4月4日，我生于台山县昌平村，家里有四个男孩、三个女孩，我是长子。我父亲在冲蒌墟（台山县市场）有一个店面，他还在香港开了一家金山庄。这是一家服务站，为往返美国、欧洲或南美国家路过香港的亲戚朋友提供方便。人们在等待预订船只抵达期间可以在这里食宿。我父亲还会给他们做些必要的安排，并且经办从海外向老家汇款的业务。我们全家人住在乡下，这些业务带来的收入足够养家糊口。

我在乡下念完小学后又在香港上了一年学。这是一家私塾，就在我父亲开的金山庄的楼上。我们诵读经典——老子、孔子、孟子，还要学习吟诗作对。后来，我父亲决定把我送到广州，在那里上了三年中学。再后来，他让我去读新闻学。就是我在新闻学校读书那会儿，我父亲和我叔叔准备把我送到美国去。对于这样的安排，我甚至是一无所知。那个时候我只有15岁，一切事情全凭父母做主。我叔叔那时已经到了美国，我父亲当时觉得去哪个国家都要比待在中国好。因此，他给我叔叔写信，我叔叔就替我做了必要的安排。

别人从美国回来，都是衣着光鲜，腰缠万贯，还会给全村人买些饼干。一直以来，我很羡慕他们，心想前往美国真是不错。于是，听到父亲说即将送我前往美国，我觉得很高兴。但是他又解释说，我只能以"假仔"身份前往美国，否则便没有资格入境。买来的文书里面除了证件以外，还有这么厚（大约半英寸）一本辅导口供手册。那位"假纸"父亲也要研习同样的辅导内容。例如，我必须知道家里有几口人，兄弟姐妹各有多少，父亲母亲年纪几何，睡在何处，上楼要走几级楼梯，诸如此类。我父亲告诉我要格外小心。若是我对辅导口供内容不熟悉，回答问题出错，那么我就会被递解出境。鉴于此，对待前往美国一事，我的态度一则是喜，一则是忧。

中秋过后，我回到台山县的老家，在那里待了两个星期。祭拜过祖先以后，祖母与父亲陪着我前往香港。待到所乘轮船起航那天，父亲嘱咐我不要沾染上坏习惯，祖母更是千叮咛万嘱咐让我多加小心。她说："我盼着你两三年后回来看看我。要是你回乡的时候我已不在人世，记着给我带一盒美国饼干，放到我的坟上。"说到这里，眼泪从她的脸上淌了下来。老人家75岁了，我伫立在那里，目送她回转家门，一步一回头，不禁热泪盈眶。

我登上"胡佛总统"号（*President Hoover*）巨轮，来到统舱里面。我住的地方非常大，宽度与这艘船的船身相等。里面是双层帆布床铺。这里可以容纳200人左右。所有的中国人待在一起。这里还有菲律宾人，但是他们吃住都不和我们在一起。妇女儿童待在另外一个区域。有时候我们与他们一道用餐，看着他们在甲板上散步。

我们先到上海，船在那里停留了一天，又有一些乘客登船。接着我们前往横滨。你知道那里的日本人是怎么对待中国人的吗？他们让所有的中国人到船的前端去像士兵一样站着，说日本医生要给我们体检。我们等了半个多小时也没有人过来。不久，过来两三个留着胡子、穿着白大褂的日本人，他们会同船上的官员在我们的面前走来走去。最后他们让我们把两只手伸出来，触摸额头，观察眼睛、口腔，轻叩胸部，诸如此类，检查了一通。这个过程大约持续了两个小时。当时日本人已经占领了满洲。他们恨我们，我们也恨他们。我们就这样站了很久，对他们的仇恨越发炽烈。但是，我们对此无能为力。

离开横滨，我们继续起航前往夏威夷，在那里停留了一天。我父亲托了一位同宗人士照顾我，船到夏威夷前，他问我辅导口供手册上的内容是否全都记清了。我说记清了。他告诉我再过两天一定要把这本手册投进海里。若不如此，倘若被当局发现随身携带这种东西，我就可能遇到大麻烦。我们两个人的床铺相邻，然后他帮忙考考我口供。他提醒我不要忘记了。接着，他帮我把手册撕碎，放到一个袋子里面，然后扔到海里。

整个行程用了十八九天。那时候的船只还没有多快。船上拥挤不堪，声音嘈杂，我就是背诵手册上的内容，一天吃三顿饭，或者到甲板上去透透新鲜空气，除此之外，根本无事可做。没有任何娱乐，也没有任何消遣。有些乘客与船上员工聚在一起赌钱，只是赌资金额不大。睡觉的床也不是很舒服，但是要比我们在家里睡的硬板床强。我们在饭堂用餐。伙食还可以。早饭通常是喝粥或吃面，午饭和晚饭是吃广东风味的饭菜。每顿饭后，我们可以带一个苹果或一个橘子回房间。每天晚上十点左右，船上的中国员工会熬上一大锅鸡肉粥或猪肉粥向我们兜售。这样他们就可以赚些外快。

我们乘坐的轮船一抵达大埠码头，那些经常进出美国的熟客便取了行李去办理报关手续了。他们满脸笑容。对照之下，我们十四五个初到他乡的新人则是愁眉苦脸。移民检察官把我们拘禁在码头上一块封闭的场地里。任何人不得和我们交谈。甚至是那些身份真实的儿女也见不到他们的亲人。我们的所在地与亲戚的位置相隔很远，他们甚至都看不清我们的相貌。我们在寒风中站立了足足有两个小时。幸运的是，我们听到船上有人建议我们把毛衣穿在西装里面。最后我们像鸭子一样被人驱赶着沿一条封闭的通道走向停在码头的渡船。在这期间，人们都不作声。我们是恐惧伴随着沮丧。我们都知道，要想入境美国，这种审讯犯人的过程谁也避免不了。

中国人发音不准，把天使岛叫作"安吉儿岛"。刚到这里，我还觉得，"这个地方好美啊！"岛上有青草、绿树、鲜花、群鸟。我还疑惑那些往返美国的常客为何要说这里不好。后来我才明白，他们的意思并不是说这里不好，而是说被囚禁在这里很糟。所有的建筑都是木质的。我们要爬很长一段楼梯才能到达宿舍。进宿舍的时候，所有的中国舍友都盯着我们瞧，面无表情。懂些英语的舍友为我们做翻译。他们告诉我们在哪里睡觉。我还记得自己的床位是入口左侧那张床的下铺。两三个小时以后，我们的行李被送到了营地。一位舍友让我们从行李中取出几件衣服和自己的牙刷放到床边。那时我才发觉我们的行李都被搜查过了。因为我祖母最初把我的东西叠得整整齐齐，如今这些东西却被弄得乱七八糟。

正对着我们宿舍的后门有一块活动场地，与房间一样宽。那就是我们拥有的全部空间。这栋建筑的正门常常关着。只有在用餐时间，那些洋人才会打开大门，高声叫道："食饭啦！"于是所有人都跟着他们下楼到饭堂用餐。在我们到达饭堂以前，所有饭菜就都已经摆放在那些长桌上了。没过多久我便发现，真正的父子也好，冒充的爷俩也罢，很多人都要厨房工作人员帮忙夹带作弊用的辅导口供字条。每当某人在旧金山的亲戚送来一暖瓶的中药汤剂，厨房这些人就会把字条藏在暖瓶下面，有时他们还会把字条藏在饭菜里面。饭堂的守卫不做任何检查就把饭菜交给指定人士，由此可见，他们很有可能从未起过疑心。就这样，作弊用的字条被偷偷地夹带了进来。

那里的伙食不如船上的好。早餐我们可以吃到麦片、面包和咖啡。午餐、晚餐我们可以吃到中餐——有汤、菜，还有肉，通常是猪肉。食物全部都是用水煮熟的——猪肉、牛肉，不管什么。有一天我在宿舍里听到一些前辈在聊天。他们很有可能是旧金山移民局官员抓获的非法入境分子。其中几个英语讲得特别好。我听到他们在讨论这里的伙食有多差，我们应该争取什么样的改变。后来到了饭堂，所有人就座后，有一位会讲英语的前辈告诉我们："先不要用餐，我要和他们谈谈。"于是我们就坐在那里，他则前去与那名负责饭堂管理的洋人谈判。他告诉那位先生，这里的伙食简直糟糕透顶，我们中国人绝不吃这样的饭菜。我们需要你们做出如此这般的改善。谈了十分钟后，他告诉我们这位移民局官员答应改善大家的伙食。

我当时想到了一个问题：移民部门对于伙食开支的预算是多少？因为倘若政府没有拨出足够的伙食费，那就是政府的问题。但倘若政府拨出了足够的伙食费，只是钱到了厨师那里被扣下一部分，那就是中国人欺骗同胞的问题了。但是，不管政府是否拨出了足够的伙食费，也不论负责置办伙食的是政府还是厨师，他们都不应该每天用水把东西煮熟就算了。在那次谈判之后，我们的伙食有了改观。他们有些时候会做几样炒菜，炖点猪肉。这么一来，我们判定以前伙食不好是厨师的问题。

用过餐后，很多人会围坐在留声机旁边听听中国戏曲。有的时候我们年轻人会到外面玩会儿球，但是大部分时间我们还是听唱片。我在天使岛上的那段日子没有发生任何争吵。每个人面临同样的悲惨境地，人与人之间都十分友爱。我记得当时有一两个人总是独来独往，他们不与任何人交谈，只是低着头走来走去，即使躺在床上的时候也是一副深思熟虑的样子。我不知道他们在天使岛上被囚禁了多长时间，但是可以看出来他们正在忍受着煎熬。所有在天使岛上走过一遭的人都曾经艰难度日。有一些人经历了反复盘问口供之后仍然未能入境，他们是我们这些人中最为不幸的。

我看到墙壁上的题诗，内心十分难过。可以看出这些诗人在写诗时是如何的感时伤世。尽管我没有与他们一样的经历，但是我还是十分同情他们。我听说有些人在天使岛上被囚禁了一年多时间。我不知道那些移民局官员在干什么。若是某人属于非法入境，那么他们为什么不把他遣返回中国？为什么要把一个人囚禁在岛上这么长时间？有些人在往墙壁上刻诗的时候一丝不苟。这些人时间充裕，又受过良好的教育。所有在中国读完中学的人都可以写出漂亮的古体诗。

与我一道乘船过来的还有14个新人，其中最小的那个男孩最先接受了移民当局的审讯。在他接受过问话之后，第二天清晨，同一个高个子洋人再次把门打开。他每次把门打开，我们都晓得肯定有事。所有人都自动地朝门口望去，这是因为若是没有事情发生的话，门就会是紧闭着的。接下来，他叫到这个男孩的名字，然后用中文说道："上岸！"紧接着又说："恭喜你！"于是所有人都赶忙过去帮他收拾行李。望着那个孩子走出门的刹那，我们每个人都是百感交集。大伙儿在羡慕他的同时又都思忖着自己何时可以上岸。

到了第九天，我用过餐后到外面玩了一会儿球，然后就上床躺着。我就想："第九天了。不知道还要在岛上待多少日子。再待一两个月也不是没有可能。可千万不要把我遣返回中国啊。要是那样的话我该如何是好呢？我又如何面对家里人失望的表情呢？"千头万绪，百感交集。我想起在广州上学的日子，想到祖母为我送行的场面。就在第九天，我突然听到有一个声音叫我的名字。第二次叫到我名字的时候，我迅速起身沿着床铺之间的过道走了过去。"你叫什么名字？"他问道。随后又说"来，来，来"。我没想起来再多穿点衣服。我只是走下楼，经过饭堂，再往楼下走，走进左边的一个房间。

我走进这个房间，里面有一张很大的桌子，后面坐着一个和蔼可亲的洋人，还有一个胖胖的中国翻译坐在桌子的一端，他让我坐在检察官对面。接着，那个洋人又让这个中国翻译告诉我不要害怕。他笑容可掬，让译员把他的话翻译给我听："你没有必要害怕。这个房间里面又没有老虎。我不会吃了你。我这个人喜欢吃的是牛排。"我们都笑了。听了他的玩笑之后，我的焦虑和恐惧减少了一半。要是他十分刻薄的话，恐怕我就连一句话都说不出来了。我猜他是经常看到中国人惊恐的神情。他问我爱不爱吃糖果和美国橙子。接下来他开始向我提问："你父亲叫什么？你母亲多大了？"他又问了几个问题，接着又开了几个玩笑。因此，我只是在刚进门那会儿感到了害怕。他问我准备什么时候结婚，打算要几个孩子。还问到我长大以后想要做些什么。"你想当橄榄球（football）球员吗？"初时我误会他是说足球，于是回答说不想。

接下来便是一些严肃的问题："你有几个兄弟姐妹？他们多大年纪？你们家饭堂的桌子放在什么位置？炉子放在哪里？你在哪里睡觉？"他们的问题面面俱到。他们甚至问到我们家的楼梯有多少级台阶。你知道我们中国的楼梯其实就是梯子了。问题简直太荒唐了！谁会记得那些呢？要是你回答说有八级台阶，而你父亲回答说有十级，那么就是你错了。这些问题十分愚蠢。简直是荒谬至极！但是我们又该如何应付呢？

经过一个多小时的盘问，我被另一个洋人带回宿舍。我刚回去，就有许多被拘禁的人围拢上来向我询问情况。我回答说："你们不必害怕。那名移民检察官人很好。"当时我还不知道其实那里有许多检察官，并非每一个都和颜悦色。

第二天早上，他们再次把我叫过去。检察官、翻译以及审讯地点都一如昨日。一位狱友告诉我，这第二次审讯被称为复审。第一天你可能说到你家有四只鸡，而你的证人却说你家有七只鸡。复审时，他们会问以前提过的问题，若是你的回答与之前的回答不符，那么你就会陷入麻烦。我坚持按照最初的回答进行回复。复审之后，我回到了宿舍。许多人都说复审结束，他们就会做出裁定：或批准我入境，或将我递解出境。所以我觉得复审之后的那段时间最为难熬。我知道自己回答问题十分小心，正是按照辅导口供手册上的供词进行了作答，但是我那位冒名的父亲可就不好说了。我不知道。所以那段时间对我来说最为难熬。

有一回我在床上躺着，有位老先生——他会讲英语——对我说道："我已经在这里待了八九个月了。"我当时年轻，不太敢向他询问原因。我不晓得他所谓的八九个月是从他在旧金山被捕时算起还是从刚到美国时算起。接着，他交给我一封信，继续说："他们是否准许你入境现在还说不好。你要是能够获准入境的话，请你帮我把这封特别重要的信件送到这个地址。但是你必须把信藏好，不要让任何人看见。"就这样，我把这封信藏到了箱子里的衣服中间。我当时还很年轻，并没有考虑什么后果。他把信给了我，我很同情他在岛上待了这么长时间。我只是想应该帮帮他。

然后我便去用午餐，但是我根本吃不下去。我很是为自己的命运担心，因此觉得特别地焦虑。用过餐后，所有人都回到楼上。我又爬到床上躺下，眼睛盯着上铺的铺板。一时间千头万绪。"结果将会怎样呢？结果将会怎样呢？"我能做的只有这些。他们说一两天后就会有结果，我却不晓得自己还会再被审讯多少次。要是我在回答问题的过程中出错，我还得在天使岛上待多久呢？最为糟糕的是，要是被递解出境，我该如何是好呢？突然间我再次听到有人叫我的名字。彼时彼刻，我比头一次被传唤去接受审讯还要害怕。自己仿佛一下子没有了知觉。他们又喊了我一遍，我才从床上起来。与我乘坐同一艘船来美国的姓赵的对我说："他们在叫你的名字！他们在叫你的名字！你获准入境了！"但是那个洋人这时还没有这么说。他第三次叫到我的名字时才说："上岸！"听到这个字眼，我的内心无法平静。赵和托我送信的那个人赶忙帮我收拾行李。

我整理行囊的时候，一个守卫对我说："快点，快点！"我站在那里呆住了。多亏了有赵和托我送信的那个人帮忙，我的东西才得以收拾好。我迅速穿好鞋。赵拎着我的手提箱把我送到门口。托我送信的那个老先生拖着我的另一个包袱。我禁不住流下了眼泪，紧握他们的双手和他们告别。然后，两个洋人过来，每人帮我拿一个包袱，把我送到楼下去。

我们走进审讯室。在里面等我的不再是移民检察官和翻译，而是我的假纸父亲与假纸兄弟。因为我们见过彼此的照片，我认出了他。我一进这个房间，就叫道："高伯。"他立刻说："嘘……！"我说漏了嘴，幸好移民检察官和翻译不在场。惊慌失措中，高伯赶紧说："叫我爸爸。"后来我在船上遇到了之前的检察官和中文翻译。他们很可能是要下班了。于是我们一道去了旧金山。我那位假纸父亲对他们笑着点点头。在我的印象中，我那位假纸兄弟还对他们说道："谢谢您，谢谢您！"我听不懂那名检察官用英语对我说了什么，但是他拍了拍我的头，对我说了几句话，然后走进一个小房间。船靠岸以后，有一辆车把我们直接送到华盛顿街的陈胡袁公所。我那位假纸父亲姓陈，在那里的散仔房（单身公寓）住下。房间里面没有电灯，只有一盏需要用火柴点燃的油灯。我们与其他人共用一个厨房。第二天我搬到五叔家里去住，他是一个木匠，住在襟美慎街730号。

编者注：刘衮祥到唐人街各个教堂里面去听英文课程，还读了两年公立学校。他后来到了加州的圣克鲁兹（Santa Cruz），与他的另一位叔父一道在一家木材公司上班。他告诉我第二次世界大战期间他因为不会说英语而免服兵役。刘裒祥学会了焊接技术，整个战争期间他都在屋仑的摩尔干船坞（Moore Dry Dock）工作。在那里，他遇到了后来的夫人梁珍妮，当时她是船厂里金属薄片工匠。他们于1943年结婚，婚后育有三个儿子。刘裒祥一心想着要回中国看看自己的家人，于是便到一艘商船上面谋得了一份厨师的工作。1965年，他获得晋升，成为商船上的主管。不幸的是，他的祖母在第二次世界大战期间去世，他没能像计划中那样和她团聚。1987年，他在自己侄女的鼓励下重访了天使岛。以下内容便是他重访天使岛时的所思所想。

　　我刚抵达天使岛就发现岛上的情况有所改观。除去我们住过的宿舍，一切的一切，包括饭堂在内，全被拆除了。甚至是那段特别长的楼梯，也被拆除了。楼梯两旁的办公室也没能幸免。我走进宿舍，一眼就看到了通往活动场地的那个门，说道："这里还和以前一样！"当时我想："有多少中国同胞曾在这间宿舍里面饱受煎熬之后被递解出境啊？"我的直觉告诉我，那些最终获准入境的长者很可能已经不在人世了。我看着壁上的诗作，仔细默读着。我的大脑试图弄懂这些诗歌的意思。思考的过程中我悲伤得不能自已。我想到那些被递解出境的人，他们的内心该是多么地沉重。我还想到那些获准入境的人，他们中间有多少人飞黄腾达？有多少人落叶归根回到中国？就个人来说，我没有发迹，但也没有穷到吃不上饭。但是我用自己的双手养活了一家人。最为重要的是，今天我还健在。因此，我觉得自己还比较幸运。

　　天使岛上的经历没有给我的生活造成任何不利的影响，但是却给我的内心带来了极大的震撼。我感到没有受到平等的待遇。尽管我们并没有犯罪，但却被别人判定有罪。我想说的重点是：第一，那里的伙食不好。第二，囚禁我们的空间太小。反正我们也逃不出这座小岛，他们为什么不多给我们一些自由？除此以外，即使我们会游泳，也游不了太远，或者不知道往什么方向游。他们为什么不让我们到活动场地以外的地方去？第三点也是最糟糕的一点，他们不允许我们的亲戚前来探视。我听船上及拘留营地的人说在美国连犯人都享有被探视的权利。要是他们给予犯人被探视权，为什么不肯给予我们这种权利？我们中间又有谁犯的是抢劫、杀人的罪行呢？或许我们被人当作犯罪分子是因为自己"假仔"的身份，但是那些身份确凿的亲子受到的待遇又如何呢？为什么不让亲戚探望他们呢？从我获准入境的那一天起，直到今天，我仍然没有弄清楚这些问题。我70岁了，仍然不能理解他们为什么要如此对待我们。

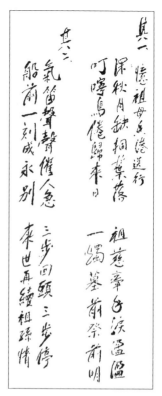

刘衮祥没有在天使岛的墙壁上留下任何诗歌，但是在他去世之后，他的外甥女雅婵在他的房间里找到了这首题为《忆祖母香港送行》的诗，并在他的葬礼上朗读了这首作品："深秋月缺桐叶落，祖慈牵手泪盈盈。叮咛鸟倦归来日，一烛墓前祭前明。汽笛声声催人急，三步回头三步停。船前一刻成永别，来世再续祖孙情。"

---

1 根据1990年6月10日对刘衮祥的采访。

李寿南："我们的身份属实，没有必要害怕什么"

编者注：1935 年 2 月 5 日，13 岁的李寿南（又名林牛）和他母亲欧淑容一道从中国出发乘坐"塔夫脱总统"号（*President Taft*）客轮抵达旧金山。他们来美国与林牛的父亲林标——他在屋仑的唐人街经营一家名叫"麟记"的熟食店——团聚。商人的家属在《排华法案》规定的豁免人群之列，本来应该获准入境美国。然而母子二人却在天使岛上被囚禁了 18 个月，在这期间为了证明他们确实是林标的妻儿还打了一场官司。在移民当局问及林牛父母的结婚日期时，母子二人的回答与证人的口供明显不一致，这就是问题所在。75 年后，李寿南给了这样的解释。

1921 年，我婶婶毛氏跟随我叔叔林迎来到美国发展。在出发之前，他们就知道她得对移民局提出的问题一一作答，比如，他们会问你的大伯林标是什么时候结的婚？如果你的大伯结婚了，就会引出更多的问题，比如，他媳妇是哪里人？她姓什么？婚礼有多少人参加？

谁撮合的他们？她是坐轿子进门的吗？诸如此类。为了避开这类问题，有人告诉她让她回答："我的大伯还没有结婚。"但是当时他们并没有将我姊子在问话中是如何作答的告诉我父亲。因此，1935年我们抵达美国时，移民局从我姊姊的移民档案中了解到她曾说过，在她离开中国前往美国那会儿我父亲还没有结婚。可是，我父亲却说他于1920年结婚，并且打算出资把他的妻子和儿子接到美国来。就这样，满盘皆输！[1]

编者注：天使岛移民拘留所基金会每年都要举办一次联欢会，在2009年的联欢会上，我遇到了李寿南，当时我立刻意识到我应该对他进行一次采访。他当时87岁，但人看上去要比实际年龄年轻很多。他在天使岛上被囚禁了很长一段时间，对于这段前尘往事里的细枝末节记忆犹新。李寿南体格强健、头发黑亮。他认为这是自己练气功、练六通拳的结果，同时也与自己不以苦乐为意的人生态度有关："我不会让外物困扰到我。"他给我讲了许多前所未闻的往事，涉及自治会、夹带作弊字条、"黑房"（单独囚禁室）、像唐纳蒂娜·金美伦这样的传教士在帮助移民入境美国的过程中发挥的作用等。[2]除了这些，他的移民案件档案也让我十分着迷。若将他的这份档案与他的口述历史访谈放在一起阅读，人们就会清晰地了解到在对中国移民申请人进行调查的过程中，那些移民检察官是多么思维缜密、疑神疑鬼，即使是那些名副其实的商人之子都有可能过不了审讯这关，从而被当局递解出境。[3]

为了规避《排华法案》，通过天使岛上严苛的盘问，中国的移民申请人通常会选择撒谎。由于自己的错误，林牛涉嫌违背了不得撒谎的条款。许多人都不晓得移民局对早先所有中国移民的案件都做了详细的记录以供当局调查之用。而且，正如林牛一家所经历的那样，一旦当局发现有人说谎，或者证词之间存在出入，那么说过的话就很难收回了。对于移民检察官而言，他们的逻辑是："他们之前说过谎，我们怎么晓得他们现在说的是真话？"特别是处理林牛这种涉及中国人的案件，检察官们往往假定移民申请人没有说实话。就林牛的案子来说，即使唐纳蒂娜·金美伦女士给移民局写了三封佐证信，为这家人的信誉提供担保，检察官们还是认定林牛说谎。

以下内容据李寿南访谈及其移民档案整理而成。

1923年农历二月初四，我在香山县库充村出生。上面有一个哥哥，我出生后不久他就夭折了。下面还有一个妹妹。当时的习俗是前一个孩子若是夭折了，那么后一个孩子就要取一个动物的名字。就这样，我的小名叫牛。后来，石岐镇的老师把我的名字改成寿南，如此一来，名字就好听多了。

我们家在中国的日子不算差。我父亲在美国做生意，他定期把钱寄回来供我们花销。我帮着家里做些农活，在石岐镇读书。尽管如此，我还是想到美国去过更好的日子。从美国回来的人都很有钱，他们可以买地、买新房、结婚。因此，人人都想前往美国。没人愿意在村子里面待着，特别是世界经济大萧条爆发、钱币贬值之后，更是如此。

1935年，我父亲终于有钱可以把我们母子接到美国了。我们得先到香港去接种疫苗、进行体检。之后我们还要订前往美国的船票。一切安排妥当之后，我们又回到村子里等待起程的日期。即使我们一家人的关系名副其实，没有必要说谎，父亲还是寄来了一本辅导口供材料让我们加以研习。材料里面包括移民局进行审讯过程中可能问及的问题及其答案，此外还有一张村落地图。

林牛与父母在中国，1925年。李寿南藏

美国居民、商人林标声明
自己是林牛亲生父亲的宣
誓书。父子俩长得非常
像。旧金山国家档案馆藏

我们乘坐的"塔夫脱总统"号是一艘两万吨级的轮船。我们住在特别三等舱里，房间很小，里面放着两张上下两层的床铺和一张小桌子。当时是12月份，海上风浪很大。我们晕船，于是就在床上待着。感觉好些时，我们就到饭堂去用餐。船上的伙食——中式饭菜——相当好。船在上海、日本、檀香山停了三次，整个航程用了20多天。船到上海时，我们下船到中山人开的店里买了些东西。抵达日本时，我们都不愿意下船。毕竟，日本进攻、侵略了中国。但是到达檀香山时，我们下船到附近走了走，而且还在那儿偶遇了一位叔叔。

我们的船停泊在大埠5号码头。一辆大旅行车把我们送到35号码头，我们要在这里乘坐前往天使岛的渡轮。由于其他乘客去往别处——巴拿马、秘鲁、纽约等地，所以渡轮实际上只是把我们两个人送到了岛上。抵达天使岛之后，几个老番前来带我们去宿舍。男女宿舍分开。中国人有自己的宿舍，印度人、日本人和墨西哥人则住在另外一间。由于当时已经过了晚餐时间，他们把我们带到饭堂，整个饭堂里就只有我们两个人在用餐。那里的伙食——咸牛肉、椰菜、米饭——味道糟透了！

从那个时候起，我们开始了这样的日常生活。早上5点钟，扩音器的电台播音把我们叫醒，到了6点钟，有人打开门，我们沿着有顶的楼梯走下楼去用早餐。要是懒得吃早餐也可以接着睡觉。10点钟开始吃午饭——通常是面包加果酱，咖啡，还有茶。下午，3点开始吃晚饭。中午12点的时候，一个名叫皮特（Pete）的白人守卫会把门打开，然后用中文高声喊道："蒸餸啰呵！"——意思就是把你的饭菜带到饭堂让中国厨师给加热一下。需要加热的饭菜通常是由大埠城里的亲戚送过来的，往往是些佐饭的食品，像咸鱼啊，豆饼啊，烤鸡啊，等等。要是没有亲戚给送饭，饭堂会提供一道主菜和一个小碟，比如茶瓜（黄瓜）牛肉、榄角（腌制的橄榄）、豆腐等等，诸如此类。饭菜做得很差劲，我们很少能够吃到鸡肉。要是有钱，花上5美分可以从经营小卖部的意大利人亨利（Henry）那里买到牛奶、饼干，或是一块馅饼。那里也可以买到文具纸、信封、铅笔、牙膏、笔记本。

我们有一个自治会，其日常工作由选举出来的16个人负责，其中包括：1个主席、1个副主席、1个秘书、1个会计，2个通晓英语负责谈判的干事，1个负责公共安全的干事，1个负责日常事务的干事，4个调查人员，4个执法人员。他们通常会让像我这样的孩子来充当执法人员。无论什么时候，只要看见有人随地扔烟头或是随地吐痰，我们就会向自治会的干事打报告，违反规定的人会被送到"黑房"里，禁闭半个小时。那是一个人们用来存放旧报纸和笤帚的壁橱。我曾经因为忘记关掉浴室的水龙头在那里被关过一次。一个孩子偷了50美分，被抓住后在那里关了整整一周。

岛上不仅可以打篮球、打排球、打乒乓球、玩骨牌、打麻将，也可以下中国象棋、读报纸、玩乐器，如扬琴、二胡等。那里还有两台收音机和一台留声机。新来的中国人要向自治会缴纳单次注册的会费，自治会就从收来的会费中拨出专款来购置这些器材。自治会的干事会阅读寄出的信件，以确保其中没有串通作弊的内容。他们还负责接收由华人帮厨带进来的作弊用字条。那么他们如何接收呢？厨师们休假时会到大埠城里取这些字条，然后用烟卷盒里的锡纸把字条裹好（后来才开始使用塑料来包裹字条）。那些自治会干事用餐时坐靠近厨房的第一张桌子，享用四季豆、鸡肉、蒸鸡蛋等特色菜。厨师若是在蒸鸡蛋上点了一滴酱油，就表明饭菜里面藏有一张作弊用的字条。若是点上两点，则表明有两张这样的字条。我在岛上的那段时间，从未见到有人因为传递字条被抓。

岛上有许多孩子与我年龄相仿。我们一道打乒乓球、读报纸、听唱片、玩骨牌。我们从来没有感到厌倦。有一个人教我拉二胡，还有一个人以前做过飞行员，他教我学英文字母，连同简单的一些词语，如"Good morning!""How are you?""table""chair"等。有一次，我们在活动场地玩耍的时候，刘维锐用弹弓打下来一只鸟。然后，他把球扔到围栏外面，对着守卫喊道："Outside ball!（球出去了!）"于是那个守卫打开门放他出去把球捡回来。维锐找到那只鸟，把鸟毛拔了，交给厨师，让他给我们做生鸡粥。那种鸟我平生只见过这么一次。它看上去像是一只肥鸽子，但是通身灰色，飞不起来。

　　我母亲被囚禁在行政楼里面。每周我可以过去和她见上一面。有时候我在路上会碰到毛雷尔小姐（女执事凯瑟琳·毛雷尔）。她有一个房间，里面堆满了各种文具、玩具。见到我时，她总会送给我一些东西，像戒尺、铅笔、橡皮擦、拼图这类东西。她是真心喜欢中国人，不仅帮我们写信，还帮我们到城里买东西。她对我非常好，不想让我离开她。我记得有一次她搂着我亲吻我的脸颊。她是一个非常不错的女人。基督教长老会传道收容所里还有一位金美伦女士，她也给了中国人很大的帮助。我父亲请她给当局写一封信为我们的声誉担保。她写的信通常可以使当事人获准入境，但是却没能帮到我们。

　　我前往行政楼探望母亲，有时会捎带着帮别人递个字条什么的。我记得当时有两兄妹分住在各自的宿舍里。经过审讯以后，那个哥哥托我带一封信过去，请我母亲转交给他妹妹。后来还有一次，那个妹妹请我母亲将一个作弊用的字条交给我，再由我转交到她哥哥手上。守卫们从来不搜我的身，于是我可以通过这种方式来帮助他们摆脱困境。

　　我在岛上等了十天之后才被当局传唤前去接受审讯。审讯在行政楼二层的一间办公室里进行，我面前是两个移民检察官和一个名叫荷兰（Mabel Lee）的译员。我做好了充分的准备。我们是名副其实的一家人，因此没有必要害怕。我记得那位译员问我："你祖母尚在生吗？"我不明白她说的"在生"是什么意思。她又接着问："你还有祖母吗？"我回答说"没有"。她又问我父亲哪年结的婚，我说不知道。谁会想到我姊姊之前告诉他们我父亲没有结婚呢？就这样出了问题。

那个年月，黑暗之事随处可见。有人告诉我父亲只要拿出350美元贿赂他，他就能让我们获准入境。我父亲说："350美元是很大一笔钱。用这笔钱我都可以买一辆崭新的福特汽车了。"就是说他不想花那么多的钱。他觉得既然我们的证件是真的，就没有什么可怕的。于是他选择将案件上诉。上诉过程花了18个月的时间，在那段日子里，我就在天使岛上度日。最终，上诉失败，我和母亲于1936年被遣返回中国。

编者注：林牛的移民档案显示，他通过了身体检查，在抵达移民拘留所十五天后才接到专门调查委员会的传唤。委员会对他和他的父母进行了四天的盘问。他们按照要求总共回答了808个问题，涉及他们的家庭背景和乡村生活。把他们的口供与早先移民美国的亲戚的供词进行比对之后，委员会写了一份非常周密的总结报告，长达八页。报告不批准林牛及其母亲欧淑容入境，理由是他们报称的与林标之间的父子、夫妻关系"很难坐实"。该委员会主席摩尔在报告中写道，父子之间虽然长得相像，但是他们对许多问题——涉及家里人结婚、死亡的时间，家里睡觉的安排，邻里的情况，婚礼的细节，第一个孩子出生时的琐事，林标前往香港的次数以及他的弟妹是否裹脚等——的作答却多有出入。

林标对判决结果表示不满，于是又花了很多钱，费了很大劲继续上诉案件。他聘请律师托马斯·刘（Thomas Lew）向华盛顿特区的劳工部长提出申诉，失败之后，又聘请律师昌西·特拉姆特勒（Chauncey Tramutolo）向美国地区法院申请人身保护状。三个月之后，母子二人接到通知，他们提交的申请未能获得批准。于是特拉姆特勒要求法院重新审理此案，为了能够解决林标与欧淑容关于结婚日期的回答存在出入的问题，他还请了两名新的证人——婶子毛氏和生意合伙人刘鹏——出庭作证。毛氏称自己在前往美国之前出席了林标的婚礼，只是因为兄弟二人存在财务纠纷，在丈夫的教唆下，她才在之前接受当局审讯的时候说林标没有结婚。

　　问：你向移民当局宣过誓，承诺会如实回答问题，但是你却故意说了谎。既然如此，你能说服我们相信你现在的证词吗？

　　答：不管怎么说，我当初入境美国的时候说了谎，我对此感到抱歉。她是我的姆娌，我认为我应该说出真相，否则她永远不能获准入境了。

　　同样，刘鹏也证实当年他参加了林标的婚礼，可是他早先在接受审讯的过程中曾经对当局说过自己1921年回中国探亲期间没有参加过任何人的婚礼。

　　答：（犹豫再三）我当时觉得这件事情不重要，于是才说没有参加过任何人的婚礼。

　　问：那么你在某件事上是否说实话，取决于你是否重视事件喽？

　　答：我已经说了我当时的想法。不想在这件事上再多说什么。

林标、欧淑容与林牛重又单独地接受当局的反复盘问，他们按照要求回答了总共171个问题。以下是欧淑容与调查人员之间的问答：

问：你之前说从来没有见过你的姑娌毛氏，是你说错了还是故意混淆视听？

答：是我说错了。我在作答时慌神了。

问：这份记录显示你作答时一点也没有慌神，而且当局就这一问题问了你好几遍，这就排除了任何说错的可能性……对此你想做进一步的解释或评论吗？

答：真的，我要解释的都已经解释过了。我知道自己说错了话，你们因此拒绝批准我入境，我丝毫不怨恨你们。然而，我当时并没有故意对你们撒谎。

问：有一件事本委员会觉得非常奇怪，即在之前举行的听证会上，我们向你出示过一张毛氏本人很清晰的照片，应该是你们最后一次见面那会儿拍的，你当时没有认出她来；现在我们给你看了毛氏今年拍的一张照片，距离你们最后一次见面已有14年，你却一下子就认出了她。对此你能做出解释吗？

答：在第一次听证会上，你们把她的照片给我看。我真的认出她来了。但是我当时说了没有见过她，所以就不能说认识照片上的人了。

问：有鉴于此，你之前关于毛氏的证词并非是说错了话，而是故意混淆视听。对吧？

答：我知道我说错了话，但是我当时并不知道自己可以纠正错误，我现在认识到是我做错了。

摩尔（Moore）主席在其长达四页的总结报告中写道，听证会上出示的证据"全然不能为案件带来转机"，"相反，我相信可以进一步证实这份用来支持入境申请的证词属于伪证，不足为凭"。于是他决定拒绝两名申请人入境美国，理由和以前相同。委员会另外两名成员科尔（Cole）、西尔弗（Silver）也都表示赞同。

林标没有放弃。他的律师特拉姆特勒再次向华盛顿特区的劳工部提出申诉，被拒绝后，又再次向美国地区法院提出申请，申请仍然未获批准。只等有了可以乘坐的船只，母子二人就会被递解出境。就这样，他们在天使岛上待了一年多。后来特拉姆特勒向唐纳蒂娜·金美伦求助。她在1936年4月2日写给区域总监爱德华·哈夫（Edward Haff）的第一封信上说，她自己已经对该案件进行了调查，并且"毫无疑问地确信他们真是一家人（丈夫、妻子与儿子）"。她向当局请求延迟驱逐这对母子的时间，以便特拉姆特勒能够提交进一步的证据。她在这封信中解释道："请记住我为这个家庭挺身而出的根本动机，是希望使中国人能乐聚天伦，享受正常的家庭生活。由于受到了移民法案的限制，中国人错失了太多其他国家移民早已享有的福祉。"[4] 她申请拖延驱逐林氏母子得到了当局批准。

特拉姆特勒随后又重新给父子二人拍了照片，请专家作证两人面貌相像，但是这无济于事。1936年4月10日，金美伦给区域总监写了第二封信，她在信中建议当局给予母子二人六个月时间的假释，批准他们入境。在此期间，林标与欧淑容可以根据加州法律注册结婚，而金美伦则会继续与这一家人保持密切的联系。尽管欧洲移民经常获准假释，日本的照片新娘只要按照美国的文明仪式重新举行婚礼也可以获准假释，中国移民却很少能够获得这样的特权。

金美伦一直在为此案奔走。1936年4月21日，她写了第三封信，请求专门调查委员会接见一名新证人：陈渭贤（Chan Wai Hin）。在他印象中，自己在中国的时候曾在不同的场合见过林标的妻子两次。不幸的是，金美伦告诉移民局，陈渭贤由于害怕卷入"别人家的事情"，也和之前很多中国移民一样，在由中国返回美国接受审讯之际告诉移民检察官他并不认识这一家人。不出所料，该委员会质疑陈渭贤作为该案证人的可信性。

问：1922年，你从中国返回美国，当时你对移民局报称你在中国探亲期间没有拜访过任何恰巧与你同时期还乡居家的美国公民，还说你此行从没有见过任何美国公民的妻子。你现在的证词与早先的说法不一致，该如何解释？

答：我当时对一些问题做出"否定"回答的原因是我那会儿不愿意为任何前来美国的人作证。那次回到中国，我确实走访过几户人家，包括林标、黄勇、黄洋和黄松、黄玉伦及泉兴等家。

问：那么你承认，是真是假，你是以自己当时的意愿来回答问题，是吗？

答：是这样。

问：在这样的情况下，本委员会怎知你现在说的是不是实情呢？

答：我现在讲的就是实情——每一个字都是真的。

但是委员会明显不相信他的话。尽管林标与欧淑容对他们与陈渭贤会面细节的描述十分相似，委员会还是对这个新的证据不予采纳，理由是"既然证人可以定期去探访当事人，那么各方面就有充分的机会为本案的审查做准备"。[5]不仅如此，委员会开始怀疑金美伦对于此案所做的判断："我们认为金美伦女士无法像本委员会一样判定供词的真伪。"1936年6月19日，母子二人被遣返回中国。

被问及得知这个坏消息时有何感想，李寿南难过地说："你没能如愿以偿的时候，总是会很伤心。我当时正是上学的年纪——浪费了多少时间、花费了多少钱财啊！我生命中有十八个月简直是虚度年华啊！"回首往事，他还说："我现在对此事的看法是，如果我当时获准入境的话，就很有可能应征入伍去参加第二次世界大战，并且死于战事；如果我当时获准入境的话，我就没有机会接受中国的教育，我的中文也就不会有现在这样好了。所以说当时未能入境有未能入境的好，获准入境也有获准入境的糟啊。"

李寿南在日本侵华前上了大约一年学。他说："日本四处狂轰滥炸——桥梁、电厂、车站……我们的老师死于轰炸，学校也散了。"他逃到香港，在一家机械修理店找了一份修理收音机的工作。1941年日本人占领香港，他被迫回到自己的老家务农。他结了婚，有三个孩子。后来他携家带口又来到了香港，开了一家药材铺。他母亲于1958年成功移民美国，直到1963年，他父亲向美国移民局"坦白"自己之前以"假仔"身份入境美国的事实之后，他才携同家人一道移民美国。与1935年自己的第一次美国之行相比较，李寿南说："整个过程非常快。我们在香港就办好了签证。到达美国后，我们既没有遭到囚禁，也没有被盘问。"那个时候，他已经42岁了，"浪费的时间太多了！浪费的机会太多了！浪费的青春太多了"！

最后，一家人定居屋仑。李寿南一直经营他父亲在唐人埠开的熟食店，1980年才退休。他买了一栋总共有八个单元的公寓楼，开始经营公寓，公寓里的修修补补都是他一个人的事情。他也是一个颇有成就的摄影师，足迹遍布世界各地。李寿南的三个孩子都已成年，他指着他们的照片告诉我：李泳洲在好莱坞做武打演员兼武术指导；李燕卿嫁给了一个中国厨师，在郊区生活；李妙卿是插花设计师，同时还是一名备受欢迎的粤剧演员。

李寿南一次到访天使岛时，指出1935年被囚天使岛之际他在营地墙壁上做的记录自己身高的记号。陈浩志摄

被问及如何看待天使岛上那段岁月，李寿南毫不犹豫地说道："《排华法案》是对中国人的歧视。木屋囚禁让中国人度日如年。现在情况好多了。谁会料到那么多中国人获准入境美国，接受了教育，甚至从政呢？现在屋仑市的市长是华人关丽珍，华盛顿的州长是华人骆家辉。照这样发展下去，说不定哪一天就会出现一位华人总统了！"

李寿南于2015年辞世。

1　根据2010年12月3日对李寿南的采访。由方晓山执导的香港电台纪录片《华人移民史》对李寿南的经历有详细的介绍。

2　唐纳蒂娜·金美伦（Donaldina Cameron）于1900年至1934年间担任旧金山的华人长老会的负责人。她毕生致力于援助、教育华人妓女及其他受虐妇女，并劝导她们皈依基督教。

3　File 34831/2-2（Lum Ngow 林牛），Immigration Arrival Investigation Case Files, RG 85, NARA-SF.

4　同上。

5　中国移民申请人在自己的案件经过专门调查委员会裁决之后可以与访客会面。

移民检察官埃默里·西姆斯："公平处理"

编者注：1975 年这项研究刚刚起步，我们很想请某位曾经在天使岛工作的职员来谈谈移民拘留所是如何运转的，但是找到这样的人员殊为不易。在美国移民归化局的帮助下，我们找到了埃默里·西姆斯。1929 年至 1940 年间，他曾经在天使岛上任职，职务为移民检察官。由他介绍，我们还对另外一名移民检察官进行了采访。西姆斯身材高挑，说起话来轻声细语。事后证明，与另一名移民检察官相比，他为我们提供的信息更多。他耐心地回答了我们提出的所有问题，涉及他如何谋得天使岛上的差事，移民拘留所里如何执行移民法律，他如何看待自己的这份移民检察官工作。西姆斯告诉我们，他当时原不想在移民局工作太久，但是这份工作十分有趣，工作时间也不长，而且薪水颇为丰厚，于是这份工作他一做就是三十年，直到 1957 年退休。他活到 89 岁，接受我们采访那年，他 85 岁。[1]

西姆斯于 1892 年出生，小的时候在北达科他州（North Dakota）度过。他父母是加拿大移民。中学毕业后，西姆斯一度来到华盛顿州的塔科马市（Tacoma），起初在一家木材公司做销售，后来到退伍军人管理局（Veterans Bureau）上班。1929年，结婚三年后，他决定与妻子一起前往旧金山打拼。西姆斯通过了政府招聘速记员的公务员考试，于是便成为在天使岛移民拘留所上班的职员。六年以后，他又成功通过了政府另外一场公务员考试，升任为移民检察官。在此之前，他没有任何法律方面的教育背景，只是参加过移民法律和移民程序方面的函授课程而已。他工作认真，奉行对所有移民申请人"一视同仁"的原则，因此赢得了"正派"检察官的美名。

在美国经济大萧条期间，我搬到旧金山讨生活。不论什么工作，只要有机会，我都会去做。我最初是做速记员，在天使岛档案室上

移民拘留所职员在行政楼前，20世纪30年代。后排右数第三为西姆斯。加利福尼亚州立公园藏

班。移民来自世界各地，他们的档案在这里堆积如山，中国移民的档案尤其多。我开始就是在档案室负责检索档案。[2] 你知道，每当有中国人或日本人从东半球过来，从被拘禁的那一刻起，每个人就拥有了一份档案，他所乘坐轮船的船号、轮船货物清单的页码和行数放在一起，就是他的档案编号。现在假设有一艘船已经抵达纽约，船上的乘客里面有某个中国人是第一次来美国。纽约的移民部门——当时设在爱丽丝岛——就会委托我们查询这里有没有一些关于这个人亲属的档案。我的工作就是在旧金山的档案中间挑出那个人父亲或某个兄弟姐妹的档案，将它们打好包，寄到纽约。我们与波士顿、费城、西雅图以及洛杉矶等城市移民部分的业务往来也是如此。那个时期，有大批的中国移民抵达纽约和波士顿。

我们的业务对象是那些东方人——中国人、日本人、印度人（或印度教徒）以及菲律宾人，所以这里90%的档案是中国人的。有些档案相当厚，这是因为中国移民第一次抵达这里时，当局对他们的问话通常会特别详细。较之中国移民，日本移民的入境程序很快就可以完成，他们中间大多是在美国出生之后被带到日本接受教育的孩子。这些人一眼就可以辨认出来。由于菲律宾当时属于美国，菲律宾人的身份不同于其他地方出来的移民，所以他们中间很少有人会遭受拘禁或是审讯。

在那个时候，对于新来的移民，专门调查委员会还要举行我们所谓的听证会。委员会由四个人组成：正、副两名检察官，一名速记员，一名译员。严格来说，译员不属于该委员会中的一员，但是副检察官和速记员要是愿意的话可以向移民申请人提出问题。申请人及其家人的相关档案被一并交到负责该案的主检察官手上。然后，由他来决定复审原先档案以及向申请人提问诸事。他们提出的问题涉及申请人的出生日期、家庭情况以及房屋构造，在盘问口供的过程中许多问题便显露出来：申请人的回答与原先档案上的记录是否十分相符，申请人与其他人的供词之间是否存在出入。尽管这样的调查方式还不够理想——因为在某种程度上，移民局这么做等于是给了中国人串供、蒙混过关的机会，但这却是我们唯一的调查方式。我们如此行事只是基于这样的一个原则：这是法律规定，我们必须遵照执行。一些移民检察官对中国人抱有偏见，在听证的过程中经常会为难他们。而在我看来，不管是来自哪个国家的移民，我们都应该一视同仁，我尽自己的全力争取做到这一点。排华法律在某种程度上确实也触动过我，所以这些法律被废止时，我觉得非常高兴。

在我的印象中，审讯室里很亮堂，空气流通。房间里面放着两三张桌子，其中之一是速记员用的。移民申请人被带进来后，他们可以随意找一个地方坐下，前提是这个地方能够让他们放松下来讲话，同时译员又可以与他进行交流。我经手的案件中大约有 15% 涉及女性移民。我不太记得涉及妓女的案件，只记得第二次世界大战之后有一起。当时有非常多的男孩子从这里入境——12 岁、14 岁、15 岁都有，他们中间有很多孩子特别聪明，对自己抱有极大的信心。我听说有些四口之家、五口之家一块儿移民。移民检察官会选择一个人简单问上几句，点到为止，然后选择另外一个人问上几句，也是如此。接下来，他们会把第一个人叫回来继续向他提问，问题深入一步。这样一来，这家人就无法聚在一起讨论说过的内容了。

口供由速记员在打字机上直接打出来。通常你要先把移民申请人的供词打出来，然后再将他的证词与其亲属的口供进行核对。申请人会被问及他的出生日期、父母的状况、兄弟姐妹的情形以及村落的布局等。有些审讯非常短，然而有些检察官问起来没完没了，证词打出来足有四五十页。对移民申请人及其证人的盘问前后加起来通常会持续一天到三四天不等的时间。若是各方证词十分吻合的话，我们就会对他们产生怀疑。证词之间存在小的出入无关紧要。要是有大的出入的话……我记得有这么一个案子，一位父亲要把他的儿子带进美国。男孩儿说他的母亲如何如何，但是他父亲却说他的妻子怎样怎样。这个男孩儿继续坚持自己的供词，结果可想而知，他没能留下来。

　　盘问结束后，至于孰是孰非、谁真谁假，专门调查委员会可以达成很大程度的共识。任何否定的结果都意味着某个人不能获准入境。如果有两个人投票赞成申请人入境，一个人投反对票的话，持不同意见的那个成员可以上诉案件。但是如果这个成员不愿意上诉的话，申请人即可获准入境。若是申请人未能获准入境，在当局将证词全部整理好之前他不会得到任何通知，但是他最终一定会得到通知。若是该申请人希望提出上诉，就要将一份证词副本送到华盛顿特区的总办事处，还要将一份证词副本交给接受委托受理此案的律师。华盛顿特区很有可能只是按照这份原来的证词做出裁决。

　　移民申请人中间有75%以上可以通过天使岛上的审讯，在抵达两个月之内获释入境。有些迹象似乎表明他们有些人存在欺骗法庭的情况，但是却不能够在法庭上构成证据阻止他们入境。那些未能获准入境的人一般会把案件上诉到华盛顿，一番上诉之后，真正被递解出境的人恐怕只占这部分人的5%。有些人被递解出境以后又卷土重来，经过再次申请终于如愿以偿。他们知道你知道他们曾经来过这里。若是我们发现他们有人改换了名字，就会将他们赶走。在被递解出境之前，当局给所有人拍下照片。我们留着这些照片，每当发现有人重新申请入境，就会取出这些照片查看。

　　我们这儿的译员对于大部分中国方言都十分熟悉。盘问移民申请人时，需要用到一名译员。待到审讯证人，必须换用另外一名译员。负责案件的检察官必须轮流使用译员，因此出庭的第一名译员在同一个案件中可能不会再次出庭。有一次，我问这里的一名译员在审理的案件中有百分之多少是假的。我问有90%吗，他说很可能有。我从一开始就意识到了这一点。我记得有这样一个案子让我后悔不已。有一位父亲把一个男孩儿带到美国，实际上他有一个女儿。后来这个女孩儿也来了，我不记得他是如何申辩面前的真是他女儿了，她也真是他的亲生女儿，但是他带到美国来的那些男孩是给了他报酬的，这些人把事情搞砸了。这个女孩被递解出境，但是她后来嫁给了一个美国大兵，最终得以入境。

我知道贿赂的事情确实存在，但是这样的情况十分罕见。我记得自己从来没有向移民申请人索取过什么，但是在一些案件中，有些移民局官员索要过钱物。这种事很难证实。我意识到作弊用的字条被偷着夹带进来。当局试图阻止这样的情况再发生，于是便对寄来的物件进行检查。我听说曾经有人把里面装有小字条的胶囊藏在一碗汤里面。检查人员发现了这个胶囊，但是却没有了下文。我知道厨房帮工在偷运字条的过程中出了不少力，但是我们对此也无能为力。总而言之，我觉得法律工作很有意思，我喜欢与这些移民申请人斗智斗勇。他们中间有很多人相当聪明。

---

1 根据1977年6月29日对埃默里·西姆斯的采访。
2 这间档案室在行政楼内，空间很大，而且防火。1914年，档案室里的华人档案数量接近750 000份。Architectural Resources Group & Daniel Quan Design, "Final Interpretive Plan", C4.

莫景胜："只好保持乐观态度"

编者注：尽管已有 95 岁高龄，莫景胜面对生活依然满怀希望。1919 年，他出生在香山县黄梁都地区赤水坑村。同年，莫景胜的父亲莫亿强前往美国加州的圣卡洛斯市（San Carlos），与莫景胜的祖父一道经营花卉苗圃业务。后来，莫景胜于 1937 年前往美国。他想以某个美国公民"假仔"的身份入境美国，结果却没能成功。于是他将案件上诉，等待结果的过程持续了十个月，他也在天使岛上被拘禁了同样的时间。刘咏嫦在拍摄电影《刻壁铭心》时对他进行了采访，他当时对刘说："在天使岛上蹲监狱的日子让我刻骨铭心。"他以极其真诚的态度，用极其简明的语言向她道明了缘由。[1]

我 18 岁那年来到美国。在中国的时候，我本来打算去上学，由于当时听到别人说在美国干一个月可以挣到很多钱。于是我就写信给我的父亲，让他想办法把我弄到美国去。很快，他就花了 1 600 美元给我买到了一份移民美国所需的"假纸"。为了支付这笔钱三分之一的预付款，我们家不得已卖了中国的几亩地。根据协议，我获准入境后，我父亲再拿他自己的积蓄以及从亲朋好友那里筹来的钱支付余款。在那个年代，这是很大一笔钱。

当时，中国移民中"十个有九个"凭借"假纸"入境美国。某个移民即使不是凭借假文书获准入境的，那么他父亲或是他祖父很可能是早先凭借"假纸"入境的。我并没有觉得自己是在做什么非法的事情。我梦寐以求的是入境美国。我对自己的将来雄心勃勃，憧憬着要在美国挣很多钱。

离开家的时候，外婆把我送出村子。她说："我已经70多岁了。不知道你回来的时候还能不能见到我。"听到这话，我的内心十分难

从左至右：莫景胜、母亲、大哥、祖母，1926年。莫景良藏

过，泪水流了出来。那一刻我恨不得把行李扔到一旁跑回家，不去美国了。然而，经过再三考虑，我还是认为一定要为自己的前程着想。就这样，我下定决心前往美国。

在抵达美国之前，我觉得自己唯一的问题只是钱——要花掉多少钱呢。我当时还没有意识到自己会在移民拘留所里被囚禁十个多月。那种经历就像是在蹲监狱。门紧锁着，所有的人局限在 个十分狭小的空间里——大约100英尺宽200英尺长的样子。床是铁制的，分为三层。外面有一块活动场地，在那里我们可以打打篮球，但是整个场地都用铁丝网围了起来。你在里面插翅难逃。我在天使岛上受到了很多折磨，这让人十分沮丧，因此觉得时间过得非常慢。

每天早晨，我们大约在6点或7点起床。到了8点开始用早餐——通常吃的是面包、牛油、果酱以及苏打饼干。午餐时，我们可以吃到米饭、牛肉以及蔬菜，用水煮熟，有时候还能吃到咸鱼、腌咸菜。那里的伙食非常糟糕，由于没有别的东西可以代替，所以我们还要强忍着往下咽。下午3点，我们可以喝些咖啡，吃到面包以及带有牛油、果酱的饼干。大约到了5点或6点，我们开始吃晚餐。活动场地每天早晨8点或9点开门，到了晚上6点左右关门。在天使岛上，我们不仅可以听中文唱片，还可以玩玩乐器。此外，我们还可以打麻将、读书。我们大多没有什么钱，因此打麻将只是图一个乐呵，即使带钱玩也是玩很小的。大埠的报社把中文报纸送到岛上来。这里的被囚人员都有自己的兴趣爱好。有些人乐器玩得很不错，有些人喜欢唱两嗓子，有些人则愿意读读写写。很多十几岁的孩子上过中学，很会写东西。我们之间很少争吵或是打斗。所有的人都相处得不错。每天晚上10点，房间全部熄灯，只有厕所的灯亮着。每天都是如此，日复一日。

宿舍外面有守卫把守。我猜他们是担心我们会从岛上逃走。他们对待我们的态度十分冷漠，只是例行公事，按照要求开门、锁门而已。但是其中有一个门卫非常好，特别是对孩子。他甚至会把自己的午餐分给他们吃。虽然他一点权力也没有，但是他很同情中国人。他经常说移民局官员对待我们有欠公平，我们不应该被关起来。

自治会可以帮助新来的移民适应天使岛上的生活。总有一些新来的移民什么也不懂。因此，被囚禁时间最长的几个人——有些人被囚禁的时间长达一年有余——就会告诉这些新来的移民岛上什么事情能做，什么事情不能做。举例来说，很多被囚人员属于"假仔"。要是他们有人将辅导口供的材料随身带到岛上，自治会的人就会让他们把材料毁掉。为了避免麻烦，自治会的人还会警告他们千万不要说出自己的真实姓名。

自治会也帮生病的移民寻医问药，还会向移民当局反映伙食如何糟糕。要是有移民不守规矩——偷盗或是斗殴——自治会就会训斥这些人，甚至会把他们锁在"黑房"里面，以示惩戒。"黑房"名副其实——房间里面没有一丝光线，只有一把椅子。我们会把门锁上，让他在里面待上两三个小时。尽管自治会没有真正的权力，但是我们还是会团结一心。团结就是力量。

被囚禁在天使岛上的每个人都感到沮丧与焦虑。首先，我们最担心自己能否获准入境美国的问题；其次，这里地方狭小，活动受限，这让我们心情很不好，甚至感到特别抑郁。有些人为了能够买到"假纸"圆自己的美国梦，已然卖掉了在中国的全部家当或者早已是负债累累，于是便选择自杀了事。想想一个人如今债台高筑，若是再被遣返回中国，对他而言就是连欠款都无法还清。因此，他们为求解脱，往往会选择自杀。强调一下，自杀的事情我只是听到别人说起，自己从来没有目睹过。

还有一些人，他们在墙壁上题诗，以此排遣心中的愤怒与沮丧。楼里楼外，这种诗歌随处可见。有些是写在墙上的，有些则是用刀刻在墙上的，字里行间洋溢着作者的痛苦、悲哀与怨恨。很多诗歌作者被长期囚禁在岛上，他们有足够的时间惆怅将来、尝尽挫败。还有很多人内心饱受摧残，需要将心事一吐为快，却又苦不堪言，于是只好诉诸笔墨，把情绪写成诗歌以求不朽。他们只能以此与移民局的官员进行抗争，只能以此表达自己的悲伤与不幸，只能以此来忘却遭逢的痛苦经历。于是，他们便用文字记录下自己的内心情感与沉思冥想。要不是可以将情绪托付于诗歌，沮丧与压抑日积月累，他们可能早已不堪重负自杀身亡了。一个人太过沮丧的时候，就难免会有事发生。

　　与我一同抵达美国的那个人——我的"假纸"父亲——对我说当局会对我进行问话："他们会问你很多问题。至于会问到哪些问题，我说不好。但是他们肯定会问你很多问题。你一定要把辅导口供材料上面的内容记好。要是回答错了，后果不堪设想。"这让我十分担心，甚至有些恐惧。于是我便下定决心，不管怎样，我一定要把辅导口供材料上的内容牢牢记住。不管材料有多厚，我都决意要把它记熟。

　　大约过了三四个月才轮到我被问口供。我最为担心的是自己可能会因为没有答对问题而被拒绝入境。他们提出的问题涉及我们家的房子如何，邻居怎样，村落大小以及距离市场多远。他们甚至问到我们家有几间房，家具都是什么款式。可能是因为无知者无畏的缘故，我真的是十分勇敢，毫不畏惧。我对问题所做的回答都堪称严密，这让他们无法继续追问什么。我后来听很多人说一些中国译员对他们十分刻薄，毫无敬意。他们对我说："某个译员故意敲打桌子吓唬我。我要是能够获准入境的话，不管哪天，只要我在大埠的街道上见到他，就一定要狠狠打他一顿！"

我没有碰到过这种情况。但是在那个年月，移民局做什么事总是荒唐无理的。若是他们说你没有通过审讯，那么你就是没有通过。如果你没有通过审讯，你就得聘请律师进行上诉。就这样，我在天使岛上待了十个多月。移民局的官员说我的证件是假的。他们说我讲的不是香山方言，而是新会方言。这是因为我们村子距离新会县很近的缘故。我对他们说两种方言没有太大区别，但是他们却说："方言不对。"我回答说："你们这么说，那是你们的问题，不是我的问题。"这就是我给他们的答复！

编者注：莫景胜"假纸"父亲的移民档案显示，莫景胜到达美国时向当局申报的身份是郑桃海，美国公民郑莲开之子。[2] 父子二人于1937年5月5日乘坐"柯立芝总统"号轮船抵达，随后被送往天使岛。5月7日那天，这位父亲接受了简要的讯问，随后该案被搁置，等候檀香山、洛杉矶以及圣地亚哥把相关档案寄过来再审。郑桃海老家的亲戚把"检举信"寄到上述城市及旧金山的移民局，信中揭发父子二人在入境美国的过程中使用了"假纸"。加州科罗纳多进行的另外一场移民调查也没收了一批中文信件，这些信件显示郑莲开的兄弟郑莲秀实际上是黄友东的儿子。

莫景胜的"假纸"父亲郑莲开于7月21日、22日第二次接受审讯。按照要求，他总共回答了234个问题，涉及他的家庭、村落、学校的老师以及他的兄弟郑莲秀。他也碰到了这样的情况，即他受盘问时候的口供与他在1920年提供的证词之间存在着一定的出入。

问：你们学校的老师叫什么名字？
答：马韦都（Mah Wai Doo）。

问：你父亲是怎样把这位老师请到村里教书的?

答：他是去利凯村(Lik Kee Village)请的老师。老师是那个村子里的人。

问：你父亲去利凯村请老师是什么时候的事情?

答：那位老师是我父亲来信让我母亲请来的。

问：你刚才还说是你父亲到利凯村请来了老师,现在却又这么说,是否前后矛盾?

答：我刚才不是故意那样说的。我刚才是想说我父亲让我母亲请的老师……

问：但是尽管你父亲身在美国,村里的其他人还是让你父亲去给村里的学校请老师,是这样吗?

答：是的。

问：你申请入境的时候,你父亲出庭作了证。那会儿他却不能说出你们村这位老师的名字,对此你作何解释?

答：我无法解释。

问：照这么说,你的父亲、母亲到利凯村请了那里的一个人,却不知道这人是谁。我们这么理解对吗?

答：我父亲可能当时并没有指定请谁做我们村的老师——只是让我母亲做主请一位好老师。

1937年10月18日,郑莲开再次接受审讯。在审讯过程中,问题一度聚焦在他兄弟郑莲秀写给他父亲黄友东的信件上。

问：(出示编号为SD4、SD6以及SD8的三封中文信件)这三封信的字迹跟你所谓兄弟的郑莲秀写的信一模一样。这三封信的写信日期都是在你所谓的父亲死亡日期后，每一封信的收信人都是写信人的父亲（黄友东），署名都是义昌（Yat Cheung），是你报称的那个兄弟郑莲秀结婚证上的名字。你报称的那个兄弟在自己的父亲去世很久之后还给他写了好几封信，对此你作何解释？

　　答：我否认这是郑莲秀的字迹，至于"义昌"这个名字，可能只是碰巧。

　　专门调查委员会由此得出结论，尽管中国寄来的指控信件"没有什么证据价值"，但是对于申请人身份的调查却表明他目前的口供与其 1920 年获准入境时出示的证据间存在出入。因此当局决定拒绝郑莲开的入境申请，给出的理由是，此人最初获准入境时所凭借的美国公民亲子的身份造假。这就意味着，他的儿子郑桃海（莫景胜）同样不能获准入境。

　　父子二人对于这样的裁决表示不满，决定上诉。他们聘请了律师周植荣。三个月后，1937 年 12 月 15 日那天，华盛顿特区的移民归化局发来电报，要求立即批准郑莲开入境。他儿子郑桃海接下来又等了三个月，最终于 1938 年 3 月 1 日获准入境。截止到这个时候，他已经在天使岛上被囚禁了十个月时间。直到今天，莫景胜仍然相信他们能够上诉成功是因为他的"假纸"父亲有位内兄是斯坦福大学校长的厨师，有能力请他的老板在移民归化局那里为他们美言几句。

　　从天使岛获释之后，莫景胜到圣马特奥县（San Mateo）中学就读，闲暇的时候就在他父亲的菊花苗圃帮忙。他回忆说："我当时每天工作 15 个小时，没有假期，一个月可以挣 50 美元。"他于 1944 年参军，在欧洲服兵役一年。1947 年，他回到中国娶赵容姬为妻。夫妻二人育有七名子女。他们在加州的帕洛阿尔托市（Palo Alto）依靠种植菊花为生，尽管受到种族歧视，但生意还算是不错。

我们遭遇的不公不仅来自美国移民归化局，在日常生活中也随处可见。我们不能在某些区域购买住房，不能参加工会，不能和别人竞争更好的工作机会，不能到饭店用餐，不能到理发店理发，不能使用加油站的卫生间，就是因为我们是中国人。在那个年月，除了哑忍回避，我们别无选择。对于这样的局面我们无能为力。我只是希望将来情况会有所改观，保持乐观而已。我们能做的也只有这么多。

后来，华人受到了更好的教育，越来越多的华人步入政商两界。世界也变得越来越宽容，于是很多地方向华人敞开了大门，华人也拥有了更多机会。我所有的孩子都上了大学，他们在各自的领域都做得很好。1938年至1981年间，我的主要汗水和精力都花在了经营花圃业务方面。尽管不曾发得大财，但是日子还算优裕。1956年，我们斗门县（早先属于中山县）华侨成立了大埔湾区菊花会，以便在与供应商、托运人以及花商的讨价还价中占得上风。我成了协会的秘书长，多年来一直积极地投身于协会事务。退休以后，我将自己在生意与土地上持有的股份卖掉，开始投资房地产。1987年，我成立了莫景胜慈善基金会，以便在自己的故乡发展慈善事业，出钱资助学校、图书馆、医院以及老年公寓。尽管这个基金规模不大，但是我对自己的这项工作感到无比自豪。做这样的一件事，不仅让我觉得很开心，而且还有利于我的身体健康。[3]

编者注：1964 年，美国政府启动了坦白项目——在此期间，那些靠弄虚作假入境美国的移民只要向当局自首，就可以获得合法身份。莫景胜成为选择坦白的 3 万名中国人中的一员，获得了美国国籍。起

莫景胜于1944年参加美
国陆军。莫景良藏

莫景胜在加利福尼亚州帕
洛阿尔托市 (Palo Alto)
种植菊花的苗圃,1968
年。从左至右:第一排:
莫景良与莫汝仁;第二
排:莫绮媚与莫源良;第
三排:莫景胜的妻子赵容
姬与莫汝良;最后一排:
莫丽霞。莫景良藏

初，他是不愿意的。有一次我们在通电话时，他对我说："我当时不愿意自首并不是因为害怕被递解出境。那会儿我的"假纸"母亲不想向政府坦白，我只是不希望让她摊上任何麻烦而已。"但是莫景胜的一个"假纸"兄弟决定自首——他要到联邦政府工作，但是成为美国公民是一个前提条件，这时莫景胜才改变了主意。他的律师说得对——没什么可怕的。他隐约记得在美国移民归化局接受了一次简短的问话，过程中他还玩笑着与移民局的官员谈了谈花卉生意。两个月后，他通过了美国公民考试，随后把自己和孩子们的姓氏改回了莫姓。[4]

我的孩子们似乎不太介意到底姓什么，但是我离开中国那会儿，改名换姓让我觉得很是伤心。我本来姓莫，所以我想继续姓莫。我觉

莫景胜携家人回中国探访，2007年。莫景良藏

得选择自首很好。在坦白之前，我一直很担心有移民局的官员到我家来抓我。坦白以后，我如释重负。

关于在天使岛上遭受拘禁的日子……尽管那些遭遇确实影响了我的人生观，但是却没有影响我的将来。那段日子让我放眼未来，"我们怎样才能摆脱这样的不公?"我没有因此而心灰意冷。相反，我越发积极努力，争取更加美好的未来。[5]

1　根据1984年4月9日对莫景胜的采访。莫景胜的事迹在刘咏嫦的电影《刻壁铭心》中有十分详细的介绍。

2　File 37176/12–17（Chang Lin Hoy 郑莲开），Immigration Arrival Investigation Case Files, RG 85, NARA-SF.

3　Lai，"Potato King and Film Producer"；根据1995年11月13日对莫景胜的采访；见吴日君，《天使岛受难者》，《世界日报》，2001年，4月6日。

4　根据2009年8月14日莫景胜与杨碧芳的电话交谈。

5　根据1984年4月9日对莫景胜的采访。

谢侨远："被当作二等公民"

编者注：谢侨远是我中文学校同学谢咏慈的父亲，是都板街M＆J
美化童服店的店主，还是以其亲中立场而闻名的政治活动家。我们都
喜欢叫他谢伯。1913年，谢侨远出生于开平县潭溪村，家中有四个孩
子，他排行老二。他还是小孩儿时，父亲就前往美国了。谢侨远的父
亲在旧金山学习饭店经营，随后在亚利桑那州的普莱斯考特

谢侨远在M＆J美化
童服店内的工作照，
20世纪50年代。谢
友宪藏

（Prescott）开了一间良音（Bon Ton）饭店。他向在中国的妻儿汇款，维持了家里的生计，供谢伯在广州上完了中山大学。那个时候，日军已经全面侵华。谢伯意识到这时应该前往美国发展。谢伯受过良好的教育，对华人移民的历史十分了解，他在接受采访的过程中向我们讲述了自己在天使岛上一个月的见闻经历，不仅如此，他还用毛笔为我们这本书的封面与标题页题写了中文书名。[1]

1938年，我刚刚从中山大学毕业，日本人开始轰炸广州，中国山河破碎。我们很担心家里与美国的联系会就此中断。要是收不到父亲寄来的钱，我们全家就会饿死！于是我便给父亲写信，让他安排我前往美国。他本来计划等我上完小学就托人把我接到美国去，但是却从来也没能够抽出时间来整理自己的文件。

在那个时候，由于《排华法案》有效地遏制了中国妇女移民美国以及在美国组建家庭的情况，因此在本土出生的美国公民不太多。1906年，旧金山发生地震，随后火灾烧毁了市政厅所有的出生记录，这样一来，只要有人向当局提出出生公民权申请，移民局都不得不予以受理。于是我父亲就向当局报称我在美国出生，这样我就可以凭借美国公民亲子的身份前往美国了。

但是，由于四邑地区当时正遭受日本人的进攻，我们一家不得不先乘小船逃到澳门。我们在澳门停留了三四个月，在此期间，我到香港去办理一切文件。在那个时候，这些事情不必经过美国驻香港领事馆。做父亲的在美国这边提交一份宣誓书寄到香港，你就可以凭借这份宣誓书购买船票了。我让金山庄帮我搞到了船票。我要只身前往美国，家里的其他人则要继续在澳门生活。

在儿女移民美国之前，做父亲的一定会寄来一本辅导口供手册。

为了谨慎起见，他通常会托某个人当面转交。但如是他行事仓促的话，就只能邮寄过来。辅导口供手册上的内容涉及你的家庭关系、故乡村落的布局以及家庭居住的情况。你要是能够把所有答案记住，就应该可以通过官方的问话了。但是盘问口供非常棘手，更要命的是有时他们会避开那些基本的问题不问，专问些这样的问题，如"你家的钟挂在什么位置？""照片里都有谁？"等等。因此，要是移民局的官员想要难为你，那简直轻而易举。要想准备得万无一失根本不可能。移民局发现中国移民申请人大都弄虚作假，于是他们就追加更多难以回答的问题。因此，美籍华人对于这些问题了如指掌，移民申请人与证人有可能被问及哪些问题，该如何详细作答，都被他们一一记录下来。你收到辅导口供手册以后，就要计算多长时间可以把书上的内容记住，然后据此确定出发的日期。就我而言，那本辅导手册上的问题与答案加在一起有十几页，所以我大概需要一周时间。很多人随身携带着辅导口供手册，但是他们都知道，一定要在抵达夏威夷前把它扔到海里，或者把它撕碎扔进马桶用水冲走。

我记得自己是1939年乘坐"柯立芝总统"号轮船来的美国。船上有100多人都是新移民。抵达夏威夷时，我的口袋里装着10美元。钱是我父亲从美国寄给我母亲的——她存了好几年。我听说夏威夷的新鲜水果很好，于是就给了某人--美元让他帮我买些香蕉。我们的轮船抵达大埠后，新来的移民不能上岸，不能与任何亲属交流。不仅如此，我们还得换乘一艘小渡轮，前往天使岛接受检查。

登记造册之后，我们这群人被带到一间大宿舍里，然后分配好床位。这里肯定有二三百人——都是中国人。接下来，我们进行了简单的体检。后来我因为失眠与劳累还去看过医生。我发现医院要比宿舍舒适安静，于是我就向那名管事的韩国人询问我能否在那里住几天院。医院里非常舒适，这样我可以好好休息一下了。

李白杨是一个老江湖，他曾因为吸毒被递解出境，当时正尝试用另外一个身份申请入境。他在岛上负责迎接新来的移民。不管谁有了难处都会去找他。他对我说过去这里存在各种陋习——聚众赌博、斗殴。这样才成立自治会来维持秩序。自治会禁止赌博——麻将、扑克以及一些小赌不受限制。我当时被推选为自治会主席。很多人对活动场地与伙食表示不满，于是我们就向当局申请，延长了活动场地开放时间，并且改善了伙食。这里的人想到大埠买东西，我们也可以帮忙，只要把一份订单寄给盛昌号或其他店铺就可以搞定。自治会的干事们要凑钱吃宵夜，我们就派人去拿一个猪头扔到锅里熬粥。

起床没有固定的时间。你要是起晚了，就会错过早餐——通常是吃米粥配腐乳。用过早餐，有人会到外面活动一下，或是玩会儿球。围栏圈起的场地在早餐时间之后开放，于5、6点钟晚餐时间之前关闭。午餐过后，有人睡觉，有人下棋、打麻将，有人读报、聊天。有些时候，我会写日记，或是拿出带来的书读上几页。9点左右熄灯。

在我印象中，对我的讯问只用了两天时间——每天只有一两个小时。他们问完我问题，还得问我父亲相同的问题。然后再回过头来继续向我提问。问题不是很难。我仍然记得那位检察官。他叫西姆斯，个子不高，很安静，不刻薄，很友善。那位中文译员也很有礼貌，并没有为难我。他们提出的问题涉及村落的规模、每排几户人家、我们家房子的格局、前后邻居的情况、我父母的出生日期、我父亲去过美国几次、我有几个兄弟姐妹、我在哪里上学等等。我想他们没有为难我是因为我和父亲长得很像的缘故。几天之后，我获准入境。[2] 又过了一周，我去取我的身份证，当时的身份证很像中国一种叫作火镰饼的饼干，所以身份证也叫作火镰饼。

在天使岛上遭受拘禁期间，我没有亲见任何人自杀或是疯掉。一般来说，人们全都迫切想要通过问话，然后离开这里。没有人愿意待在这里。当时我们也不懂什么法律。尽管情况很糟糕，待遇不公平，我们还是选择默默承受。对于那些通过审讯之后获准入境的人来说，天使岛上的经历没有对他们的生活造成太大的影响。但是有些人从一开始就花费了很多钱，他们申请入境未果选择上诉，因此在天使岛上被拘禁了很长时间。我们不能苛责他们，毕竟他们受到的都是切身痛苦。他们遭遇的苦难最深，墙壁上的怨愤愁苦之作便出自他们的手笔。但是，你在美国生活一段时间以后，你就会发现美国将华人视作二等公民。

编者注：谢侨远获准入境之后，在旧金山的唐人埠安顿下来。1945年，他娶了一位叫马美娟的加拿大卑斯省女子为妻。夫妻二人育有一子一女。女方在之前的婚姻中育有一个儿子。30多年来，一家人住在都板街952号，经营着一家名叫M＆J美化童服店（商店门前放着两个摇动木马）。谢伯身兼合和总会馆、昭伦总公所、中华会馆的董事会成员，是一位令人尊敬的华埠领袖。他还在中文学校授课，为两家中文报纸撰稿。1978年，他创办了美国华商总会，并且担任商会主席多年。

谢伯发自内心地热爱中国，他不仅持亲共态度，而且将这种态度付诸行动——包括1957年的那次秘密访华，20世纪50年代，美国联邦调查局（FBI）为此还对他进行过迫害。他的移民身份被取消，随即美国护照也被没收。他并没有返回中国，而是选择继续留住美国，致力于改善中美两国的关系。为此他创建了国风旅行社，组织了许多包括乒乓外交之行的文化交流活动。20世纪80年代初期，他的合法身份得

中华总会馆董事会成员、合和会馆主席谢侨远（右数第三位），1941年。谢友宪藏

谢侨远在一场社区活动中就推动中美关系发表讲话，20世纪50年代。谢友宪藏

到恢复。此时，谢伯终于得以先后四次访问自己心爱的祖国。1990年，他成为美国永久公民。他本来还打算参加1997年7月1日香港回归中国的仪式，但却在回归之前17天的时候溘然长逝，享年84岁。

1　根据1976年3月24日对谢侨远的采访。

2　根据 Alien File A11408999，谢侨远在天使岛上被拘禁了17天时间。在交叉盘问的过程中，专门调查委员会只发现了两处小的问题，加上他在听证过程中态度良好，又与他父亲十分相像，因此，该委员会认定他确实是美国公民谢秀之子。

李佩瑶："眼泪成一碗多"

编者注：1975年，我们有幸找到了李佩瑶，这有赖于我的一个朋友，她认识李佩瑶的女儿甄迎春。我曾听说她在天使岛上被囚禁了将近两年时间，很可能是被拘时间最长的一个，而且她愿意接受我们的访谈！于是，某个周六的午后，我与麦礼谦一同来到她在旧金山北岸区的公寓，拜访了她。她的记忆力惊人，对我们提出的问题逐一做了周详的回答，约略一个小时过后，我们便没得可问了。

那天下午，我们了解到李佩瑶于1916年出生在香山县冲头村。1939年，她化名严亚爱，凭借美国公民假女儿的身份移民美国，那年她23岁。入境之后，她就会和一个长她30岁的金山客结婚，这是为了给她家其他人前往美国创造条件。李佩瑶本以为只需要在天使岛上待几周就可以成功通过体检与问话。孰料由于她与其"假纸"父亲在审讯过程中口供存在出入，她未能获准入境。

李佩瑶面临着被当局递解出境的命运。亲戚们说他们要聘请一名律师将她的案件上诉到华盛顿特区的相关部门，让她耐心等待。案件先是上诉到美国地区法院，后来又上诉至美国巡回上诉法院，最后上诉到美国最高法院，但都以失败告终。这个时候中日两国之间的战事升级，美国即将参加第二次世界大战，同中国并肩作战。于是李佩瑶看到了获准入境的希望，因为把她递解回中国毕竟太危险了。然而没有想到的是，在天使岛上被拘禁了20个月后，她被递解回香港。在香港她的命运再度出现与众不同的转机。1947年，她凭借战时新娘的身份重返美国，嫁给了早先要嫁的那个金山客。当时，天使岛移民拘留所已经被关闭，相关人员回到旧金山办公，《排华法案》也被废止了。这个时候她获准直接入境。但是她在天使岛上被囚禁了20个月，如同蹲监狱一般，这段经历让她刻骨铭心。

我和麦礼谦准备好了一系列的问题。因为我们都清楚天使岛的那段经历在她内心深处留下了伤痕，所以在向她提问时小心翼翼，甚至可以说是谨小慎微。结果，我们所能看到的仅仅是她移民经过来龙去脉的一部分。九年后，刘咏嫦为了拍摄她的电影《刻壁铭心》，邀我一道采访了李佩瑶。当时，我又追问了一些问题。这时我对她在抵达天使岛以前的日子以及离开天使岛之后的岁月才有了更加充分的认识，并且了解到她是如何熬过天使岛上20个月的拘禁生涯的。下面的叙述取材于上述两次访谈。[1]

我本来并不打算来美国，之所以又来是因为条件所迫。我很小的时候，我父亲是一个富裕的农民。洪水淹没了他的土地，他也在一夜之间破产。从那时候起，我们一家人的命运被改写。我父亲去世后，哥哥不得不开始工作，养活我和母亲。我见到过他那份工作有多么累人，就这一份工作。挣来的钱基本不够花销。于是我母亲给我安排了一桩婚事。我在16岁那年就获得了前往美国的护照，但是直到我23岁那年，日本发动侵华战争以后才来美国。日本人轰炸石岐，炸弹扔得到处都是。我在无处可逃的情况下不得不前往美国。但是我的命不好。我以前从来没有见过我的未婚夫，但是我知道他要比我大许多岁。他说到底是否嫁给他等我抵达美国后可以选择。我母亲希望我来美国，这样我将来就可以把我的弟弟和家里的其他人带到美国来。考虑到这一点，我不敢违背婚约。我要做一个孝顺的女儿。当时的情况逼迫我不惜一切代价入境美国。

移民美国之前的李佩瑶，1939年。旧金山国家档案馆藏

1939年，我抵达了天使岛。移民局官员让我们把各自的行李存放在一个木屋里，然后就把我们带到了一栋木房里。我们只可以携带一小箱衣服。第二天，我们被迫接受了体检。医生过来时，我不得不脱掉身上所有衣服。这样的事情让人非常尴尬，羞愧难当。我真的不愿意让他给我做检查，但是我没有选择。要是在中国的话，我永远不必脱光衣服，但这里是美国，情况不可同日而语。我感到非常不安。

天使岛上的被囚人员足足有一百多人。男女分开居住，各有宿舍。他们给我们分配好铺位，并且安排了鬼婆（白人妇女）照顾我们。我们每天大概7点钟起床。他们大喊："吃饭！吃饭！"叫醒了我们，然后把我们带到饭堂去吃早餐——通常是符合中国人口味的一盘蔬菜加上一盘肉。有时我们会吃到炒鸡蛋,有时则可以吃到蔬菜炒肉。他们提供的伙食十分糟糕,味道也不怎么好吃。但是那个时候大多数人都不吃他们做的饭菜。很多人在城里面有亲戚,每天都有中式饭菜寄来——烤鸭、腊肠、打包的饭菜等。用餐过后,他们就会把我们带回去锁上房门。每天如此。就好像是在蹲监狱。他们跟着我们出去,跟着我们回来,然后把我们的房门锁上。他们对待我们简直就像对待囚犯一样!他们总是既担心我们会跑到男宿舍那边和他们交谈,又害怕我们可能会逃走或自杀。可是我们又能逃到哪里去呢?我从来没有见过有人尝试自杀,但是确实有人因为过度伤心痛苦而死。

我们真是无处可去。只有一小块四周圈着围栏的地界儿供我们放放风,晒晒太阳,活动几下或是打打球。宿舍里有一张长桌,我们可以在上面写点东西或是做做缝纫。透过窗户,我们可以看到每天上午9点半或10点左右有船抵达这里。日暮时分,我们可以看到移民局官员和新获释的移民乘同一条船离开天使岛。每天如此。我们不能与访客见面,但是这里有一位毛雷尔女士,她是一位传教士,每周都会来这里一两次。她对我很好,总给我带些毛线与布料。我有时读书看报,有时做点编织,有时缝些衣服,有时则去睡觉。你起床以后,就又该用早餐了。日复一日,吃吃睡睡。光阴难熬,度日如年。

我们每人一个床位,厕所数量足够用,但是那么多人——一度达到五六十人——在一起,再加上周边还有几个小孩儿,环境难免吵闹。有时你旁边的人讲话声音很大,还有人在大半夜里痛哭流涕,你根本睡不着觉。有时人们也发生摩擦争吵几句,但是由于我们同命相怜,所以通常都还不错。尽管我听不懂四邑方言,但还是与大家一起用餐,遇到困难彼此帮忙。[2] 在岛上待了有些时日的人看到别人离开此地经常会大哭起来,精神压力很大。我们每个人都在忍受感情上的折磨。每个人都很无助。你知道，我在天使岛上终日流的眼泪真的有成一碗多，好惨！

我在中国时，不知道在美国讨生活如此艰难。那时人人都说来到美国如同进了天堂，但是在天使岛上，美国人对待中国人就像对待毛贼与强盗一般。厕所的墙面上写满了表达个人悲伤与痛苦的诗作。这些诗歌内容涉及天使岛上的生活如何痛苦，这里的妇女怎样悲惨、压抑，获准离开此地遥遥无期等。有时候，我也写诗宽慰自己。写诗有助于缓解一部分紧张的情绪。我有时写着写着会痛哭起来。在我最难熬的那段日子里，我写了这样一首诗：

> 远涉重洋到美洲，
> 离别家乡与亲朋——
> 谁知困在木楼中，
> 不知何日得出头？

在人生最为悲惨的时刻，我只能向上帝求助，每天都祈祷。只有如此我才能忍受这些磨难。我除了让自己强大起来无计可施，我只有多加珍重才能熬出头来，我一定要尽到一个孝顺女儿的义务。我当时所想到的就是这些！

抵达天使岛两三周后，我被传唤前去接受问话。我知道自己肯定会受盘问，但是在那一刻真正来临的时候仍然感到十分紧张。我面对着速记员、检察官、译员各一人——总共三个人。我甚至都不敢看他们一眼。审讯持续了三天时间。我们上午9点半或10点开始，中午11点半或12点吃午餐，稍作休息，然后下午1点到4点继续。他们提出的问题涉及我祖父母的情况，我们家房子的朝向，我住哪一间房，从一地到另一地的距离等。问话花了很长时间，这是因为他们问完我问题，还要问我父亲、我叔叔，以及两个证人一些问题。因此这个过程很是耗时。译员有时候情绪暴躁。我回答说"不确定"或"不知道"时，他们就让我用"是"或"不是"作答。他们对待我们简直就像对待囚犯一般！

问话结束后，你要是没有通过，他们也不通知你。可是你一旦获准与父亲或证人见面，那就意味着他们打算将你递解出境。你知道，要是我通过了审讯，就没有必要与证人见面了，我就会立即获准入境，收拾一下东西走人。情况通常就是这样的。亲戚们后来对我说他们会将我的案件上诉到华盛顿特区。他们让我耐心等候。我的第一次上诉失败了，第二次也没有成功。于是亲戚们又寄希望于美国参战之后我可以获释入境。但是事与愿违，我在天使岛上被囚禁了20个月。我是那里被囚禁时间最长的一个。大部分人只会在那里停留三周左右。即使申请上诉一般也会在几个月后获准离开。但是因为我的"假纸"父亲向当局报称我是双胞胎，口供里却用了错的出生日期，所以我的案件更加复杂曲折。[3] 因此，我不能获准入境。

当时的情况就是这样，对此你无可奈何。但这只是我现在的看法。移民资料经过美国驻香港领事馆审核，要是能通过，再让我们过来；要是不能通过就不应该让我们再过来。那样的话，就可以免去我们20多天乘坐轮船的晕船之苦，省去我们在天使岛上被囚禁的牢狱之灾。就我个人而言，我不得不熬过20个月如同蹲监狱一般的日子。后来我又被遣返回香港，好不令人悲伤！

乘船回国的途中，我的心情十分沉重。我"没有脸面"与家人相见，我的精神几近崩溃。最后我不得不用一些米饭，一些热米饭，贴在胸口上，以此缓解内心的疼痛。我所经受的痛苦任何人都无法承受。往事不堪回首。后来有一次，我做了一个梦，梦到我的上诉终于成功了！这就好像是从上帝那里传来的消息。于是我的内心平和了。这就是我移民美国经历的始末。我用了14年的时间才回到美国，14个无比漫长的春秋。[4]

至于我在美国的生活……只要你愿意努力拼搏，你就可以过上更好的日子。我们家开了一间杂货店，由于店里的人手够用，我什么也不用做。后来，我的公公去世了，店面就由我们夫妻二人打理。我每天从上午7点干到晚上9点，整整14个小时，每周7天，天天如此。但是这种状态只持续了五六年时间。如今我们的日子非常安稳。我积攒了一大笔钱，打算买下一栋公寓，把其中一个单元留给自己住，其他的房间用来租赁。这样的话，我在有生之年就可以衣食无忧了。

我母亲想让我来美国，她还希望有朝一日，我能把家里其他人也带过去。20年后，母亲，兄、嫂以及他们的四个孩子，姐姐以及她的两个孩子都乘船来到了美国。尽管为此我花了好几千美元，但是我母亲的愿望终于实现了！如今，他们都发展得很好。工作都不错，也都成家立业了。所有的孩子都念完了大学，如今薪金可观。他们过得都很幸福，我对他们的责任终于尽到了。

编者注：我第二次采访李佩瑶是出于拍摄电影的缘故，在这之后又过了16年，我才逐渐对她的移民经历以及她在美国的生活有了别样的看法。其实那段日子并不像她讲的那样"轻松"。那时候，李佩瑶已于1996年在与癌症进行了一段时间的英勇抗争之后撒手人寰。我找到她的女儿甄迎春与甄迎彩，请她们帮我澄清在李佩瑶的访谈中存在的一些前后矛盾之处。按照《信息自由法案》的规定，以及她们在国家档案馆找到的一批移民档案和法庭卷宗，我们得知1955年有人向美国移民局揭发检举她非法入境的事实。[5] 当局批发了她的逮捕令，理由是她于1947年入境美国时使用的移民签证弄虚作假。她被传唤到旧金山的移民部门就自己不应该被递解出境的理由做出说明。这个时候她被遣返回国的风险不亚于1939年她在天使岛被囚禁的时候。但是这次她获得了律师周植荣的帮助，后者不仅代理了她的案件而且还代表了她第二任丈夫甄常进——她于1953年第二次结婚——的支持。很明显，她也愿意说说整个故事的来龙去脉。根据档案记载，审讯进行了一半的时候，在律师的鼓励下，她通过翻译说道："我希望自己能够坦白交代本案中所有的实情。"接下来她实话实说，讲述了她那艰难的美国之旅以及在获准入境之后所遭遇的种种心酸。

我出生于民国五年五月初三（1916年6月3日）。出生之后取名李佩瑶。大约13岁那年，我父亲去世了。他没有留下任何东西，我们家一贫如洗。当时正赶上打仗，我们全家疲于奔命。有一天，胡棠的堂弟在和我母亲聊天时说他有一位堂兄在美国，他妻子刚刚去世，正打算再娶，于是问我母亲愿不愿意把女儿嫁给他那位堂兄。后来胡棠的堂弟让我母亲给我照张相，由他寄到美国去，请胡棠看看是否喜欢我。过了一段时间，胡棠的堂弟来我家告诉说我需要化名严亚爱，以假女儿的身份前往美国——当时我化名为严大妹——抵达美国之后要与胡棠结婚做她的妻子。就这样，我于1939年动身前往美国。抵达大埠时，我在天使岛上被拘禁了大约两年时间。

岛上的每一天都十分难熬，我的心情十分糟糕。每当有人从那里获释，我就会感到浑身不舒服。我不晓得自己的案件会有怎样的结果。我甚至尝试过自杀。后来我被递解回香港。在我返回香港的路上，我再次想到自杀，但是这时我想到了我的母亲，想到了我们在一起遭遇的艰难。回到香港那会儿，我在香港的大街上兜售大米。因为那个时候正在打仗，所以我的日子十分不好过。我母亲对我说我们家花了胡棠给的一些钱，所以无论我的日子如何艰难，我都不能再嫁给别人。她已经应允了我与胡棠的婚事。她说我应该等到战争结束以后，那时她就可以重新与胡棠取得联系，胡棠就可以再度安排我前往美国的事宜了。战后大约是在1947年，胡棠来香港到我家拜访我母亲。我们邀请了一些朋友赴宴。后来母亲告诉我那就是我与胡棠的结婚仪式了。随后胡棠讲了把我带到美国去的计划。他说我要弄一张与陈世结婚的证书，然后以陈世妻子的身份前往美国，他还说会陪我一同前往。[6] 我和陈世从美国驻香港领事馆领到了结婚证，之后他对我说必须与他同房，他才能把我带到美国去。我反对与他同房，但是他强行逼我就范，就这样我和他在香港成了名副其实的夫妻。1947年，我与陈世一同前往美国。抵达美国之后，他把我带到市德顿街1141号胡棠的住所，把我留在那里。我到了那里以后才知道胡棠的妻子还健在，实际上他并不是要娶我为妻，而是想要我做妾。我不愿意做妾，但是如今身在美国，我也无可奈何。我不知道该向谁求助，于是就与他一同生活。我在他家生活的那些日子，他妻子对我十分刻薄。她对待我如同对待丫鬟一般。我不仅要做屋子里的全部家务，还要服侍她，除此之外，我还得照看胡棠的一栋房子。1949年1月8日，我给胡棠生了一个女儿。我在斯坦福医院分娩期间，胡棠为我做了十分周到的安排。为女儿填写出生证明时，他在父亲的位置填上陈世的名字。1950年8月18日，胡棠在大埠去世，并没有给我和女儿留下任何钱物。他死后，他的妻子强迫我继续服侍她。大约1953年的时候，我遇到了弗雷德·甄（Fred Gin，甄常进），得知他的妻子于几年前去世了。我觉得他人还不错。

我们大概交往了六个月然后就结婚了。我去雷诺（Reno）弄来一张与陈世离婚的判决书，销掉了1953年1月16日的结婚登记。弗雷德与前妻在美国育有两个儿子，我们结婚之后，我在1955年2月4日给他生了一个女儿。

编者注：李佩瑶不承认自己做过不道德的事，她始终认为她一直在按照母亲的安排行事，她同意嫁给胡棠是因为自己相信他死了老婆，与陈世假结婚后与他发生了性关系是出于被迫。在律师对她进行交叉审讯的过程中，李佩瑶强调自己在嫁给甄常进之后重新找到了幸福，所以她很希望能够留在美国与家人在一起。

问：假如把你与弗雷德以及家里其他人分开，那将会怎么样？

答：我的日子将会非常难过。因为要是我与家里人分开的话，我没有第二个人可以投奔。

问：如果你被递解出境的话，弗雷德会与你一起离开吗？

答：即使他愿意，我也不愿意让他跟我一起离开，因为我不想让他为我而放弃自己的生活。

问：如果把你和家人分开的话，你会带着亲生女儿黛西与黛比一起离开吗？

答：不会。我会把她们留在美国。即使她们在美国沦为乞丐或者是活活饿死，我都会把她们留在美国，因为美国这里的生存条件比中国要好。

在听证会即将结束之前，移民局官员问她有何补充，她回应说："我只是希望你们能够给我一个机会让我留在美国与家人在一起。我嫁

李佩瑶与女儿陈绮华，1950年。
甄迎彩藏

李佩瑶、甄常进与孩子
们，1955年。从左至
右：陈绮华、甄迎春、
甄荣畅、甄荣权。甄迎
彩藏

给弗雷德以后日子过得很幸福。在此之前所有的罪过错不在我。我只是按照母亲的意愿行事，我与胡棠的婚事，我与陈世假结婚以他妻子的身份入境美国，这些都是她一手安排的。"

移民局官员恩格斯基兴（H. H. Engelskirchen）对于她的证词表现出明显的不屑一顾并且无动于衷，鉴于她当时的移民签证存在弄虚作假的行为以及她在与陈世尚未离婚的情况下"与胡棠私通"的事实，判定将她递解出境。李佩瑶没有放弃。她委托一位名叫兰伯特·奥唐纳（Lambert O'Donnell）的法律顾问将这一裁决上诉到华盛顿特区的移民案件上诉委员会。奥唐纳律师首先主张"她本质上并不是一个有犯罪倾向的坏人……只是一颗棋子——实际上是一个奴隶——应该严厉谴责的是摆布这颗棋子、压迫这个奴隶的人们"。接下来，这位律师指出，因为她嫁给了美国老兵陈世，并且与他同居，因此他们的婚姻是有效的，这样一来她以战时新娘的身份移民美国属于合法行为。这一次，移民案件上诉委员会维持了李佩瑶的上诉，本来定于1956年3月25日将她递解出境的程序就此终止。李佩瑶于1959年获得美国国籍，这样她把中国的家人接来美国就名正言顺了。

---

1 根据1975年12月14日和1984年4月11日对李佩瑶的采访。李佩瑶的事迹在刘咏嫦的电影《刻壁铭心》中有详细的介绍。
2 当时大部分妇女来自四邑地区（新会、台山、开平、恩平四县），与她们不同，李佩瑶来自香山县，那里讲隆都方言。
3 李佩瑶移民档案中存放的总结报告表明，专门调查委员会对李佩瑶连同四个证人进行了十分彻底的交叉盘问，指出那个假冒的父亲早先提供的证词与当前呈报的关系存在矛盾，再者，李佩瑶关于自己出生日期与双胞胎姐姐的证词又不相符。四名证人中有一名证人的诚信也受到质疑。委员会因此得出如下的结论："这些存在出入的地方很清楚地表明那个假冒父亲的美国公民身份是依靠弄虚作假获得的，他声称与该申请人之间的合法亲缘关系也是假的。"File 39071/12-9（Ngim Ah Oy 严亚爱），Immigration Arrival Investigation Case Files, RG 85, NARA-SF.

4 从1932年订婚之后第一次获得美国签证起，至1947年根据两年前颁布的《战时新娘法案》以战时新娘的身份最终获准入境美国，李佩瑶前后用了14年才得以入境美国。

5 *In the Matter of Ngim Ah Oy on Habeas Corpus*, File 23099R, Admiralty Files, U.S. District Court for the Northern District of California, RG 21, Immigration Arrival Investigation Case Files, RG 85, NARA-SF; Alien File A6824153.

6 陈世为别名，美国国籍，他是一位曾经参加过第二次世界大战的老兵。

附 录

天使岛上中国移民申请人被拘留时间（1910—1940），以及天使岛上中国移民申请人被驱逐及上诉情况（1910—1940）

以下表格根据《申请经由加州旧金山港入境美利坚合众国之华人名录，1903—1947》（*Lists of Chinese Applying for Admission to the United States through the Port of San Francisco, California, 1903–1947*）制作。要了解中国移民申请人的规模数量，他们在天使岛被拘留的时间以及这些案件的处理情况，该名录堪称最全面的信息来源。这份手写的名录提供了95 687名移民申请人的如下信息：船只清单编号（与移民档案编号相同），姓名，类别（本国人，商人，劳工，学生、政府官员，等等），居住地，专门调查委员会听证会日期，获准入境日期，拒绝入境日期，上诉日期，"起程回国"日期。全部27卷微缩胶片可以在www.ancestry.com上进行浏览与获取。

制作"表格1"时，我们用了1 000多个小时仔细阅读了15 000页簿记，计算出每个人获准入境或被递解出境所用的天数。"1天"表示他们当天即获准入境，多数情况是下船后直接入境，不必到天使岛走上一遭。这些人包括了回国的美国居民，享有豁免资格的人员（教师，学生，政府官员，商人，旅行者）。"2天"表示他们在所乘船只抵岸之后第二天获准入境，很可能在天使岛上住过一晚，以此类推。至于那些缴纳保金之后从天使岛被假释或者真释的人员及数月甚至几年之后才获准入境甚或离境的人员，我们使用他们从天使岛获释的日期做他们结束囚禁生活的时间。据称死于某种疾病的56个人，在天使岛上出生的4个婴儿以及簿记上错记的几个日本名字的服务生，则不在我们统计之列。

重要的发现包括如下几点：（1）中国的移民申请人中有49%的人在抵达旧金山的当天获准入境，他们从未踏足天使岛。（2）中国的移民申请人中有95%的人获准入境，只有5%的人被驱逐出境。（3）困囚天数的中值（困囚天使岛天数的代表性数字）在1918年的时候达到最低，只有7天，在1940年的时候达到最高，高达42天。从1910年到1940年整个时期，困囚天数的中值为16天。（4）将近二百人被拘留了一年多，三个人在等待上诉结果的过程中被拘留了两年多。邝丁光的祖父是美国公民，他于1938年11月9日抵达旧金山，被拘留了756天，黄栋（Wong Dong）、王炳（Wong Bing）是商人之子，他们于1928年4月5日抵达旧金山，被拘留了750天。这是最长的被拘纪录。

制作"表格2"时，我们对移民申请遭拒的情况、遭拒后继而提出上诉的情况以及上诉的结果如何等方面进行了统计。结果显示，中国移民提出的入境申请有9%遭到移民检察官的拒绝。申请遭拒之后，有88%的人会聘请律师就判决结果提起上诉，55%的上诉案件会以胜诉告终。

表格1　天使岛上中国移民申请人被拘留时间（1910—1940）

年份	拘留1天人数	2天	3天	4—7天	8—14天	15—30天	31—90天	91—99天	200天	合计人数	获准入境人数	驱逐出境人数	拘留天数中位数
1910	942	376	197	486	537	406	782	152	1	3 879	3 186	693	12
1911	1 372	367	175	288	233	286	406	83	1	3 211	3 013	198	10
1912	1 405	179	164	213	205	451	598	82	13	3 310	3 116	194	18
1913	1 453	182	132	339	432	534	479	94	29	3 674	3 465	209	15
1914	1 149	140	145	850	544	612	344	73	5	3 862	3 688	174	9
1915	1 214	307	408	407	401	647	539	264	39	4 226	3 964	262	14
1916	803	199	423	591	495	522	289	73	16	3 411	3 241	170	8
1917	848	189	272	328	284	353	422	221	60	2 977	2 685	292	14
1918	766	119	162	204	155	149	117	66	12	1 750	1 691	59	7
1919	1 429	220	123	147	215	246	267	73	19	2 739	2 660	79	12
1920	1 474	166	192	232	266	513	664	129	16	3 652	3 606	46	18
1921	1 795	117	149	395	524	714	565	184	81	4 524	4 357	167	16
1922	2 695	148	222	323	416	670	935	225	54	5 688	5 429	259	20
1923	2 487	287	115	205	241	495	1002	295	106	5 233	4 944	289	31
1924	1 755	441	179	370	241	371	396	248	41	4 042	3 836	206	11
1925	1 344	302	52	57	78	139	149	152	21	2 294	2 132	162	11
1926	1 992	157	28	58	83	184	272	255	73	3 102	2 915	187	35
1927	1 805	68	34	65	145	270	186	140	25	2 738	2 602	136	23
1928	2 234	36	36	93	89	304	440	214	62	3 520	3 355	165	35
1929	1 568	94	41	70	280	282	256	169	22	2 782	2 677	105	19
1930	2 253	86	37	69	97	250	274	169	89	3 324	3 217	107	29
1931	1 885	52	45	61	71	309	330	208	47	3 008	2 893	115	31
1932	1 179	93	55	61	94	131	208	73	20	1 914	1 866	48	20
1933	1 404	74	31	54	68	66	119	39	11	1 866	1 818	48	14
1934	1 507	59	57	75	52	86	99	65	49	2 049	2 012	37	16
1935	1 412	60	78	73	45	100	80	73	24	1 945	1 917	28	14
1936	1 282	52	62	57	45	82	112	145	41	1 878	1 831	47	28
1937	1 257	96	50	91	42	69	137	114	12	1 868	1 841	27	15
1938	1 488	73	61	91	85	168	259	132	27	2 384	2 333	51	25
1939	1 584	76	48	127	101	210	408	230	63	2 847	2 774	73	35
1940	1 057	34	32	75	86	147	266	252	41	1 990	1 953	37	42
合计	46 838	4 861	3 805	6 555	6 650	9 766	11 400	4 692	1 120	95 687	91 017	4 670	16
百分比	48.95%	5.08%	3.98%	6.85%	6.95%	10.21%	11.91%	4.90%	1.17%		95.12%	4.88%	

数据来源：《申请经由加州旧金山港入境美利坚合众国之华人名录，1903—1947》，美国移民规划局。Microfilm 1476, RG 85, National Archives, Washington, D.C.

表格2　天使岛上中国移民申请人被驱逐及上诉情况（1910—1940）

年份	申请人数	申请遭据人数	上诉人数	胜诉人数
1910	3 879	791（20.4%）	599（75.7%）	94（15.7%）
1911	3 211	278（8.7%）	21（78.4%）	77（35.3%）
1912	3 310	268（8.1%）	180（67.2%）	75（41.7%）
1913	3 674	220（6.0%）	136（61.8%）	44（32.4%）
1914	3 862	226（5.9%）	156（69.0%）	54（34.6%）
1915	4 226	444（10.5%）	337（75.9%）	201（59.6%）
1916	3 411	228（6.7%）	176（77.2%）	75（42.6%）
1917	2 977	445（14.9%）	336（75.5%）	147（43.8%）
1918	1 750	91（5.2%）	72（79.1%）	50（69.4%）
1919	2 739	115（4.2%）	110（95.7%）	86（78.2%）
1920	3 652	233（6.4%）	226（97.0%）	198（87.6%）
1921	4 524	282（6.2%）	282（100.0%）	159（56.4%）
1922	5 688	235（4.1%）	233（99.1%）	87（37.3%）
1923	5 233	401（7.7%）	388（96.8%）	187（48.2%）
1924	4 042	433（10.7%）	397（91.7%）	218（54.9%）
1925	2 294	369（16.1%）	344（93.2%）	165（48.0%）
1926	3 102	423（13.6%）	393（92.9%）	188（47.8%）
1927	2 738	306（11.2%）	258（84.3%）	140（54.3%）
1928	3 520	364（10.3%）	344（94.5%）	191（55.5%）
1929	2 782	311（11.2%）	306（98.4%）	219（71.6%）
1930	3 324	312（9.4%）	301（96.5%）	206（68.4%）
1931	3 008	373（12.4%）	360（96.5%）	245（68.1%）
1932	1 914	216（11.3%）	207（95.8%）	167（80.7%）
1933	1 866	155（8.3%）	122（78.7%）	91（74.6%）
1934	2 049	123（6.0%）	119（96.7%）	89（74.8%）
1935	1 945	115（5.9%）	110（95.7%）	78（70.9%）
1936	1 878	173（9.2%）	170（98.3%）	123（72.4%）
1937	1 868	153（8.2%）	151（98.7%）	127（84.1%）
1938	2 384	165（6.9%）	162（98.2%）	114（70.4%）
1939	2 847	251（8.8%）	247（98.4%）	171（69.2%）
1940	1 990	173（8.7%）	171（98.8%）	128（74.9%）
total	95 687	8 672（9.1%）	7 611（87.8%）	4 194（55.1%）

数据来源：《申请经由加州旧金山港入境美利坚合众国之华人名录，1903—1947》，美国移民规划局。Microfilm 1476, RG 85, National Archives, Washington, D.C.

参考文献

纸质文献：

阿英，编.埃仑侨胞致各界书.世界日报，1923-08-24.

———.反美华工禁约文学集.上海：中华书局，1960.

———.华侨血泪：关博士力争苛例.少年中国晨报，1911-02—1911-04.

———.木屋拘囚吃尽苦.金山歌集.旧金山：大光书林，1911.13B—14A.

———.木屋拘留序.世界日报，1910-03-16：1.

———.天使岛客被困，天涯窘苦中之哀思，对美新移民律之悲愤.粤曲精华.旧金山：金门乐群社，1925.1—7.粤调歌曲菁华.旧金山：新大陆图书馆，1926.103—8.

———.游美洲被囚困木屋疏.粤海春秋.广州：大成书局，1923.

Angel Island Immigration Station Historical Advisory Committee. "Report and Recom-mendations on Angel Island Immigration Station." San Francisco, 1976.

Architectural Resources Group. "Angel Island Immigration Station Detention Barracks Historic Structure Report." Prepared for National Park Service, California State Parks, and Angel Island Immigration Station Foundation, SanFrancisco, 2002.

———. "Historic Structures Report: Hospital Building, Angel Island Immigration Sta-tion." Prepared for the National Park Ser-vice, California State Parks, and Angel Is-land Immigration Station Foundation, San Francisco, 2002.

Architectural Resources Group and Daniel Quan Design. "Final Interpretive Plan, Phase 1 Project Area, Angel Island Immi-gration Station." Commissioned by the California Department of Parks and Recreation, Sacramento, 2006.

———. "Poetry and Inscriptions: Translation and Analysis." Prepared by Charles Egan, Wan Liu, Newton Liu, and Xing Chu Wang for the California Department of Parks and Recreation and Angel Island Immigration Station Foundation, San Francisco, 2004.

Askin, Dorene. "Historical Report, Angel Island Immigration Station." California Department of Parks and Recreation, Interpretive Planning Unit, Sacramento, 1977.

Bamford, Mary. *Angel Island: The Ellis Island of the West.* Chicago: Woman's American Baptist Home Mission Society, 1917

Barde, Robert. *Immigration at the Golden Gate: Passenger Ships, Exclusion, and Angel Island.* Westport, CT: Praeger, 2008.

Barde, Robert, and Gustavo J. Bobonis. "Detention at Angel Island: First Empirical Evidence." *Social Science History* 30, no. 1 (Spring, 2006): 103−36.

Bolten, Joseph. "Cerebrospinal Meningitis at Angel Island Immigration Station, Calif." *Public Health Reports* 36, no. 12 (March 25, 1921): 593−602.

Brownstone, David, Irene Franck, and Douglass Brownstone. *Island of Hope, Island of Tears.* New York: Barnes and Noble, 2000.

California State Board of Control. *California and the Orient: Japanese, Chinese and Hindus.* Sacramento: California State Board of Control, 1922.

California State Senate. Special Committee on Chinese Immigration. *Chinese Immigration: Its Social, Moral, and Political Effect.* Sac-

ramento, CA: State Office of Printing, 1878.

Camacho, Julia Maria Schiavone. *Chinese Mexicans: Transpacific Migration and the Search for a Homeland.* Chapel Hill: University of North Carolina Press, 2012.

Cannato, Vincent J. *American Passage: The History of Ellis Island.* New York: Harper, 2009.

"Carved on the Walls: Poetry by Early Chinese Immigrants." In *The Heath Anthology of American Literature,* edited by Paul Lauter. 2nd ed. Vol. 2. Lexington, MA: D.C. Heath, 1994, 1956−63.

婵娟. 哀离思岛上哀思长：一个悲沧老移民追忆囚居岛上的凄苦岁月. 中国时报，1984−09−25.

Chan, Sucheng. *Asian Americans: An Interpretive History.* Woodbridge, CT: Twayne Publishers, 1991.

———, ed. *Chinese American Transnationalism: The Flow of People, Resources, and Ideas between China and America during the Exclusion Era.* Philadelphia: Temple University Press, 2006.

———, ed. *Entry Denied: Exclusion and the Chinese Community in America, 1882−1943.* Philadelphia: Temple University Press, 1991.

———. *This Bitter-Sweet Soil: The Chinese in California Agriculture, 1860−1910.* Berkeley: University of California Press, 1986.

Chang, Iris. *The Chinese in America: A Narrative History.* New York: Viking, 2003.

陈凤丽. 昔日华人伤心地如今游客追思处：天使岛上无天使. 环球时报，2000−11−10.

Chen, Helen. "Chinese Immigration into the United States: An Analysis of Changes in Immigration Policies." Ph.D. diss., Brandeis University, 1980.

Chen, Wen-hsien. "Chinese Under Both Exclusion and Immigration Laws." Ph.D. diss., University of Chicago, 1940.

Chen, Yong. *Chinese San Francisco, 1850–1943: A Trans-Pacific Community.* Stanford, CA: Stanford University Press, 2000.

Cheng, Lucie, and Edna Bonacich, eds. *Labor Immigration Under Capitalism: Asian Workers in the United States before World War II.* Berkeley: University of California Press, 1984.

Chew, Ng Poon. *The Treatment of the Exempt Classes of Chinese in the United States: A Statement from the Chinese in America.* San Francisco: Chung Sai Yat Po, 1908.

次尘. 民十赴加困于云埠移民监. 台山华侨工作报告周刊，1929（1）.

Chin, Tung Pok, and Winifred C. Chin. *Paper Son: One Man's Story.* Philadelphia: Temple University Press, 2000.

Chinn, Thomas W., H. Mark Lai, and Philip P. Choy. *A History of the Chinese in California: A Syllabus.* San Francisco:

Chinese Historical Society of America, 1969. Chiu, Ping. *Chinese Labor in California, 1850–1880: An Economic Study.* Madison: State Historical Society of Wisconsin, 1967.

Chow, Christopher, and Connie Young Yu. "Angel Island and Chinese Immigration." *San Francisco Journal,* June 30, July 21, August 4, 11, 18, 25, 1976; April 25, 1979.

Choy, Philip P., Lorraine Dong, and Marlon K. Hom. *The Coming Man: 19th Century Perceptions of the Chinese.* Hong Kong: Joint Publishing Company, 1994.

Coolidge, Mary Roberts. *Chinese Immigration.* New York: Henry Holt, 1909. Daniels, Roger. *Asian America: Chinese and Japanese in the United States since 1850.* Seattle: University of Washington Press, 1988.

———. *Guarding the Golden Door: American Immigration Policy and Immigrants since 1882.* New York: Hill and Wang, 2004.

———. "No Lamps Were Lit for Them: Angel Island and theHistoriography of Asian American Immigration." *Journal of American Ethnic History* 17, no. 1 (Fall 1997): 3–18.

Delgado, Grace Pena. *Making the Chinese Mexican: Global Migration, Localism, and Exclusion in the U.S.-Mexico Borderlands.* Stanford, CA: Stanford University Press, 2012.

D' Emilio, Frances. "The Secret Hell of Angel Island." *American West* 21 (May—June 1984): 44–51.

邓蜀生. 天使岛——洒向人间都是怨. 世代悲欢 "美国梦"：美国的移民历程及种族矛盾（1607—2000）. 北京：中国社会科学出版社，2001. 228—244.

伊迪丝·伊顿和天使岛诗歌. 刘海平，王守仁，编. 新编美国文学史：第 2 卷，1860—1914. 上海：外语教育出版社，2002. 539—552.

Egan, Charles. "Voices in the Wooden House: Angel Island Inscriptions, 1910–1945."

Manuscript, 2008.

Fairchild, Amy L. *Science at the Borders: Immigrant Medical Inspection and the Shaping of the Modern Industrial Labor Force*. Baltimore, MD: Johns Hopkins University Press, 2003.

方大明. 木楼写真. 太平洋周报，1978-08-24.

方民希. 木楼题壁诗注释. 太平洋周报，1978-08-24：11.

Fanning, Branwell, and William Wong. *Images of America: Angel Island*. Charleston, SC: Arcadia Publishing, 2006.

Fowler, Josephine. *Japanese and Chinese Immigrant Activists: Organizing in American and International Communist Movements, 1919–1933*. New Brunswick, NJ: Rutgers University Press, 2007.

Fu, Chi Hao. "My Reception in America." *Outlook*, August 10, 1907, 770.

盖建平. 感性与诗情：作为华人生存经验的木屋诗. 华文文学，2009（2）：59—66.

———. 木屋诗研究：中美学术界的既有成果及现存难题. 华文文学，2008（6）：79—86.

———. 早期美国华人文学研究：历史经验的重勘与当代意义的呈现. 复旦大学，2010.

Gee, Jennifer. "Housewives, Men's Villages, and Sexual Respectability: Gender and the Interrogation of Asian Women at the Angel Island Immigration Station." In *Asian/Pacific Islander American Women: A Historical Anthology*, edited by Shirley Hune and Gail M. Nomura, 90–105. New York: New York University Press, 2003.

———. "Sifting the Arrivals: Asian Immigrants and the Angel Island Immigration Station, San Francisco, 1910–1940." Ph.D. diss., Stanford University, 1999.

Gold, Martin B. *Forbidden Citizens: Chinese Exclusion and the U.S. Congress: A Legislative History*. Alexandria, VA: The Capitol Net, 2012.

管林. 赴美华人的血泪史诗——试论天使岛诗歌. 暨南学报：哲学社会科学版，1992（2）：30—34.

关敏谦. 天使岛上华工泪. 涉外岁月回眸. 北京：中国妇女出版社，2002. 388—391.

郭克迪. 天使岛上话今昔. 人民日报，2011-11-23.

郭征之. 移民泪化作摧心诗篇. 华侨日报，1985-11-26.

Gyory, Andrew. *Closing the Gate: Race, Politics, and the Chinese Exclusion Act*. Chapel Hill: University of North Carolina Press, 1998.

Hannaford, Alex. "Scarred by an Angel." *South China Morning Post*, May 1, 2004, C5.

Healy, Patrick J., and Ng Poon Chew. *A Statement for Non-Exclusion*. San Francisco, 1905.

Helmich, Mary. "Angel Island Immigration Station, Interpretive Plan, Phase II." Interpretive Planning Section, Office of Interpretive Services, Sacramento, 1987.

Hing, Bill Ong. *Making and Remaking Asian America through Immigration Policy, 1850–1990*. Stanford, CA: Stanford University Press, 1994.

Hom, Marlon K. *Songs of Gold Mountain: Cantonese Rhymes from San Francisco Chinatown.* Berkeley: University of California Press, 1987.

Hsu, Madeline. *Dreaming of Gold, Dreaming of Home: Transnationalism and Migration between the United States and South China, 1882-1943.* Stanford, CA: Stanford University Press, 2000.

Huang, Yunte. "The Poetics of Error: Angel Island." In *Transpacific Imaginations: History, Literature, Counterpoetics*, 101-15. Cambridge, MA: Harvard University Press, 2008.

黄仲楫. 想郎歌. 新宁杂志, 2000（3）: 38.

黄遵宪. 逐客篇: 人境庐诗草笺注. 香港: 中华书局香港分局, 1963. 126—130.

郑文舫. 金山客的自述. 人间世, 1935-03-05: 15—16.

———. 秋蓬集: 集弱者心声卷. 手稿, 1932

坚妮. 爱丽斯岛拘留营厕所墙壁上发现多首早期华人移民诗抄: 华埠历史研究社正协助鉴定考据工作. 华侨日报, 1985-07-14: 16.

———. 爱丽斯岛上断句残篇其中一首属中国民谣: 历史研究社一成员有此发现. 华侨日报, 1995-08-03.

———. 爱丽斯岛移民诗抄往事不堪回首: 卅五年前景象历历在目老华侨感慨谈辛酸往事. 华侨日报, 1985-08-05.

———. 移民诗抄一字一泪, 爱丽斯岛令人断魂. 华侨日报, 1990-09-12.

景南. 蓝烟通与总统轮. 太平洋周报, 1974-11-14.

———. 天使岛. 太平洋周报, 1974-11-21.

———. 天使岛的审问. 太平洋周报, 1974-12-05.

———. 天使岛上的带信人. 太平洋周报, 1974-11-28.

Jorae, Wendy Rouse. *The Children of Chinatown: Growing Up Chinese American in San Francisco, 1850-1920.* Chapel Hill: University of North Carolina Press, 2009.

Kvidera, Peter. "Resonant Presence: Legal Narratives and Literary Space in the Poetry of Early Chinese Immigrants." *American Literature 77*, no. 3 (2005): 511-39.

Kwong, Peter, and Dusanka Miscevic. *Chinese America: The Untold Story of America's Oldest New Community.* New York: The New Press, 2005.

Lai, David Chuenyan. "A 'Prison' for Chinese Immigrants." *Asianadian* 2, no. 4 (1979): 16-19.

黎全恩. "猪仔屋"内之客家山歌. 华埠通讯, 2008-04, 10（1）: 18.

Lai, Him Mark. "Angel Island Immigration Station." *Bridge Magazine*, April 1977, 4-8.

———. *Chinese American Transnational Politics.* Urbana: University of Illinois Press, 2010.

———. "Chinese Detainees at NY's Ellis Island Also Wrote Poems on Barrack Walls." *East West*, November 6, 1985, 1.

———. "The Chinese Experience at Angel Island." *East West*, February 11, 1976, 1-2; February 18, 1976, 1, 4; February 25, 1976, 1-2.

———. *Him Mark Lai: Autobiography of a*

Chinese American Historian. Los Angeles: UCLA Asian American Studies Center and Chinese Historical Society of America, 2011.

———. "Island of the Immortals: Angel Island Immigration Station and the Chinese Immigrants." *California History* 57, no. 1 (Spring 1978): 88–103.

———. "Potato King and Film Producer, Flower Growers, Professionals, and Activists: The Huangliang Du Community in Northern California." *Chinese America: History and Perspectives* (1998): 1–24.

Lai, Him Mark, Joe Huang, and Don Wong. *The Chinese of America, 1785–1980.* San Francisco: Chinese Culture Foundation, 1980.

Lau, Estelle. *Paper Families: Identity, Immigration Administration, and Chinese Exclusion.* Durham, NC: Duke University Press, 2007.

Lee, Erika. *At America's Gates: Chinese Immigration during the Exclusion Era, 1882–1943.* Chapel Hill: University of North Carolina Press, 2003.

———. "Exclusion Acts: Chinese Women during the Chinese Exclusion Era, 1882–1943." In *Asian/Pacific Islander American Women: A Historical Anthology,* edited by Shirley Hune and Gail M. Nomura, 77–89. New York: New York University Press, 2003.

Lee, Erika, and Judy Yung. *Angel Island: Immigrant Gateway to America.* New York: Oxford University Press, 2010.

Lee, Moonbeam Tong. *Growing Up in China-town: The Life and Work of Edwar Lee.* Berkeley: published by author, 1987.

Lee, Robert. *Orientals: Asian Americans in Popular Culture.* Philadelphia: Temple University Press, 1999.

李文云. "天使岛" 上华人泪. 人民日报, 2006-07-04: 16.

梁碧莹. 天使岛的血泪篇. 艰难的外交: 晚清中国驻美公使研究. 天津: 天津古籍出版社, 2004. 357—363.

Lim, Genny, and Judy Yung. "Our Parents Never Told Us." *California Living, San Francisco Examiner and Chronicle,* January 23, 1977, 5–9.

Liu, Fu-ju. "A Comparative Demographic Study of Native-Born and Foreign-Born Chinese Populations in theUnited States." Ph.D. diss., University of Michigan, 1953.

刘凌尘. 中国移民到美国遭遇的一幕: 旧金山天使岛移民局. 清华大学: 2004.

Lo, Shaura. "Chinese Women Entering New England: ChineseExclusion Act Case Files, Boston, 1911–1925." *New England Quarterly* 81, no. 3 (September 2008): 383–409.

鲁克. 唐人街和天使岛. 侨园, 2002 (6): 17.

Ma, L. Eve Armentrout. *Revolutionaries, Monarchists, and Chinatowns: Chinese Politics in the Americas and the 1911 Revolution.* Honolulu: University of Hawai'i Press, 1990.

麦礼谦. 从华侨到华人: 二十世纪美国华人社会发展史. 香港: 生活·读书·新知三联书店, 1992.

———. 天使岛沧桑史. 东西报, 1976-02-11: 15—16.

———. 天使岛拘留所审讯华人详情. 东西报，1976-02-18：15—16.

———. 天使岛中诗词诉尽移民艰苦. 东西报，1976-02-25：14—16.

Mark, Diane Mei Li, and Ginger Chih. *A Place Called Chinese America*. Dubuque, IA: Kendall/Hunt Publishing Company, 1982.

Markel, Howard, and Alexandra Minna Stern. "Which Face? Whose Nation? Immigration, Public Health, and theConstruction of Disease at America's Ports and Borders,1891–1928." *American Behavioral Scientist* 42, no. 9 (June–July 1999): 1314–1331.

Marshall McDonald & Associates. "Report and Recommendations on Angel lsland." Oakland, CA, 1966. Martin, Mildred Crowl. *Chinatown's Angry Angel: The Story of Donaldina Cameron*. Palo Alto, CA: Pacific Books, 1977.

McClain, Charles J. *In Search of Equality: The Chinese Struggle against Discrimination in Nineteenth-Century America*. Berkeley: University of California Press, 1994.

McClellan, Robert. *The Heathen Chinee: A Study of American Attitudes toward China, 1890–1905*. Columbus: Ohio State University Press, 1971.

McCunn, Ruthanne Lum. *An Illustrated History of the Chinese in America*. San Francisco: Design Enterprises of San Francisco, 1979.

McKee, Delber L. *Chinese Exclusion versus the Open Door Policy, 1900–1906*. Detroit: Wayne State University Press, 1977.

McKeown, Adam. "Chinese Families and Chinese Exclusion, 1875–1943." *Journal of American Ethnic History* 18, no. 2 (Winter 1999): 73–110.

———. *Chinese Migrant Networks and Cultural Change: Peru, Chicago, Hawaii, 1900–1936*. Chicago: University of Chicago Press, 2001.

———. "Ritualization of Regulation: The Enforcement of Chinese Exclusion in the United States and China." *American Historical Review* 108, no. 2 (April 2003): 377–403.

Miller, Stuart Creighton. *The Unwelcome Immigrant: The American Image of the Chinese. 1785–1882*. Berkeley: University of California Press, 1969.

Moreno, Barry. *Encyclopedia of Ellis Island*. Westport, CT: Greenwood Press, 2004.

木屋诗篇. 余之编. 中外诗话. 北京：世界知识出版社，1983. 58—59.

Natale, Valerie. "Angel Island: 'Guardian of the Western Gate.'" *Prologue: Quarterly of the National Archives and Records Administration* 30, no. 2 (Summer 1998): 125–35.

Ngai, Mae M. *Impossible Subjects: Illegal Aliens and the Making of Modern America*. Princeton, NJ: Princeton University Press, 2004.

———. "Legacies of Exclusion: Illegal Chinese Immigration during the Cold War Years." *Journal of American Ethnic History* 18, no. 1 (1998): 3–35.

———. *The Lucky Ones: One Family and the Extraordinary Invention of Chinese America*. Boston: Houghton Mifflin Harcourt, 2010.

Nishi, Thomas. "Actions and Attitudes of the

United States Public Health Service on Angel Island, San Francisco Bay, California, 1891–1920." M.A. thesis, University of Hawaii, Manoa, 1982.

盘古皇. 诗十二首. 天声周报, 1979–07–17.

Peffer, George Anthony. *If They Don't Bring Their Women Here: Chinese Female Immigration before Exclusion.* Urbana: University of Illinois Press, 1999.

Pegler - Gordon, Anna. *In Sight of America: Photography and the Development of U.S. Immigration Policy.* Berkeley: University of California Press, 2009.

Pfaelzer, Jean. *Driven Out: The Forgotten War against Chinese Americans.* Berkeley: University of California Press, 2008.

Pitkin, Thomas M. *Keepers of the Gate: A History of Ellis Island.* New York: New York University Press, 1975.

Polster, Karen L. "Imagined Communities: Nationalism and Ethnicity in Twentieth - Century American Immigration Literature." Ph.D. diss, University of California, Riverside, 2000.

Quan, Daniel. "Angel Island Immigration Station: Immigration History in the Middle of San Francisco Bay." *CRM*, no. 8 (1999): 16–19.

Reimers, David. *Still the Golden Door: The Third World Comes to America.* New York: Columbia University Press, 1992.

The Repeal and Its Legacy: Proceedings of the Conference on the 50th Anniversary of the Repeal of the Exclusion Acts. San Francisco: Chinese Historical Society of America and Asian American Studies, San Francisco State University, 1994.

Riggs, Fred. *Pressure on Congress: A Study of the Repeal of Chinese Exclusion.* New York: Columbia University Press, 1950.

Romero, Robert Chao. *The Chinese in Mexico, 1882–1940.* Tucson: University of Arizona Press, 2010.

Sakovitch, Maria. "Deaconess Katharine Maurer: 'A First-Class Favourite Anytime.'" *The Argonaut* 22, no. 1 (Spring 2011): 6–27.

Salyer, Lucy. *Laws Harsh as Tigers: Chinese Immigrants and the Shaping of Modern Immigration Law.* Chapel Hill: University of North Carolina Press, 1995.

Sandmeyer, Elmer Clarence. *The Anti-Chinese Movement in California.* Urbana: University of Illinois Press, 1973.

Saxton, Alexander. *The Indispensable Enemy: Labor and the Anti - Chinese Movement in California.* Berkeley: University of California Press, 1971.

Shah, Nayan. *Contagious Divides: Epidemics and Race in San Francisco Chinatown.* Berkeley: University of California Press, 2001.

Shan Te-hsing（单德兴）. "Angel Island Poetry." In *The Multilingual Anthology of American Literature: A Reader of Original Texts with English Translations*, edited by Marc Shell and Werner Sollers, 577–581, 729–731. New York: New York University Press, 2000.

———. "Carved on the Walls: The Archaeology and Canonization of the Angel Island Chinese Poems." *In American Babel: Literatures of the United States from Abnaki to Zuni,* edited by Marc Shell, 369–385. Cambridge, MA: Harvard University Press, 2002.

———. 忆我埃仑如蜷伏：天使岛悲歌的铭刻与再现. 何文敬，单德兴，主编. 再现政治与华裔美国文学. 台北："中研院"欧美研究所. 1996.

沈立新. 《埃仑诗集》中所述旅美华人苦难史. 历史知识，1983（4）.

Siu, Paul C. *The Chinese Laundryman: A Study in Social Isolation,* edited by John Kuo Wei Tchen. New York: New York University Press, 1987.

Soennichsen, John. *Miwoks to Missiles: A History of Angel Island.* Tiburon, CA: Angel Island Association, 2005.

Stolarik, M. Mark, ed. *Forgotten Doors: The Other Ports of Entry to the United States.* Philadelphia: Balch Institute Press, 1988.

Sun, Shirley. *Three Generations of Chinese—East and West.* Oakland, CA: Oakland Museum, 1973.

Takaki, Ronald. *Strangers from a Different Shore: A History of Asian Americans. Boston: Little,* Brown and Company, 1989.

天使岛. 百年沧桑移民美国史话，张哲瑞联合律师事务所编著. 北京：中央编译出版社，2004. 128—133.

天使岛诗歌：悲郁和抗诉. 双重经验的跨域书写：二十世纪美华文学史论，刘登翰主编. 上海：生活·读书·新知三联书店，2007. 30—39.

Toogood, Anna Coxe. "A Civil History of Golden Gate National Recreation Area and Point Reyes National Seashore, California." Historic Resource Study, U.S. National Park Service, 1980.

Tsai, Shih-shan Henry. *China and the Overseas Chinese in the United States, 1868-1911.* Fayetteville: University of Arkansas Press, 1983.

———. *The Chinese Experience in America.* Bloomington: Indiana University Press, 1986.

Twain, *Mark. Roughing It: The Works of Mark Twain.* Berkeley: University of California Press, 1972.

U.S. Department of Commerce and Labor. *Annual Report of the Commissioner-General of Immigration.* 1903–1911. Washington, DC: Government Printing Office.

U.S. Department of Immigration and Naturalization Service. *Lists of Chinese Applying for Admission to the United States through the Port of San Francisco, California.* Microfilm Publication M1476, Record Group 85, National Archives, Washington, D.C.

U.S. Department of Labor. *Annual Report of the Commissioner-General of Immigration.* 1912–32. Washington, DC: Government Printing Office.

———. *Annual Report of the Secretary of Labor.* 1933-40. Washington, DC: Government Printing Office.

王德恩. 留美移民被拘记. 华天省东三省留美学生年报，1926-08-15.

Wang, Ling-chi. "The Yee Version of Poems

from the Chinese Immigration Station."
Asian American Review (1976): 117–26.

王晓云. 美国华人拘留所浸透中国移民泪. 文史月刊, 2010（11）: 36—37.

王性初. 诗的灵魂在地狱中永生: 美国天使岛华文遗诗新考. 华文文学, 2005（1）: 17—22.

Wei, William. *The Asian American Movement.* Philadelphia: Temple University Press, 1993.

卫瑜. 我居美期间最值得记忆的一件事. 太平洋周报, 1955-04-29: 18—19.

温娟. 早期华裔美国诗歌研究: 评《金山歌集》与《埃仑诗集》. 福建师范大学, 2008.

Wickberg, Edgar, ed. *From China to Canada: A History of the Chinese Communities in Canada.* Toronto: McClelland and Stewart, 1982.

Wong, K. Scott, *Americans First: Chinese Americans and the Second World War.* Cambridge, MA: Harvard University Press, 2005.

Wong, K. Scott, and Sucheng Chan, eds. *Claiming America Constructing Chinese American Identities during the Exclusion* Era. Philadelphia: Temple University Press, 1998.

Wong, Li Keng. *Good Fortune: My Journey to Gold Mountain.* Atlanta, GA: Peachtree Publications, 2006.

Wong, Wayne Hung. *American Paper Son: A Chinese Immigrant in the Midwest.* Urbana: University of Illinois Press, 2006.

吴日君. 天使岛受难者: 莫景胜乐观进取. 世界日报, 2001-04-06.

吴瑞卿. 没有天使的天使岛. 石家庄: 河北教育出版社, 1995.

吴琦幸. 天使岛: 淘金路上. 上海: 上海古籍出版社, 2003. 46—62.

昔为囚禁所, 今变游乐场: 爱丽斯移民博物馆镌刻历史沧桑二胡罗盘贮留中国移民当年辛酸. 华侨日报, 1990-09-12.

谢创. 重洋难阻报国心. 广州: 党史资料编辑部, 1993

醒之. 华侨受虐待之一斑. 中西日报, 1936-08-14: 1.

徐熊. 血泪吟哦天使岛: 话说美国. 北京: 中国国际广播出版社, 2003. 283—87.

亚程. 羁留丁治埃仑有感. 公论晨报, 1931-01-02.

亚宗. 回忆五十七年前的移民经过. 溯源季刊, 1994-8-31（31）: 71—76.

Yans-McLaughlin, Virginia, and Marjorie Lightman, with The Statue of Liberty—Ellis Island Foundation. *Ellis Island and the Peopling of America: The Official Guide.* New York: The New Press, 1997.

Yao, Steven G. *Foreign Accents: Chinese American Verse from Exclusion to Postethnicity.* New York: Oxford University Press, 2010.

Yep, Laurence, and Kathleen S. Yep. *The Dragon's Child: A Story of Angel Island.* New York: HarperCollins, 2008.

易淑琼. 中国维度下"天使岛诗歌"史诗性与文学性再解读. 暨南学报: 哲学社会科学版, 2012（10）: 41—49

Yin, Xiao-huang. *Chinese American Literature since the 1850s.* Urbana: University of Illinois Press, 2000.

Yu, Connie Young. "Rediscovered Voices: Chinese Immigrants and Angel Island." *Amerasia Journal* 4, no. 2 (1977): 123–39.

余耀培. 美国移民局拘禁入境华侨惨状. 留美学生月刊. 1936-04，5（1）：15—18.

袁国强. 纽约爱丽斯岛华人移民血泪百年遗恨在：梦断故国山河·残存涂鸦作品令人洒泪. 中报，1985-08-30.

袁良骏. 唐人街和天使岛：看百年前一位老华工的日记. 人民日报，2001-08-01.

Yung, Judy. "'A Bowlful of Tears': Chinese Women Immigrants on Angel Island." *Frontiers* 2, no. 2 (1977): 52–55.

———. "'A Bowlful of Tears': Lee Puey You's Immigration Experience at Angel Island." In *Asian/Pacific Islander American Women: A Historical Anthology*, edited by Shirley Hune and Gail Nomura, 123–37. New York: New York University Press, 2003.

———. "'A Bowlful of Tears' Revisited: The Full Story of Lee Puey You's Immigration Experience at Angel Island." *Frontiers: A Journal of Women Studies* 25, no. 1 (2004): 1–22.

———. "Detainment at Angel Island: An Interview With Koon T. Lau." *Chinese America: History and Perspectives* (1991): 157–68.

———. *Unbound Feet*: *A Social History of Chinese Women in San Francisco*. Berkeley: University of California Press, 1995.

———. *Unbound Voices: A Documentary History of Chinese Women in San Francisco*. Berkeley: University of California Press, 1999.

———. "'We Were Real, So There Was No Need to Be Afraid': Lum Ngow's Long Detention on Angel Island." *Chinese America: History and Perspectives* (2012): 19–26.

Yung, Judy, Gordon H. Chang, and Him Mark Lai. *Chinese American Voices: From the Gold Rush to the Present*. Berkeley: University of California Press, 2006.

张正平. 华人移民的血泪史诗：天使岛之歌. 东西报，1977-02-02，9，16，23.

———. 天使岛的老监囚. 东西报，1976-02-15.

张子清. 华裔美国诗歌的先声：美国最早的华文诗歌. 当代外国文学，（2005）：153—58.

———. 历史与社会现实生活的跨文化审视—华裔美国诗歌的先声：在美国最早的华文诗歌. 江汉大学学报：人文科学版，2008（5）：18—23.

赵义娟. 美国移民史上难堪的一页. 杭州师范大学，2012.

钟文. 天使岛上华人血泪. 侨园，2007（6）：36—37.

朱邦贤. 天使岛上无天使. 联合报，1994-05-21.

追陈. 埃仑诗选. 旧金山周报，1974-04-10.

———. 天使岛. 时代报，1973-11-14.

多媒体作品：

Chen, Amy. *The Chinatown Files*. Video-recording. New York: Filmmakers Library, 2001.

陈卓玲. 华人移民史 // 第三集："没有天使的天使岛". 香港电台，2012.

华人足迹：埃仑诗集.中央电视台国际频道，2012.

Lowe, Felicia. *Carved in Silence*. Videorecording. San Francisco: Felicia Lowe Productions, 1987.

Moyers, Bill. *Becoming American: The Chinese Experience*. Videorecording. Princeton, NJ: Films for the Humanities and Sciences, 2003.

Wong, Eddie. "Angel Island Profile: Robert Hong." Leapman Productions, 2009.

———. "Angel Island Profile: Tyrus Wong." Leapman Productions, 2010.

———. "Discovering Angel Island: The Meaning Behind the Poems." KQED, 2004. http://www.kqed.org/w/pacificlink/history/angelisland/video/.

———. "Angel Island Immigration Station Tour—AIISF." J. J. Media Labs, 2011.

Yip, Garman. "Poetic Waves: Angel Island." 2006. http://www.poeticwaves.net.

口述历史采访：

陈杜寿.粤语采访，麦礼谦、杨碧芳，旧金山，1977-04-17.23 号采访（陈先生），天使岛口述历史项目，少数族裔图书馆，加州大学伯克利分校.

谢侨远.粤语采访，麦礼谦、杨碧芳，旧金山，1976-03-24.43 号采访，天使岛口述历史项目，少数族裔图书馆，加州大学伯克利分校.

陈月红.电话采访，杨碧芳，1984-07-08.

郑文舫.粤语采访，麦礼谦、杨碧芳，旧金山，1976-01-04.32 号采访，天使岛口述历史项目，少数族裔图书馆，加州大学伯克利分校.

刘罗氏.粤语采访，桑德拉·李，旧金山，1982-05-02.

———.粤语采访，杨碧芳，旧金山，1988-10-20，1989-10-30.5 号采访（刘罗氏），天使岛口述历史项目，少数族裔图书馆，加州大学伯克利分校.

李华镇.采访，麦礼谦、林小琴、杨碧芳、保罗·周，加利福尼亚州屋仑市，1976-05-08.50 号采访（移民口译员），天使岛口述历史项目，少数族裔图书馆，加州大学伯克利分校.

李佩瑶.粤语采访，麦礼谦、杨碧芳，旧金山，1975-12-14；粤语采访，刘咏嫦，旧金山，1984-04-11.11 号采访（陈太太），天使岛口述历史项目，少数族裔图书馆，加州大学伯克利分校.

李寿南.粤语采访，杨碧芳，加利福尼亚州屋仑市，2010-12-03.

梁先生.粤语采访，杨碧芳、麦礼谦，旧金山，1975-12-28.40 号采访（梁先生），天使岛口述历史项目，少数族裔图书馆，加州大学伯克利分校.

陈兰仙.粤语采访，麦礼谦、林小琴、杨碧芳，旧金山，1976-09-12.10 号采访（林太太），天使岛口述历史项目，少数族裔图书馆，加州大学伯克利分校.

莫景胜.粤语采访，刘咏嫦，旧金山，1984-04-09.41 号采访，天使岛口述历史项目，少数族裔图书馆，加州大学伯克利分校.

———.粤语采访，麦礼谦，加利福尼亚州圣荷西市，1995-11-13.麦礼谦收藏，少数族裔图书馆，加州大学伯克利分校.

莫松年.粤语采访，麦礼谦，加利福尼亚州圣荷西市，1969-05-03，1969-11-02，

1970-04-26, 1970-05-17. 麦礼谦收藏，少数族裔图书馆，加州大学伯克利分校.

———. 粤语采访，麦礼谦、杨碧芳，加利福尼亚州圣荷西市，1975-12-27. 19号采访（刘先生），天使岛口述历史项目，少数族裔图书馆，加州大学伯克利分校.

埃默里·西姆斯. 采访，林小琴、杨碧芳、麦礼谦，旧金山，1977-06-29. 47号采访（移民检察官），天使岛口述历史项目，少数族裔图书馆，加州大学伯克利分校.

谭业精. 粤语采访，麦礼谦、杨碧芳，旧金山，1977-04-17. 23号采访（谭先生），天使岛口述历史项目，少数族裔图书馆，加州大学伯克利分校.

———. 粤语采访，杨碧芳，旧金山，1986-11-20.

———. 遗嘱和证词，1987-11-16.

阮兰香. 粤语采访，杨碧芳，加利福尼亚州圣马特奥县，1982-06-17；粤语采访，黄美莲，芝加哥，1992—2001.

黄先生. 粤语采访，林小琴、杨碧芳，旧金山. 3号采访（黄先生），天使岛口述历史项目，少数族裔图书馆，加州大学伯克利分校.

黄太太. 粤语采访，林小琴、杨碧芳，旧金山，1976-08-15. 3号采访（黄太太），天使岛口述历史项目，少数族裔图书馆，加州大学伯克利分校.

余达明. 粤语采访，麦礼谦、林小琴、杨碧芳，加利福尼亚州屋仑市，1976-08-15；粤语采访，刘咏嫦，加利福尼亚州屋仑市，1984-04-09. 33号采访（唐先生），天使岛口述历史项目，少数族裔图书馆，加州大学伯克利分校.

关于编者

麦礼谦的本职工作是机械工程师，他毕生致力于美籍华人研究，并以中英两种语言撰写有关美籍华人的文字。在美籍华人研究方面，他发表了一百多篇论文，并出版了十本著作，其中包括《甘苦沧桑两百年》（*The Chinese of America, 1785-1980*）、《从华侨到华人——二十世纪美国华人社会发展史》、《成为美籍华人：社区与公共机构的历史》（*Becoming Chinese American: A History of Communities and Institutions*）、《美籍华人的跨国政治》（*Chinese American Transnational Politics*）。

林小琴生于旧金山，身兼诗人、剧作家、表演者、教育工作者多个身份。她写过三本诗集：《纸神和叛逆者》（*Paper Gods and Rebels*）、《战争的孩子》（*Child of War*）、《冬天的地方》（*Winter Place*），所著关于天使岛上被拘华人的剧本《纸天使》（*Paper Angels*）曾经获奖。林是一位著名的爵士乐诗人，她不仅在全美大大小小的爵士音乐节上表演过节目，还曾到委内瑞拉的加拉加斯（Caracas, Venezuela）、波斯尼亚-黑塞哥维亚的萨拉热窝（Sarajevo, Bosnia-Herzegovina），参加那里的国际诗歌节。

杨碧芳生于旧金山唐人埠，是加州大学圣克鲁兹分校美国研究专业荣休教授，她曾在这里开设民族研究、美籍亚裔研究以及口述历史方面的课程。出版作品包括《解放缠足：旧金山华裔妇女社会史》（*Unbound Feet: A Social History of Chinese Women in San Francisco*）、《美籍华人的声音：从淘金热到当下》（*Chinese American Voices: From the Gold Rush to the Present*）、《冯文光的冒险》（*The Adventures of Eddie Fung*）、《天使岛：移民美国的通道》（*Angel Island: Immigrant Gateway to America*）。

林小琴、麦礼谦、杨碧芳在《埃仑诗集》新书发布会上，1983年。麦丽洁摄

译后记：一枕金山梦，几多未了情

诗云：关山难越，谁悲失路之人？萍水相逢，尽是他乡之客。

曾几何时，中国的先民出于种种原因，开始向海外拓展群族的生存空间，谋求更多、更好的发展机遇，于是移民海外的浪潮此起彼伏，从未消歇：下南洋、赴金山、渡东瀛、闯拉美。几经辗转、历尽波折，终于在异地他乡落地生根、开花结果。多少代之后，华人在人种分布方面的世界格局渐成规模。正如俗谚所说：凡有海水的地方就有华人的踪影。

19世纪中期至20世纪上半叶，中美两国的局面形同天壤，不可同日而语。大洋此岸正处于"三千年未有之变局"，内忧外患、风雨飘摇。动荡的时局、频仍的战乱，令国人的生活贫困潦倒、举步维艰，迫不得已，许多国人将渴望生存与发展的目光投向海外。而大洋彼岸，一个新兴的资本主义国家正在崛起：美国的西进运动风头正劲，淘金热更是吸引了世界各地的大批追梦人前来。

在这样的时代背景下，许多华人怀揣发财致富、扬名立万的美国梦，背井离乡，跨越重洋，来到这片十分陌生的国土，无论是参与修建太平洋铁路还是在淘金热中浪迹浮沉，无论是在庄园工厂默默劳作还是积极参与第二次世界大战，这些都构成了中国人海外移民历史的重要组成部分。

然而诚如鲁迅所言，许多梦境"颜色许好、暗里不知"。国家积贫积弱，国民在外自然饱受歧视、多遭屈辱。很长一段时间内，美国政府将华人视作"劣等民族"，将华人的拥入看成"黄祸"，于是出台了一系列的排华政策，针锋相对、步步紧逼。按照法律规定，中国移民在入境美国之前需要前往天使岛移民过境所接受移民局官员的问讯，合法者获准入境，非法者则被驱逐出境。

天使岛位于旧金山湾内，毗邻恶魔岛，本为一天然岛屿，自从被当局辟为移民过境所驻地，于是成为早期中国移民入境美国之心酸历史的见证地。

排华政策执行期间，多少中华儿女，为美国梦所吸引，抛家舍业、举债经营，只为前往心目中的圣地打拼，他年出人头地、衣锦还乡。欣然前往，孰料尚未入得国境，既已身陷牢狱。至此，个人能否获准入境，全然不能自主，只能听天由命。

幸运者，几日之内即可获准入境；不幸者，须有数月的煎熬方得入境；更有不幸者，在岛上被拘禁一年有余，仍难逃被遣返回国的命运。

天使岛上的日子颇为难熬——人身自由受到限制、饮食起居非常糟糕、种族歧视比比皆是、个人前途难以预料，给人的感觉正像是进退维谷、在劫难逃。

困囿于此的中国人，受教育程度良莠不齐，但无论是熟读诗书，还是粗通文墨，由于一时间千头万绪、百感交集，却又无处释怀者，于是便开始临风吟哦、面壁题诗，以之排遣，借此抒情。壁上题刻，日积月累，林林总总，渐成规模。

通观这些题刻，不难发现，其中多为去国怀乡、思念亲人的主题，如"离时父母恨匆匆，饮怨涟涟也为穷""家人切望音信寄，鸿雁难逢恨悠悠"。亦有忧国忧民、感时伤世的叹息，如"我国图强无比样，船泊岸边直可登""究因外债频频隔，逼监财政把权拿"。既有振兴中华、发愤图强的呼喊，如"几时策马潼关渡，许我先扬祖逖鞭""国弱亟当齐努力，狂澜待挽仗同群"。亦不乏他年得志，誓扫匈奴的心愿，如"倘若得志成功日，定斩胡人草不留""男儿十万横磨剑，誓斩楼兰辟草莱"。真可谓是字字含悲，句句啼血。

若从艺术水准方面着手分析，这些题刻诗歌确实是乏善可陈；但是若从历史研究、文化人类学两个领域进行考察，这些作品则可谓是价值巨大——它们记录下早期中国移民入境美国的心路历程，对于研究早期华人移民美国的历史、华裔族群在世界范围的迁徙具有十分重要的意义。

然而，如此重要的内容却险些被历史的尘埃淹没，几成绝响。它们得以刊行出版，流通于世，实在是几经周折。

1941年，天使岛移民过境所交给美国军方管理，被辟为日本战俘拘留营地。岛上所有建筑重新粉刷一新，未过多久，粉壁之上又被日本战俘的二度题刻填满。自此，原先的国人题刻被掩埋在墙壁的夹层之间。1943年，美国的《排华法案》被废止，天使岛作为移民过境所的历史更是渐行渐远。待到拘留营地撤销之后，天使岛又被辟为州立公园，向海内外的游客开放，这时岛上的旧建筑大多被拆除，许多旧日诗篇从此烟消云散。

幸有郑君文舫、余君达明，曾于昔日被囚之际记录下壁刻诗歌若干，具体数字为前者92首，后者96首（其中78首为两份手稿所共有者）。及至天使岛旅游开发，大拆大建之际，又有部分带有题刻的断壁残垣重见天日，旧手稿与新发现，合二为一，辑成一册，得诗凡135首，构成目前诗集所收录诗歌之规模。

又有麦礼谦、林小琴诸君对这些诗作进行了仔细的考证、详细的注释，并将全部诗歌译成了英文，这对于不通中文的华侨第二代、第三代、第N代通过这些诗歌了解这段历史来说无疑是一件极大的功德。

虽然诗集已经自成规模、别有意义，但是麦、林诸君并未就此止步。他们又从天使岛曾经的被囚人员中遴选出地位不同、身份有别、视角各异的20位人士（其中包括15位男性、5位女性）——其中既有华埠大亨，也有市场小贩，既有共产人士，也有移民官员，既有餐厅帮厨，也有庭审译员，既有家庭主妇，也有神职人员，对他们进行口述历史访谈。通过聆听他们对于陈年旧事的详细描述，走进他们当年今日真实的内心世界，希冀能够全方位、多角度、较客观地还原那段尘封往事，再现早年间中国移民族群入境美国过程中以及之后在美国社会打拼的辛苦遭逢与心路历程。

口述历史访谈是晚近才开始逐渐进入学界主流的研究模式的。它可以弥补既往历史书写中宏大叙事模式之不足，更能呈现出大的时代背景下那些小人物的悲欢离合与是非恩怨。聚沙成塔、点石成金，众多小人物的口述经历叠加起来，再经过专业人士的去伪存真、去粗取精，口述历史访谈作品即可构成与宏大叙事类型之史书相得益彰、相映生辉的另外一种历史书写成果，对于人们更加全面、客观地认识某段历史具有不可或缺的重要意义。

事实上，本书口述历史部分不仅为我们再现了早期华人移民在天使岛上的悲惨遭遇，心绪忧思，而且还触及获准入境的中国移民在美国社会上打拼与奋斗的历历往事，以及他们与故国乡土之间无法阻隔的情感羁绊，与家乡父老之间割舍不下的血脉牵连。因此说，这批人虽然游走在中美两国之间（物理上兼／或心理上），却又多半是身在曹营心在汉。他们即使已经在美国社会落地生根，但在内心深处依然是心系祖国的中华儿女。

然而按照司马迁的说法，有道仁人尚且遭灾，何况久涉乱世之末流中材？[1] 伟大人物的命运尚且如此，更何况那些卑微无助、默默无闻的芸芸众生。他们当初或许有过衣锦还乡、骨肉团聚的美好愿望，但也终于意识到"自己在大时代中的无足轻重与无能为力"[2]。

于是历史上常常会上演类似这样的场景：故乡亲人盼望海外游子早日平安归来与家人团聚，望断天涯路，却总是误几回天际识归舟，然而待到海外游子真能如愿以偿回归故土探亲访友的时候，结果却往往是与亲友阴阳两隔、缘悭一面……面对此情此景，敏感的读者自然难免会生发出无限的慨叹，正所谓：几许离愁，剪不断，理还乱；多少情债，偿不清，了仍在。

或是如此的一幕：丈夫远在异地，妻子身处家乡，中间隔着浩瀚无边的太平洋，丈夫在彼岸沦为"鳏夫"，妻子在此地成为"怨妇"，留下一种相思、两处闲愁，终于此情无计可消除，唯有编成歌谣，唱响心声。听一首"别乡井，出外洋，十年八载不思乡，柳色灿灿陌头绿，闺中少妇恼断肠"[3]，别有一番滋味在心头。

质言之，本书合天使岛题壁诗歌与亲历者口述历史访谈于一集，不仅对于历史研究、文化人类学考察具有相当的学术价值，而且对于国人正确看待中华民族伟大复兴的历史进程也具有一定的现实意义。读罢掩卷，不禁感慨万千；抚今追昔，许我略加对比：时光流转到了21世纪，昔日的美国梦似乎已经成为明日黄花般的话语，如今的中国梦愿景正在日渐一日清晰。在梦想的花开花落之间，在国势的此起彼伏之际，变了的是海外赤子在国际上的地位和声誉，不变的则始终是中华儿女对于国泰民安、国富民强的深切期许。

---

1 见《史记·游侠列传》。

2 见陈平原著，《千古文人侠客梦》（增订本），北京大学出版社，2009年版，《我与武侠小说》代序，页2。

3 见胡照忠 编，《美洲广东华侨流传歌谣汇编》，香港：求古斋，1970年版，页67—68。

家中屋舍無間隔

煩惱輝情意関守

夫婦昔日都無睹

不念叔之深□記

多憐家□去升記

孝慈叔□忍□

一心に

誰先念

固入今

藍庭

妻子生

誰知生

固八年